U0902663

夜色将至

薇拉——著

CNS PUBLISHING & MEDIA 中南出版传媒
湖南文艺出版社
HUNAN LITERATURE AND ART PUBLISHING HOUSE

图书在版编目（CIP）数据

夜色将至 / 薇拉著. -- 长沙 : 湖南文艺出版社,
2022.1
ISBN 978-7-5726-0408-9

Ⅰ. ①夜… Ⅱ. ①薇… Ⅲ. ①长篇小说－中国－当代
Ⅳ. ①I247.5

中国版本图书馆CIP数据核字(2021)第202714号

夜色将至
YESE JIANG ZHI

作　　者：薇　拉
出 版 人：曾赛丰
责任编辑：李　阔
出版统筹：邓　理
选题策划：谌　俊
装帧设计：张娅君
内文设计：罗晓芸
封面绘制：Bug 夏
内插绘制：Bug 夏
出版发行：湖南文艺出版社
（长沙市雨花区东二环一段508号　邮编：410014）
网　　址：www.hnwy.net
印　　刷：湖南天闻新华印务有限公司
经　　销：新华书店
开　　本：150mm×210mm　1/32
字　　数：256千字
印　　张：9
版　　次：2022年1月第1版
印　　次：2022年1月第1次印刷
书　　号：ISBN 978-7-5726-0408-9
定　　价：45.00元

Do not go gentle into

that dark night.

莫惧夜色将至，

应知黎明可期。

目录 / CONTENTS

第一章 海中央

庄瑜又梦到父亲了。父亲蹒跚着走到露台边缘时，身后忽然出现一个黑影。下一秒，那黑影在他背上猛地推了一把。

庄瑜大叫着扑过去拉住父亲的手，四目相对，老人混浊的眼睛里闪现一丝清亮的光。父亲张了张嘴巴，说了一句话。可是周遭尽是呼啸的风声，她尽力了，但什么也没听见。

父亲掉下去的那一刻，庄瑜醒了。

庄瑜一身虚汗地坐起来缩成一团。她抱住自己，好一会儿都缓不过来。

手机铃声就是这个时候响起的，庄瑜看了一下来电显示，是柳世南。

她狐疑地接起电话，那边单刀直入：“出海吗？”

庄瑜“啊”了一声，偏头看了一眼时间。

清晨四点。

这男人是疯的。

心里虽然骂，庄瑜还是跳下床。她一边从衣柜里捞衣服，一边忍不住跟他确认：“现在吗？”

那边回：“十分钟。”

敢情他早已决定好了，根本不是在问她意见。

庄瑜愣神的工夫，那边已经挂断电话，听筒里传来“嘟嘟嘟”的声音，机械又空茫，就像是她脑袋里的回声。

父亲去世，忽地将整个正信集团的命运都压在了她身上。从遗嘱宣读完的那一天起，庄瑜便开始失眠。也许是因为能力不够，她总有种不知道自己能不能守住正信的忧虑。

她记得自己前一次看表，是凌晨两点半。

十五分钟后，庄瑜快步走出别墅。同一时间，大宅的外门开启，一辆黑色的车子跟她相对而行，最后在距离她不远处停了下来。

熹微的晨光包裹着华丽的车身，那男人推门下车，也被笼在清冷的光线里。庄瑜仰头看着他越走越近，不由得想起商界关于柳世南的传闻。

作为赫赫有名的安丰集团的主理人，圈子里的人对柳世南的为人处世和行事作风的看法两极分化，唯独对他容貌的评价达成一致——这男人有一副好皮囊。

庄瑜还在发呆，他已经到眼前了。她没开口，就见他盯着她的脚面，嘴角若有似无地勾了一下。

“庄小姐，好品味。”

正经的表情，戏谑的口吻。

庄瑜心中一凛，低头才发现自己还穿着拖鞋。粉粉嫩嫩、毛茸茸的鞋面，中间一颗硕大的红心。

庄瑜藏在鞋里的脚趾在同一时间紧紧抓住地面。太窘迫了，显得她一点气势也没有。但是现在回去换……

“来不及了。”

她心里的念头才闪现出来，柳世南就又开了口。

庄瑜抬头看着他，怀疑这男人会读心术。

对视的那一秒，也不知从哪来的好胜心，庄瑜嘴硬道：“我觉得这样挺好。”

柳世南面无表情，眼神中却带着明显的嘲讽：“走吧。”

他说完转身回了车上，没有替庄瑜开车门的意思。绅士风度什么的，不存在。

可庄瑜并不生气，因为现在是她要求着他。

她至今仍记得一周前在坟场的情景。

她守株待兔等柳世南出现，又死皮赖脸地追在他身后，不过是想跟他说说正信董事会的事情。

彼时大雨将至，他对她的态度比今日更差。

“庄小姐，坟场不是接待室，你来错地方了。

“庄小姐，你拿什么让我信你？我跟你又不熟。

“庄小姐，不要因为名头是‘主席’就忘了自己的处境，求人要有求人的样子，这是我作为‘同事’给你的一个善意提醒。”

她是一张白纸没错，但学习能力一向很好。就像现在，庄瑜自己拉开车门，乖乖坐在他身边，头昏脑涨地应付他“清晨出海”的“奇思妙想”。

一点怨言也没有。

车子启动，庄瑜系好安全带，偏头看向柳世南。

“怎么？”他问。

“车上可以谈公事吗？柳先生。”

“不可以。”

庄瑜知道自己又白来了，“哦”了一声后闭上嘴巴。

求人要有求人的样子。

跟他打交道的第一课，她学得好到不行。

柳世南手里攥着正信集团的股份已经有十四年了，十四年前养父将这部分股份交给他运作，当作一种试炼。也是从那天开始，柳世南正式走出家门，开始自己的独立生活。

彼时的柳世南刚进大学学习金融，他满怀雄心，要在资本市场上大展身手。最现成的手段是卖掉手上正信的股份，拿着钱投资自己了解又感兴趣的新能源领域。

当时的正信集团在商场遭遇同行狙击，最坏的情况是，市值一夜之间蒸发掉一半。柳世南通过一番调查研究后跟养父汇报，在拿到养父的授权后他不但没有卖掉手上的股份，还又买入了部分股份。

这个决定让他在以后的日子里赚得盆满钵满。

很多年过去了，正信集团的那次商业“反击战”还会被商学院拿来做案例分析，但柳世南全然不在乎。对他而言，事业的顶峰永远是下一站。

而今，正信陷入了高速发展后的第二次危机。跟上次不同，这次的危机是正信的“继承之战”，也是传统的家族企业内部最容易出现的问题——内斗。而他身边坐着的这位，就是正信这次内斗的主角之一，庄氏临危受命的二女儿——庄瑜。

柳世南想到这里，用余光扫视身边的人。

这女人居然睡着了！

他不由得抿唇。第一次见面的时候，柳世南可没想到她是一个这么“心大”的人。

想起那日在坟场的相遇，她一身职业套装，戴了黑框眼镜，画着老气的妆，就仿佛看着老相一点，人也能可靠一些。

那天是周末，柳世南一向不爱在办公时间以外谈公事，索性不理她。她却不肯放弃，踏着高跟鞋“嗒嗒嗒”地跟在他身后。

“柳先生，我能跟你谈谈吗？

“柳先生，我知道现在不是一个好时机，可是请你相信我……

“柳先生，你是正信的大股东之一，也不希望集团因为内部问题……”

她个头不高，身形细长，声音软而糯。

柳世南觉得奇怪，庄正信那样一个雷厉风行的人，怎么会把位子传给一只黏人的猫咪？

而这位二小姐最擅长的事情，好像就是追在人身后，“喵喵喵”地叫个不停。

如果换作是平日，他真是一个字都吝惜给，但那天柳世南还是耐着性子跟她你来我往地说了几句。

只不过他这人，向来以说话不好听而闻名。

虽是有备而来，庄瑜似乎还是被他的话刺伤了。到最后，她藏在镜片后的一双眼，孤独又倔强地盯着他。

后来他的车开远了，她竟还在原地偏执地站着，不肯离开。

彼时大雨滂沱，她又没带伞，柳世南在后座回头看她，竟有种目睹家猫变流浪猫的错觉。

不过“怜香惜玉”这个词在柳世南的字典里并不存在。

庄瑜被他震耳欲聋的手机闹铃唤醒时，竟然有种不知今夕是何年的错觉。

她蒙了十几秒才回过神来。车窗外不远处，游艇会的logo（商标）低调出现，琼湾到了。

父亲庄正信爱船，是游艇会的VIP，但庄瑜却很少出现在这里，因为她晕船。

“庄小姐似乎有点精神不济。”邻座的男人适时开口。

他的语调平静又冷漠，让庄瑜找回了一点点状态。她直起身往上坐了坐，争辩道：“上车的时候是这样，现在好了。”

她说着，还下意识地瞪圆了一双眼，以显示自己的清醒。

柳世南见状，嘴角微动。

只过了几秒，庄瑜又听他问：“确定？”

“是的！”她将音量也放大了一些，坚定地回答。

柳世南抿起唇：“不行的话不要勉强。”

庄瑜不知道他为什么如此热衷于刁难自己，眼睛又睁圆了一些，像是猫咪突然放大了瞳孔，一眨不眨地盯着他的脸。

“勉强是一定要的。”庄瑜说，“毕竟求人要有求人的样子。”

“……”

后半句话柳世南当然记得，是他当初“敬告”她的，没想到竟然被她移花接木用在了这里，怼他本人。

柳世南勾唇，眼里却没有半点笑意：“庄小姐报复心很强。”

“不敢。”

“可以敢，但不要表现得这样明显。”

柳世南说完，就跟没事人一样开门下车。庄瑜被他噎了一下，不自觉晚了一步。只十几秒而已，柳世南竟转过来到她这边敲车窗。

海上又没有交通堵塞，她都不知道他在急什么！

抱怨的话不敢出口，庄瑜打开车门，没抬头，听到有人用爽朗的声音叫她。

“庄瑜。”

她寻声看过去，那人休闲装扮，由远及近，嘴角噙笑，眼神恰似晨光温柔。

来人是本城另外一个商业大家族季氏的大公子——季若礼。

不久前，季氏的当家人季锋向她伸出联姻的橄榄枝，庄瑜也是因此才认识这位“风流才子”的，只不过她“相亲”的对象另有其人。

庄瑜点头的工夫，季若礼已经到了跟前。

人都站在这里了，庄瑜自然要开口给两位引见。她抬起手：“这位是季若礼先生，这位是柳世南先生。”

季若礼笑容可亲，向柳世南伸出手的同时还偏头问庄瑜：“柳先生是庄小姐的？”

“同事。”庄瑜抢答。

柳世南听了这话，目光滑过庄瑜的脸，几秒后才伸手握住季若礼的手。

庄瑜正在想怎么介绍季若礼比较好，季若礼自己却抢了先：“幸会，我是庄小姐的仰慕者。”

庄瑜太阳穴下面的那根筋跟着这个回答抽动了一下，接着又随柳世南语调上扬的那一声“哦”蒙了半晌。

她头疼！

庄瑜想要解释，便有美人来寻季若礼。

“你在这里啊。”美人朱唇轻启，语调温柔婉转。

美人的出现打断了庄瑜的思绪。

季若礼微微欠身：“不好意思，我先走一步。”

季若礼说完笑着对庄瑜跟柳世南做了个手势，撇下他们径直走掉了。

倒是庄瑜觉得那美人看着面善，不由得盯着背影多看了几眼。不知道是不是对庄瑜的目光有所感应，那美人走到一半也回头看了一眼庄瑜。两个女人的目光对视，美人笑了笑，向她点头致意。

柳世南见状，不咸不淡地开口："与其在这里嫉妒，不如直接上前问个清楚。"

庄瑜并不想提跟季氏的纠葛，但考虑到自己还在争取柳世南在董事会对她的支持，于是决定解释一下："刚刚季先生是开玩笑的。"

"哦？哪一句？"

庄瑜瞪圆了眼睛。

哪一句？季若礼统共才说了几句话？！

柳世南看她眼里直喷火，才又"好心"开口："庄小姐，这个世界上最荒谬的玩笑里都会有三分真实的成分。"

什么歪理论？！

庄瑜脑仁疼！

柳世南说完便转头往游艇那里走，走了几步，就听到庄瑜踩着拖鞋"吧嗒吧嗒"地跟了上来。大概是因为生气，她的脚步显得格外用力。

柳世南觉得好笑——这起床气，够长的。

庄正信意外去世七天后，律师宣读了遗嘱，柳世南才知道老爷子把位子给了他的二女儿。这是一个令世人震惊的决定，很多人到这个时候才知道庄正信居然还有一对子女。

柳世南倒是知道他有过三位妻子、四个孩子，但脑子里对他们谁是谁却对不上号。

"这位二小姐叫什么，多大年纪？"他记得他听完助理的汇报后随口问了一句。

特助杨帆答："庄瑜，二十五岁。"

柳世南的脸上当即泛起冷笑。他这个正信最年轻的股东也三十二岁了，董事会就是个“老狼窝”，二十五岁空降当正信的主席，她镇得住谁?

果然，庄瑜上任没多久，已经有人来美国跟柳世南接洽，旁敲侧击试探他对新任主席的态度。再接下去，是季氏向庄瑜提出联姻的传闻。

正信眼看着要变天，柳世南回国了。对于商人而言，这种时候最是有利可图。

柳世南回国第二日就在坟场见到了庄瑜，可董事会里领头反对庄瑜的人，到现在都还没露面。

商场波云诡谲，要有头脑，更要有城府。但庄瑜分明是小女孩强扮大人模样。她的情绪太简单、太直接了，仿佛周身每一个细胞都写着“未经世事”四个大字。

求人都不知道放低姿态。

把位子给她，庄正信是要带着正信跟他陪葬?

柳世南嫌弃庄瑜的时候，庄瑜也没少腹诽他。

什么人嘛！找他谈他不谈，把她丢在雨里。不找他了，大早上把她挖起来，让她以为自己有希望，结果真就是陪他出海。出海就算了，还对她冷嘲热讽!

什么癖好！她正这么想着，眼前忽然多出一只手。

游艇到了，他是在示意她登船。

庄瑜垂眸看着他的手掌，犹豫了一下，柳世南开口调侃：“想好了再上来，说不定会把你扔到海里喂鱼。”

激将法奏效了，她的手随即搭上来，一跃上船，姿态意外地好看，身子轻盈得不像话。

是猫吧？柳世南想。

不知道猫晕不晕船，反正庄瑜晕!

勉强自己出海的后果就是被晃得头晕眼花。

庄瑜从开船起就抱着马桶狂吐，把胃酸都吐出来的时候，柳世南出现了。

此时的他将白色衬衫的袖口挽起来，露出结实好看的手臂，一看就是常年锻炼。他神清气爽，跟她的狼狈形成鲜明对比。

看到庄瑜如此情境，柳世南的反应竟然是斜靠在门边看好戏似的调侃：“说了让你想清楚。”

意料之内的凉薄，庄瑜却还是忍不住生气，想要顶回去的时候柳世南忽然蹲到她面前。

庄瑜的眼底浮上一层警惕的神色。

柳世南没说话，只在她眼前摊开右手，掌心躺了两颗药。

庄瑜迟疑地问：“这是什么？”

“晕船药。”柳世南大发慈悲地解释，另一只手递过来一瓶矿泉水。

打一个巴掌，给一颗甜枣。

只要愿意，他也可以做到十分周全，让人寻不出破绽。

“谢谢。”庄瑜拿过药含在嘴里，去开水，几次尝试，都没能拧开瓶盖。

她皱着眉想把瓶子放到一旁，站起来直接去喝从水龙头里出来的水，却被柳世南一把夺过去打开，又重新递给她。

起风了，海浪摇晃船身，刚刚起身的庄瑜又是一阵头晕，慌乱中握住他的手臂保持平衡。过于亲密的接触，柳世南身上清爽的味道扑面而来，竟让庄瑜的症状有片刻缓解。但她没有半分留恋，放开他，退一步抓住身后洗手池的边缘，仿佛他是一块烫手的烙铁。

柳世南似乎并不在意这肢体上的触碰，指了指矿泉水瓶随口教训：“做女人要懂得示弱。难道没人跟你说过，事事逞强的女人容易显得不够可爱？”

庄瑜没好气地道：“惹人喜爱是宠物的职责，不是女人的！”

柳世南挑眉，他的眼神仿佛在说——你看吧，又在“喵喵喵”了。

奈何庄瑜读不懂，只在喝了口水后真诚地发问：“我们可以回去了吗？”

她觉得他们的船已经开出来很久了。

然而柳世南却仿佛听到什么天大的笑话，微微挑眉道：“我船都还没开始试，怎么回去？”

庄瑜抿着唇看了他半晌，憋红了脸，硬是一句话没说。

倒是柳世南冷笑着提醒：“心里少骂我两句还能省点力气。”

庄瑜看着那讨人厌的背影消失在梯子的转角，心理活动加剧——你自己也知道自己欠骂吧？！

说来也奇怪，自家的豪华大床睡不着，上了摇摇晃晃的船，倒是睡踏实了。柳世南走后庄瑜就倒在游艇的床上，这一觉十分安稳，再醒来已是天光大亮。

庄瑜坐起来揪自己的头发，她怎么会这样？

在最不该踏实的时候踏实。

不过人睡饱了脑子也会清醒一些。就像现在，庄瑜似乎搞清楚了一些事。只要柳世南愿意，有大把的人愿意陪他出海，但他却找了她。大概是因为，他对她的上任还算是看好的？

想到这里，庄瑜便来了精神。她跳下床快速整理了一下自己，然后沿着楼梯走上去。

此时船停在海中央，水面风平浪静。柳世南躺在甲板上晒太阳，手边放着酒杯和一瓶已经喝了一半的威士忌。

他仰面朝天，戴着墨镜，让人看不出是梦是醒。踌躇的瞬间，庄瑜看到他身侧的手微微动了一下，示意她坐过去。

骄阳似火，庄瑜在他身边坐着，眼睛只能睁到平时的一半大。

“在想什么？”柳世南终于有了些作为绅士的意识，撑起上半身从身后“变出”一个干净的酒杯，给她倒酒。

庄瑜抬手接过他递来的酒，卷土重来：“在想要怎么做才能得到机会，跟柳先生你谈公事。”

小猫睡饱了，说话就开始装模作样。

柳世南给自己添酒，根本不接招。

庄瑜有些气馁。她以前特别讨厌人与人之间的虚伪，尤其是圈子里的人。社交应酬的时候大家统统挂上迷人的假笑，说话永远弯弯绕绕，每一个字都不是字面意思，每一句话都暗藏玄机。

可是现在，她多少有些怀念那样的虚伪。

因为虚伪至少不会让人当面难堪。

她这么想着的时候，又听到柳世南语气里没有半点遗憾地说：“刚刚日出特别漂亮，只可惜庄小姐错过了。”

庄瑜低头啜饮杯中的辛辣——你觉得可惜才怪！

她不说话，柳世南也不介意，只勾起嘴角，转头看向她，状似随意地问：“庄小姐还记得自己上次看日出是什么时候吗？”

上次看日出？

庄瑜想了想，其实就是在不久以前。她早上去坟场“强求”跟柳世南“谈谈”未果，晚上又跟“相亲对象”季家二公子季成杰一起吃饭。

第一道菜刚上桌，姐姐庄怜心便冲进包间，在众目睽睽之下赏了她一个耳光。最后季成杰把庄怜心拽走，庄瑜则在店员异样的眼光中肿着脸颊离开。

那天她登上正信大厦的顶楼，明明吹了一夜冷风，但第二天日出却依旧蓬勃……

“庄小姐？”柳世南唤她。

“不记得了。”庄瑜说着将杯中的烈酒一饮而尽，任由那灼人的液体顺着喉咙直入肠胃，由内而外地将她燃烧。

此时，庄瑜的脸上显露出不符合年龄的沧桑感。

她说完好久都没听到柳世南回复，便下意识地偏头去看他，却发现他摘了墨镜正若有所思地盯着自己。

那双眼在阳光下显得剔透又深邃，眼神也过分认真了些。庄瑜被他看得不自在，忍不住抬手摸了一下自己的脸：“怎么了？”

“撒谎是一门技术活，庄小姐使用得还不够熟练。”他语带奚落。

庄瑜瞳孔微缩，顿了几秒才道：“我不明白你在说什么。”

“不明白最好。”柳世南重新戴上墨镜，双手枕在脑后舒舒服服地接着躺下去晒太阳，“看来有人看错了，上周在正信大厦顶楼徘徊了一夜的身影，并不是庄小姐你。”

庄瑜的脑袋像是被人用榔头狠狠砸下去，艳阳当头，她的脊背却渗出冷汗：“你怎么知……”

这几个字说出口，庄瑜又很快地收住。因为她知道，这样的消息可以传得有多快，又有多离谱。

在这之后他们沉默了好久，庄瑜望着一望无际的大海，脑子里一片空白，就像之前她站在大厦的顶楼一样。

彼时庄瑜的心理压力如同泰山压顶，所以她想登到这座城市的高处，看看站在这个角度思索人生，会不会跟别处略有不同。

她这种姿态被谁看到了？又误会了什么？是不是在她思索自己下一步该怎么办的时候，有人已经开心地奔走相告——“嘿，那女人想找死了，她死了就好了，什么都解决了。”

而奔走相告的人里面又会有谁呢?

庄瑜几乎能数得出来，比如她的继母……

是不是真的如有些人所说，人命和亲情，在巨大的利益面前，一文不值?

“走了。”柳世南开口，将庄瑜从沉思中唤醒。

庄瑜放下酒杯，他的手已经伸过来。她望着他宽厚的手掌，上面掌纹明晰。这是一双可以牢牢握住权力的手，如果被他拉上一把，她在董事会的姿态必定不会像现在这样难堪。

可是，他会帮自己吗?

庄瑜想到这里，又觉得自己可悲——把自己的生死放在别人手掌中的可悲。

“怎么? 这会儿还舍不得走了? ”看庄瑜的手久久没有搭上来，柳世南问。

“不是。”庄瑜仰头看着他，目光里有她自己都想不到的哀愁。

他看得出她有话要讲，他本该忽略的，但居然忍不住问：“那是什么？”

庄瑜盯着那张脸，想从他眼里找到一点什么，对她的怜悯也好，什么都好。但是柳世南的那双眼好像无底的深潭，什么都看不见。

她想起自己看过的关于他的资料，以他经手的那些案例。这个男人游走商场，最擅长的是收购公司再将它们拆分了卖掉。

他做得漂亮，从无败绩。这意味着他有一个极为冷静的头脑。

哀求，对柳世南这种人来说是没有用的。

她本来认真做好了一份关于公司未来运营的策略，也列出了管理层风险治理的问题，以及未来正信公司内部新准则的转换方案，还有……西区那块地的开发方案——父亲最重视的方案。但是出门太仓促了，她人又不在公司，所以并没有带在身边。

终于，庄瑜叹了口气，收回目光，将那句“你会帮我吗”生生换成“我们走吧”。

一路无话，重回岸上。

脚踏上土地，庄瑜心里终于有了些许踏实感。

开车回去的路上，他们同季若礼相遇了。

季若礼驾驶红色的法拉利，开起来风驰电掣，十分符合他“过分热情”的个性。不知道季若礼怎么想的，经过他们车子的时候打了个手势降下车窗，笑着对柳世南挑衅：“赛一段如何？”

庄瑜瞪大眼睛，还没来得及说句话，就见柳世南比了个“OK”的手势。

她没看错吧？这两个人加一起六十岁了，幼稚不幼稚呀？！

腹诽还没结束，柳世南已经踩下油门。车子“嗡”的一声弹出去，庄瑜的心差点跟着惯性撞出胸膛。

她看柳世南一脸认真，明白即使抗议也没用，只得握紧了副驾驶座位上的把手，脸色煞白地看着路边飞速退后的景色。

有那么一刻，庄瑜觉得这车子根本不是在跑，而是在飞。

两个人本来不分胜负，但路遇红灯，柳世南抓住路灯变换的瞬间再度加速，将季若礼甩在了身后。

不知道过了多久，车子终于在庄瑜的宅子外停下来。

她捂着胸口，想吐，但胃里也着实没有东西了。

柳世南开口，全无对庄瑜不适的问候，反而像个考了全班唯一一个满分的小学生。

“我赢了。”

“恭喜！”这两个字似从庄瑜的牙缝里蹦出来的。

柳世南笑，他今日笑得有点多。

“这个世界要是比赛言不由衷，庄小姐一定拿第一名。”

这男人！三分钟不怼她一句就闲得难受！

庄瑜刚要回嘴，就见他抬了抬下巴：“你……”

她有点怒：“又怎么了？！”

“快下车，我赶时间。”

“……”

庄瑜刚下了车，他的车便疾速开出去，喷了她一脸的尾气。

庄瑜气得原地跺脚——浑蛋！大浑蛋！

柳世南回到酒店的时候，特助杨帆刚刚把一束新鲜的玫瑰插入水晶花瓶。

“还没停？”柳世南问。

杨帆摇头。

柳世南“嗯”了一声，一边解开衬衫的纽扣，一边走近。

杨帆观察柳世南的脸色：“先生，这花要不要吩咐酒店的管理人员直接处理掉？”

柳世南看了一眼那束玫瑰，又拿起花瓶前放着的卡片。卡片上用楷体印着烂俗又简短的祝福语，签名却是漂亮的手写体，一笔一画大方落款——同事：庄瑜。

其中“同事”二字写得尤为用力。

大概是因为他之前说他们不熟，庄瑜便开始请人每日送花到他的酒店。这些花似乎都是新鲜采摘的，偶尔还能够看到柔软细腻的花瓣上有残留的露珠。

柳世南早已不是青涩的男孩，他对女人出手阔绰，珠宝、房产都不在话下，女人们当然也对他有所回馈。这还是第一次，有女人给他送花，且日日如此。

他今天就是想近距离看看，庄瑜到底搞没搞清楚她在干什么。

答案很明显，这女的脑子里一团糨糊，什么都想要，却什么都没想明白。甚至有些时候，当她看着他，眼里会涌现巨大的茫然和慌乱。

这当然是好事情。

“先生？”

“不用。”

柳世南说完又盯着那瓶花看了很久，末了伸出手指将价值不菲的水晶花瓶一点点地推向茶几的边缘。

他住的酒店不同于其他，套房的地面铺设的是从西班牙空运回来的云纹大理石，随着一声清脆的声响，花瓶坠地碎裂，花朵、绿叶并着水晶碎片散了一地，显得既孤独又寥落。

柳世南看着那一地的破碎，愉悦的神情慢慢爬上眼底——他笃信永恒的破碎胜过瞬间的完美。

杨帆推了推鼻梁上的眼镜，就听柳世南道：“她还会再约。”

杨帆明白老板说的是庄瑜，于是很快点头：“是。”

柳世南顿了顿，不知想到什么，又吩咐了一句话。杨帆听完，眼中有惊讶一闪而逝。

“要一字不差。”柳世南说。

“是。”杨帆收敛了神色，恭恭敬敬地回。

庄瑜回家洗了个澡便匆匆去上班，从她走入办公室那一刻开始，就忙得没有一刻能停下来。成山的文件需要她批阅，事无巨细。有些事她觉得根本不应该来问她，高层却还是打了报告上来。

父亲遗嘱里的安排突如其来，如果当初知道会是这样，她大学一定选商科，而现在她只能从工作中学习。

快到中午吃饭的时候，东区度假村项目的负责人陈磊来了。他抱着一摞文件拖住她絮絮叨叨说了一个小时，还问她要不要请个代言人。中途公关部的副部长张雯也来了，带了好几份文件给庄瑜签。

庄瑜头昏脑涨地签了张雯的文件，又给了陈磊一些意见。

一切忙完，已经过了午餐时间。

助理敏敏给她带了三明治，用以果腹。所幸庄瑜在这方面也不讲究，她一边吃一边吩咐敏敏找几个适合代言度假酒店的明星。

转眼又到了下午，秘书说张博年来电。庄瑜难得露出开心的笑容，拿起听筒："张叔！"

张博年是庄正信的律师，也是他的左右臂，三年前退休，一直在海外。父亲意外去世，庄瑜不得已向他求助。现在，大洋彼岸的张博年对她而言算是半个心理医生。

张博年告诉庄瑜，因为买卖房产的事情，他马上会回国一趟。

庄瑜问了他到达的时间后，两个人又闲聊起来。

庄瑜用一言难尽的语气描述这一周发生的事。最后她叹了口气："张叔，如果现在的我是三十岁，会不会更沉稳、让大家更信得过一些？"

电话那头的张博年顿了顿，跟她讲了一件事。

多年前，正信遭遇危机，庄正信焦头烂额。一天傍晚，一名少年敲开庄正信办公室的大门，往庄正信的对面一坐，问庄正信要不要帮忙。

那样青涩的年纪，那样大的口气，却实实在在地为正信度过危机出了力。

"小瑜，那年的柳世南只有十八岁。"

庄瑜满脸惭愧。

张博年说："你父亲病得太突然了，很多事都没有教过你。不过你倒是可以多观察柳世南，也许他会是一位不错的老师。"

庄瑜觉得张博年叔叔说得很有道理。

挂断电话，庄瑜感慨，摆在她面前的问题其实不是年龄问题——又或者不只是年龄的问题。可是能力和经验又绝非一蹴而就的事，对资质平平的她来说，只能像张博年叔叔说的，一点点学习，慢慢进步。

庄瑜这么想着，把电脑里本来准备当面给柳世南的方案又重新看了一遍。

听说这个人做事是顶级的，挑剔也是。

她屏息凝神地工作，等忙完所有的事情，又亲自把邮件发给柳世南的助理时，已经是深夜。

庄瑜自己开车回家，本想好好休息，人还没在沙发上坐稳就见有人闯了进来。

来人美艳非常，连最美的玫瑰都会因为她的出现而失去颜色。

“庄瑜，你为什么还不明确拒绝季家？你真想跟成杰订婚？你明知道他是我的男朋友！你是不是贱？”

庄瑜抬头望着庄怜心。

庄怜心此时的表情让庄瑜想起自己和弟弟第一次被父亲领入庄家大宅的情景。那时的庄瑜被父亲随手塞了一个娃娃，结果下一秒娃娃就被七岁的庄怜心夺走，并且狠狠地打了庄瑜的手背一下。

庄怜心下手重，庄瑜被她打得一愣，眼泪都差点飙出来。

“这是我的娃娃！这是我的家！我的爸爸！”

姐姐稚嫩的声音有着穿越时空的力量，庄瑜不由得缩了缩肩膀。

“你说话啊！”庄怜心发狠，砸了庄瑜茶几上的咖啡杯。

“啪”的一声，满地狼藉。

庄瑜皱眉看着一地的碎片：“我说过了，季锋给我提出建议的时候，我并不知道你跟季成杰在谈恋爱。”

“你现在知道了，打电话拒绝季锋！”庄怜心拿起桌上的手机递给她。

庄瑜不接电话，也不接庄怜心的话。

“你看吧？我就知道！”庄怜心冷笑，“庄瑜，怎么我的东西就这么好呢？你什么都要抢？”

“我没有！”

“你还敢说没有？这不是第一次了庄瑜！你欠我的！你欠我的知道吗？！”

两姐妹对视，同时看到一道疮疤，那是她们多年都无法解开的心结。

室内安静了许久，空气都凝结了，裹紧了庄瑜，箍得她喘不过气来。

庄瑜想说她不跟季家撇清关系只是权宜之计，只要她能说服柳世南。

庄瑜想说其实她看一眼就知道季成杰懦弱无能，怕他爸爸怕得要死。季锋对这个儿子期望甚高，季成杰以后就是季氏的继承人。就算她不答应这门亲事，嫁入季家的也绝对不可能是大明星庄怜心。

她还想说……

算了，庄怜心不会听的。

看庄瑜不说话，庄怜心冷笑着开口：“说白了你就是贱！”

庄怜心又这样骂她，庄怜心总这样骂她，好像只有用最难听的字眼骂她，才可以发泄她心里的怨气。

庄瑜冷静地看着庄怜心：“出去！”

庄怜心一愣，接着很快笑了一下：“你以为我多想在这儿待着呢？庄瑜，你喜欢抢男人是吧？好。”庄怜心说着，从手机里调出刚刚拿到的照片，“听说你最近在追这个人。”

庄瑜眼皮狂跳，照片上的人是柳世南！她大概明白了庄怜心的心思，有点慌乱地制止：“庄怜心，你别胡闹，我不是在追求他！”

“不是要追他还天天给他送花？我怎么不信呢？”庄怜心说着，不屑地笑了一声，“庄瑜，得到一个男人，手段不是这么用的。要不要姐姐教教你啊？”

庄瑜心里警铃大响：“你想干什么？”

“抢你的心上人，就像你对我做的一样！”庄怜心看她紧张，觉得自己猜对了，心里的愉悦不言而喻。

“不行！”庄瑜站起来。

“现在知道怕了？等你先说服季锋，再来跟我说‘不行’吧！”

庄怜心说完，手指拂过屏幕上男人的脸：“我很好奇，我们两个，他会选谁呢？”

庄怜心说完，又风风火火地走了。

庄瑜站了几秒才往前走。她忘记了被摔碎的咖啡杯和地上的水渍，一脚踏上去，直接身体后仰摔在地上。紧接着，她撑住地面的手掌传来剧痛。

庄瑜痛呼一声，家政人员阿珍匆匆出现："瑜小姐！"

庄瑜被阿珍扶起来，阿珍要去拿药箱给她处理伤口，却被庄瑜阻止："我自己来，麻烦你把这里打扫一下。"

"好的，瑜小姐。"

庄瑜说完准备上楼，走到楼梯口又想到什么，回头对阿珍道："换掉门锁的密码，把庄怜心的指纹和车牌号从安保系统里删掉。"

"是，瑜小姐。"

那晚庄瑜依旧失眠，黑暗里她望着天花板，很努力很努力地回想早上的那个梦。父亲的声音依旧不清楚，但他的口型好像是在说："小瑜，不要相信任何人。"

庄瑜苦笑，现在这种情况，她倒是愿意被人骗一骗。因为这个时候还愿意把她骗上一骗的人，都算是大发善心了。

庄瑜想到这里翻了个身，发现床头的手机亮了。

庄瑜拿起来看，是柳世南的助理回复的邮件，邀她吃饭。

邮件里除了吃饭时间和地点，只简单地写了一句话：别穿得太土。

庄瑜猛地坐起来，月光映照着她生气的脸。这句话想都不用想，一定是柳世南说的！

第二章 中餐厅

骄傲自大，心思深沉，自以为是，喜怒无常。庄瑜在这个世界上最讨厌的品质，柳世南全占了。然而令她气馁的是，即便这样，她还是要依着这个男人的心意办事，为自己挑一件“合适”的衣服。

庄瑜一向不爱时装，礼服更少，因为不需要。

她是家里的老二，上有一姐，下有两个弟弟。父亲六十五岁，对男人而言，还不算是太老的年纪，何况他的身体一直很不错。她还有一位四十八岁的继母苏雅梅。她这位继母可是个神人，在圈子里出了名的能干，所以父亲对继母苏雅梅也极为信任。因此，庄瑜从来都不觉得集团里会有自己的位置。

想都没想过。

庄瑜大学念的是植物学，她没有特别喜欢的专业，想着既然选了就好好念，成绩倒也不错。她在学校的前辈有些去了大的房地产公司做小区环境规划，还有人进了设计院做绿地系统规划。她觉得她以后也会做诸如此类的工作，所以那些价格昂贵、只能穿一次的礼服，没必要，更不需要。她宁可拿那些钱去资助学生上学。

这世界真奇怪，一个人身上一件衣服的价格足以改变另一个人的一生。

没有真正的公平。没有的。

庄瑜利用空闲去了“WM”——本城有名的买手店。这个牌子的经营人有地位、有眼光，圈子里很多人都是这里的VIP。

为了节省时间，庄瑜让店员直接拿出新款来看。可她看了很多，没有一件是满意的。

不。应该说，没有柳世南会满意的。

庄瑜来之前做了功课，仔细研究柳世南身边的女人会穿什么。

她这才发现，他在国内外投资界这么有名，其实却极少出现在媒体面前。即便出现，也鲜有女伴陪同。但若是他带了，那必定是最顶级的。

彼时庄瑜坐在办公室看网络页面上跟柳世南连起来的名字，那些跟他并肩过的女人——苏媚、金智敏、田中美穗……都是顶级的亚洲美人，不只有样貌，还是各个领域的业务精英。

八卦是人类的天性，庄瑜也不例外。

庄瑜想了想，忍不住用搜索引擎挖柳世南的花边新闻来看。柳世南对女伴出手极其阔绰，看送出去的东西就知道，他绝非暴发户的品位。

这样的人，会喜欢怎样的着装呢?

“就这些了？”庄瑜有些不满意。

店员不敢怠慢她，相互对视的瞬间，其中一个像是想到了什么，但说话的时候又带着十分的踌躇：“前些日子是进了货的，不过……”

“既然有货就拿出来给客人看，吞吞吐吐的干什么？我这开门不是为了做生意吗？”

庄瑜还没出声，已经有人替她命令店员。

这轻佻的声调，庄瑜不用抬头就知道是季若礼。

老板都发话了，店员哪有不动的道理。不久后，两位店员又推出一个衣架。庄瑜眼前一亮，因为上面悬挂着的礼服比之前的那些要好太多了。

庄瑜走到衣架前，季若礼也凑过来。距离太近了，她不动声色地往旁边让了一步，哪知手指刚刚放在一件礼服上，就听到季若礼说了一个“丑”字。

庄瑜皱眉，季若礼却嬉笑着解释：“我说的是真话，你知道真话往往很难听。”

这世界不知是怎么了，人人都争着给她上课！

放弃那件银白色的礼服后，庄瑜转而去拎那条米色的长裙。

“你年纪也不大，怎么选衣服的眼光这么老气？这颜色，啧……”季若礼再次直白地批评。

不然呢？难道要挑粉红色？她马上就要二十六岁了，不是小女孩了！

庄瑜懒得搭理季若礼，跳过那条裙子，手指触向最边上的黑色礼服。

这下季若礼是真正看不过眼了。他走过去从衣架上拿了一条红裙塞给她，经典的设计，一看就是来自V字名牌。

庄瑜才“哎”了一声，季若礼便打断：“不要小看一个纨绔子弟对于女装的品味。你穿这件要是不出众，这么多年算我白活！”

季若礼说着就把礼服塞给她，真的是“塞”，不由分说的。

庄瑜又“哎”了一声，这次其实是因为他不小心碰到了她掌心的伤口。

季若礼不知道，只以为她是在拒绝，动作迅速地又拿了其他两条长裙，塞到她怀里。

“天底下哪有女人选礼服只凭臆想的？衣服合不合身当然要试了才知道！走走走，去里面试试看。”

一连串的教训之后，庄瑜被他不由分说地推进试衣间，想反抗都没有机会。

试衣间的门“啪”的一声被关上，外面传来季若礼热情洋溢的声音：“你今天不试穿就别出来了。”

庄瑜皱起眉头，不知道自己什么时候已经同他这样熟了。

不过他说得也对，既然进来了……

庄瑜依次看过那三件礼服，都是很不错的设计，但最打眼的依旧是那条红裙。

因为姐姐，庄瑜从青春期开始就不太喜欢红色，但也不是不可以尝试一下的……

庄瑜这么想着，便拿起那件礼服来试穿。

言语会骗人，但眼神不会。当她推门走出试衣间，两位店员的眸子里一闪而逝的惊艳令她十分开心。

季若礼正在讲电话，见她出来忽然顿住，接着摊开手臂一脸满意：“我说什么来着？”

庄瑜也看着镜子里的自己。在此之前她从不觉得V字牌的华丽适合自己，但这身红穿在她的身上，竟为姿色平平的她增添了动人的气质。

挂断电话，季若礼走过来，亲自蹲下替她整理裙角。

末了他起身，同她一起欣赏镜子里的倩影：“这样穿才像个正经的美人嘛。”

“……”

庄瑜还是买下了那条红裙子。

人生大概总有那么几次，强烈地想拥有那些明知不属于自己的东西。

买下红裙的庄瑜是开心的，因为它少有地在取悦别人之前，先取悦了她自己。

然而人生在世不能有一丝一毫的松懈，庄瑜隔日便知道自己要为这份虚荣付出什么样的代价。

她跟柳世南约在一间重新装修完成的老字号餐厅共进晚餐，刚刚要切入主题的时候，庄怜心出现了。

一袭V字牌红裙穿在庄怜心的身上如同燃烧的火焰，全场只有她一个人美到无瑕又嚣张。

庄怜心的容颜得天独厚，这辈子跟人比美从来没有输过。此时红裙穿在她的身上，令身着同款的庄瑜黯然失色。这样还不够，庄怜心站在桌边居高临下地看着庄瑜，阴阳怪气地扬声道：“我说呢，明明我早在WM订好了这条裙子，下午去拿货店员支支吾吾说没留住，原来是被你给抢了。好妹妹，属于我的东西就这么好？怎么从小到大你样样都想夺走呢？”

她那么高调，这一番讽刺整间餐厅的人都听得到。

庄瑜手指握紧酒杯，杯中的液体因为她的微微抖动而泛起涟漪。她不知道姐姐是怎么知道她跟柳世南会出现在这里的。

“我跟你说了多少次，有些东西永远都不会属于你。就像这条裙子，你穿着就好难看。”庄怜心又说。

这句话话音落定，庄瑜手里酒杯的液体摇晃得更甚，如若起了风暴。

柳世南冷冷地看着这一切。

小猫爹毛了，又急又气。

那天怼他不遗余力，现在倒不会发火了。这种时候讲体面，是很容易输的。而庄瑜，看她矛盾的眼神，绝对不是输了会不在乎的人。

就像现在，庄瑜的手收在桌下，柳世南不用看也知道她在掐掌心。

真够没能耐的！

庄怜心看出来自己占了上风。她就是要以牙还牙，让庄瑜难堪。既然庄瑜要抢她的男朋友，她就要破坏庄瑜的好事！

庄怜心想到这里，心里涌起一阵变态的快感。再一转身，她身段柔软地在柳世南的身边坐下：“柳世南先生对吗？我是庄怜心。”

不是“我叫”而是“我是”，庄怜心的骄傲与生俱来，好像柳世南生来就应该认识她。

庄怜心说完话，身子微微倾斜，大方地向柳世南伸出手，露出好看的锁骨线条。

新中式风格的餐厅，将中国古典元素融入现代设计，包间的座椅都是仿古卧榻式的。此时此刻，美人加美景仿佛一扇绝美的屏风。

庄瑜皱起眉头，刚打算开口，就听到柳世南说：“你坐在我的西服上了。”

庄瑜讶然，庄怜心胜利般的笑容同一时间冻结在脸上。

她们同时低头看，庄怜心的确刚刚好坐到了他搭在身侧的西装一角。

可她是庄怜心！是经得起镜头三百六十度无死角检视的，最美、最有魅力的庄怜心！

庄怜心不甘心，再次微笑着抬手，手肘搁在柳世南的肩膀上，腻着嗓子问：“那你想我怎么样呢？”

这一刻姐姐的表情那么完美，连庄瑜都觉得，天底下没有男人能逃过这样的庄怜心。

柳世南笑了。接着，他用十足礼貌的口气说了四个字：“我想你滚。”

庄瑜的眼睛微微瞪大。

庄怜心愣住：“你说什么？”

柳世南淡然地继续说道：“我是认真的。”

庄怜心哪里受得了这种气，脑子一热直接伸手要打人。庄瑜比柳世南的速度更快，站起来握住胞姐的手！

庄瑜这一下力气不小。她手臂一扯一拨接着又是一推，再松开庄怜心的时候，庄怜心竟然往后退了几步才站稳。

柳世南看着庄瑜的举动，万万没想到自己这个大男人居然需要一只小猫来保护了。

这时经理来了，挡在庄怜心的前面：“庄小姐，前门有记者，我带您从后门走……”

跟经理一起出现的，还有柳世南的助理杨帆。

杨帆不客气地看着庄怜心，眼神冷静又强势。庄怜心接收到了杨帆的威胁，跺着脚恶狠狠地对他们说：“你们给我等着！”

此时，杨帆身后，正在为自己倒酒的柳世南弯起眼角，用无比闲适的嗓音说了一个“好”字。

庄怜心来之前，庄瑜正在同柳世南阐述自己制订的公司内部重组改革计划和理念。被姐姐这么一闹，庄瑜再回神时竟然大脑一片空白。等那火红的裙角消失以后，庄瑜才抓起手边的水杯喝了一口水，向柳世南道歉：“对不起……”

“怕什么？”

“啊？”

“你怕她什么？一句嘴也不敢回？”柳世南问。

庄瑜不知道他为什么看起来有点生气，于是顾左右而言他：“这个……好像跟咱们今天聊的主题没什么关系，我们还是说说正信以后……”

“我以为但凡我有兴趣的，都跟我们今日聊天的主题有关系。”柳世南抱起双臂，靠后。

庄瑜还是不肯讲：“这是我和姐姐之间的私事……”

她还没说完，就看到柳世南起身了。

庄瑜慌乱中伸手去拽他的手腕。肌肤接触，他的手臂清凉，她的掌心温热。心底有什么滑过，来不及仔细分析，庄瑜就感觉自己掌心的疼痛蔓延到了手腕。

原来，慌乱中她的手腕擦过桌上一道名菜上锋利的冰凌，动作之间鲜血顺着伤口涌出来。

庄瑜刚想收回手，就被柳世南一把抓住。

“别动。”他语调低沉，余音似乎能震动她的心。

鲜血顺着她纤细的手腕滴落下去。下一秒柳世南掏出手帕按住她的伤处，手速很快地绕在她的手腕上，再打了个结。

十分钟后，庄瑜坐在车里，透过车窗望向对面的药店。很快，柳世南的身影出现在无边的夜色里，步伐沉着、稳健，仿佛路灯下不可或缺的景。

直到他打开车门，庄瑜才收回目光。很奇怪，她手腕上的划伤并不是很深，却流了许多血，把他那条灰蓝色的手帕都染红了。

柳世南打开纸袋拿出消毒水，庄瑜伸手过去接：“我自己来。”

柳世南皱着眉躲开她的手，沉声道：“听话。”

他的语调中带着些许不耐烦，像是应付一个幼稚的小孩。

庄瑜心中恍惚，他已经把她受伤的手握在手心放在了他的腿上。柳世南也不知该如何拿捏这种力度，温柔却又容不得半点反抗。

“手心怎么回事？”他低着头问。

庄瑜搪塞：“杯子碎了，不小心划到的。”

贴得歪七扭八的创可贴被他迅速撕掉。

庄瑜的肩头跟着一抖：“疼！”

“怕疼别伤着。”他惯常说的风凉话脱口而出。

“……”

打开手帕的简易包扎，柳世南往她的伤口上倒消毒水。庄瑜的手下意识地往后缩，被柳世南又握紧了些：“没事的。”

很轻的一句话，也不算是安慰。但不知怎么的，特别能触动人心里的那根神经。

柳世南不知道她心里的念头，只垂眸替她处理伤口。庄瑜认真地看了一会儿，才发现他的处理手法竟比医护人员还要老练。

终于完工，柳世南抬头跟庄瑜的目光撞了个正着。她审视的目光他不回避，四目相对，却是庄瑜先撑不住转移了视线。

柳世南看着她微红的侧脸，眼中有什么一闪而逝。

“谢谢。”庄瑜用另一只手握住受伤的手腕，声音很低。

柳世南一哂：“这段时间你说的话，就这两个字最真心。”

庄瑜抬头想要反驳，却没有如期攥住他的目光。

柳世南似乎天性无法忍受凌乱，说话间已经开始动手收起药水和绷带，迅速清理车内的残局。

人经久形成的习惯，仿佛时光的印记。就如此时，庄瑜甚至可以经由这些微小的习惯瞥见这个男人的少年时光。

她想起张叔叔描述的，柳世南十八岁跟她的父亲面对面的场景。张叔叔说，他至今仍记得，那个男孩跟成年人谈生意，眼里却一点胆怯也没有。

现在，小男孩变成了男人。她蓦地有种幻觉，自己好像目睹了他成长的一部分。

庄瑜这么想着，又看了看自己手背上他打的那个蝴蝶结，几秒后忍不住笑了。

要开门下车扔垃圾的柳世南停住动作回头，有些奇怪地看了她一眼。

庄瑜愣了一下，摇头道：“没事。”

柳世南没再多说，下车扔垃圾，庄瑜再次盯着他的背影。

那个人分明同之前一样，却又好像有什么不同了。

等他再次上车坐稳，她不知道自己是怎么想的，鬼使神差地问了一句：“你不喜欢美女？”

柳世南从后视镜中看了她一眼，他知道她说的是庄怜心。

再开口，没有庄瑜预料中的冷嘲热讽，柳世南只淡淡地回了句：“我不喜欢别人装熟。”

庄瑜咬唇，这应该是句真话。她第一次见他，他也是这么没耐性聊天，皱着眉，眼神冷冷的，声音很低，氛围被营造得很吓人。

她还在想着，就见他转头看着自己。

“那我们现在算熟了吗？”她轻声问。

“你觉得呢？”

“一点点吧……”

他总不会遂了她的心，只发动车子不说话。

可庄瑜觉得他侧脸的线条虽然还是那样硬，但好像没之前那么僵了。

于是她大着胆子追问了一句：“是吧？柳先生？”

小猫咪的一双眼，眨巴眨巴地盯着他。不是一只普通的猫咪，而是一只日日送他鲜花的小猫咪。

车里的空气仿佛饱胀到了极点，一碰就会爆炸。

柳世南还没回答，她的手机就响了。

来电人是陈磊，庄瑜接起来，陈磊又开始絮絮叨叨，说着手下因为粗心定错了一批材料的事。

正信在东区度假村的项目很特别，主体建筑的外立面用的是特制的玻璃，一旦出厂绝不退货。这一弄错，损失的将是一大笔钱。这件事肯定要找人担责任，轻则警告，重则辞退。庄瑜让陈磊先报两个主要责任人上来。

庄瑜没跟陈磊说完，手机已经没电了。她放下电话，呼出一口气，把车窗打开。柔和的夜风吹拂，并没有让她的头脑更清醒一些。

庄瑜叹了口气，又过了一会儿，她问一直都在认真开车的柳世南："柳先生，你二十五岁的时候是什么样子呢？"

柳世南微微挑眉，似乎没听懂她的意思："嗯？"

她顿了顿，将张叔叔跟她讲的往事和盘托出。

"你十八岁已经胜过我的二十五岁，所以我想知道自己还差你多大一截。"

她说话的时候慢悠悠的，口气中带着些许红酒的味道。

他鼻子灵，知道她在见他之前就喝了酒。大概是为了壮胆，在餐厅坐下之后，她也是一杯接一杯地喝。好像只有这样，她才背得出那些关于公司内部架构改革的陈词滥调。全是书本上的东西，看得出她接班后，很认真地临时抱过佛脚。

书本上的东西倒不能说是完全无用，却也没想象中那么有用。否则，从古至今，只要看过《孙子兵法》的人，就能当常胜将军了。

庄瑜自己不觉得自己贪杯，但红酒后劲大，她这会儿眼神又迷离了一些，可看着柳世南的时候又强撑着精神。

大概是见他许久没回话，庄瑜又开口："柳先生？"

"至少没人敢这么晚还拿小事来烦我。"柳世南开口，语气依旧很淡。

她愣了一下道："你是说我还是说陈磊？其实，陈经理他……"

柳世南冷哼了一声打断她："没有一套严谨的规章制度，正信做不到现在这么大的规模。订错货这种小事需要劳烦到董事会主席做决定处理谁、不处理谁，还要手底下那些员工干什么？"

庄瑜沉默了，她平日里肩颈那种钝钝的疼，好像忽然变得尖锐起来，一直蔓延到大脑，接着又折返至心脏。

柳世南点醒了她。其实那些琐碎的小事根本不需要她来批示，公司有规章、有制度，大部分突发事件也都有前例可循。那些人这么做的目的，大概是欺负她不懂管理。如果严肃处理后员工抱怨，就直接推到她这个主席身上。

温度分明不低，庄瑜却觉得冷。她太势单力薄了，身边没有一个可以真正相信的人。敏敏倒是很忠诚，可是她这个助理跟她一样，没有经验。

父亲对自己的身体那么有信心，所以即便六十五岁了，也没有设继承人计划。或者他本来想要的那个继承人，本就是一直在他左右、跟他并肩作战的继母——苏雅梅。

可是在生命的尽头，这对夫妻之间的信任出现了很大的问题。这直接导致父亲更改了遗嘱。而最终宣读的那个版本，几乎将苏雅梅从财产继承的名单里剔除出去。如果不是继母名下早有股份，现在的她可能无法参与正信的管理。

庄瑜至今还记得苏雅梅在律师办公室拂袖而去的那一幕。那么沉得住气的一个人，也露出狰狞的表情来，仿佛瞬间可以把世界都撕得粉碎。

“你家到了。”柳世南提醒道。

庄瑜这才惊觉，车子已经停在她家的草坪上。可是她坐着没动。

柳世南的手指轻轻点着方向盘，节奏显得很有耐心。

“如果你是我，会怎么做呢，柳先生？”她看着柳世南，带着可以得到“高手点醒”的侥幸。

“顺我者昌，逆我者亡。”他看了她半晌，轻轻松松地说。

庄瑜看着前方，好一会儿都没说话。就在柳世南开口要催促她的时候，她忽然开口说：“这本来也不是什么大事，而且陈磊的家庭负担是很重的，他的父母……”

庄瑜又开始长篇大论，她说话常常没有重点，但柳世南却懂了。

他听说庄瑜进入公司的第一件事就是跟公司每个不同层面的人聊天。因为她觉得对公司的管理，很大一部分是对人的管理。

但柳世南认为她是搞错了重点。

“这跟你没关系。”他冷静地说。

“不是的，有关系。”庄瑜说，“我上任之后做得最多的工作就是了解我的员工。父亲也常说，要把人当人，了解别人的难处，体恤别人的……”

“是吗？”柳世南打断她，“我怎么觉得了解别人的难处是为了利用他们的弱点，而不是体恤他们的困境？”

之前喝的红酒更上头了，庄瑜听了这话，忍不住瞪他一眼：“你真是万恶的资本家！”

“我是。”柳世南看她一眼，不以为意地道，“万恶的、不被员工耍得团团转的资本家。”

“……”

这一刻，庄瑜对柳世南的言论嗤之以鼻，但后来发生了一件事，让她觉得也许自己才是错的那一方。

往年，正信集团在年中的时候，都会在庄家坐落在山顶的大宅举办一个慈善晚宴。

这一年庄正信去世不久，集团的运营又问题重重，按照庄瑜的意思，无论是从情理还是从资金方面考虑，都不该办晚宴。但公关部的人却做了全套服务的预订和策划，并且广发请柬。

庄瑜是临近宴会日期才从合作伙伴那里听到这个消息的。

她立刻找到公关部的负责人之一——张雯。

张雯却拿出庄瑜签下的文件，无辜地说：“这件事是庄总你签字同意的呀！”

庄瑜回想自己是什么时候签的字。她最后一次见张雯，是那日陈磊来汇报度假酒店的项目。庄瑜的大脑同时处理两件事，难免有些分神。这份文件大概是被刻意地夹在别的文件中间，所以，庄瑜签字的时候根本没注意。

彼时公关部的张雯直直地望向庄瑜的眼底，庄瑜才明白，这自始至终都是一个圈套。而这些人之所以可以明着给她下绊子，都是因为背后有苏雅梅在撑腰。

苏雅梅想让庄瑜的工作出现足够多的失误，从而让董事会的人反对庄瑜继续坐在主席的位子上。

庄瑜想到这里，不由得握紧拳头。她气到极致，冒出的第一个念头正如柳世南所说——逆我者亡。

现在开除公关部的张雯？

不行。

庄瑜目光下移，头脑里的冷静回来了。

张雯衣着宽松，肚子微微隆起。她怀孕了，是个孕妇。孕妇受法律保护，不可以随便开除，老板却需要为自己的疏忽埋单。吃一堑长一智，庄瑜最终还是咬着牙忍下了这一切。

叫停晚宴来不及了，花出去的钱也收不回来，只好将错就错。庄瑜安慰自己，能筹到钱回馈社会也好。

参加不想办的宴会，庄瑜也懒得为这件事费心。倒是助理敏敏打电话让WM来送过几次衣服，庄瑜没看上的，全退了回去。

这一日她从外头回到办公室，就看到桌上的礼盒。庄瑜把敏敏叫进来，蹙着眉头问："谁送来的？"

"是季若礼先生亲自送上来的。"敏敏察言观色，小声解释。

庄瑜皱起眉头："季若礼？什么时候？"

"刚上班就拿上来了，严总把季先生带上来，礼盒放在我桌上，我没机会问，他们就有说有笑地走开了。"

敏敏说完有些忐忑地问："瑜姐，我是不是做错事了，不该收下这条裙子？"

庄瑜摇头，从盒子里拿了礼服展开来看。这次季若礼送的跟上次那件全然不同。白衬衫在胸前挽起褶皱，下面的黑色紧身鱼尾裙长度一直到地面。简单的设计，突出了她修长纤细的身材，清爽的配色与她清淡的样貌完全相称。

"很漂亮啊。"敏敏说着又观察庄瑜的表情，"你不喜欢吗？"

庄瑜摇摇头，把衣服重新放了回去。

敏敏看不懂庄瑜的表情："瑜姐，今晚穿这件吗？"

"我想想。"庄瑜说。

她真的需要思考，因为上次跟庄怜心在餐厅撞衫后发生的事，让庄瑜有些怀疑季若礼跟她装熟的动机。

那件事也让庄瑜明白了，柳世南为什么那么讨厌别人跟他装熟。

季若礼没想到庄瑜真的会穿自己送去的衣服参加晚宴，夜宴当晚在庄家大宅与庄瑜相遇时，他忍不住露出惊讶的表情。

远远地分开人群，季若礼朝她走过来，第一句就是：“没想到你这么赏脸。”

这次庄瑜是有备而来，早已想好了怎么应付季若礼。

她从侍者的托盘里取了一杯香槟，淡淡地说：“怎么？季先生的这件大作送到公司，是为了让我挂在衣帽间欣赏的吗？”

季若礼愣了一下：“你知道这套是我设计的？”

庄瑜点头，她不算聪明，但知道凡事要做好前期准备，多调查研究总不会错。

如果不是有心调查，庄瑜不会知道季若礼上大学时修的是时装设计，初出茅庐那会儿还拿过设计大奖。所以，他能把WM经营得这么好，绝非偶然。

还有，她竟不知季若礼跟庄怜心曾经是同学。

季若礼罕见地有点不知所措，却也只是很短的时间。他再开口，语气前所未有地诚恳：“上次那件红礼服是限量版，全城只有我这里拿到一件，我也不知道怜心怎么会这么巧搞到同款。”

庄瑜看着他，并没急着说话。

季若礼又解释说：“那天你来买衣服，又没跟我透露跟柳世南吃饭的时间和地点，这件事你不能说我有嫌疑吧？”

“不能吗？”庄瑜问。

季若礼耸耸肩：“如果你怀疑我，为什么还要穿我送的衣服？不怕跟她再次撞衫？”

“也许是想让季先生欠我一个人情。”庄瑜回答。

季若礼讶然地看着她。

庄瑜继续道：“我跟姐姐不过是一次撞衫，第二天就有高清照片登载在各大媒体上，模糊事件的内容，却把衣服的出处、设计风格，各种细节都写得清清楚楚。这很难不让人浮想联翩。”

“啊，这种事是狗仔做的吧？毕竟庄怜心是个大明星嘛！”季若礼不慌不忙地推脱。

“看图片质量，不像是娱记。就算是狗仔拍出来的，这件事之后的传播方式也明显是有人在带节奏。据我所知，季先生前段时间投资的传媒公司手底下营销号不少。”

“所以，你觉得这一切都是我设计的，利用你们姐妹相争的新闻让WM出名？”

庄瑜摇头：“WM已经很出名了。不过要让投资人愿意为它注入更多的资金，让它继续发展扩张，它的知名度得在短时间内得到更大的提升。这个世界上，还有什么能比绯闻、八卦，和一个美艳带货的女明星更吸引眼球的呢？”

庄瑜说完，季若礼脸上重新挂上了招牌式的玩世不恭。

“你跟你姐姐真的很不一样。庄怜心知道那件礼服被你拿走，肺都快气炸了，在电话里至少跟我咆哮了半小时。”

庄瑜不容他避重就轻：“你这是承认了？”

季若礼装腔作势地叹了口气：“WM正在A轮嘛，我也是为了混口饭吃。”

庄瑜语带讥讽：“知道季先生在家里不得宠，但没想到混饭混到我这里了。”

季若礼厚脸皮地笑：“别这样，大家以后说不定还是亲戚。”

庄瑜摇头：“最好不是。”

季若礼脸上的笑意更深：“那就当海内存知己。”

庄瑜想起自己撞衫那日的难堪，不由得冷声讥讽：“季先生这知己来得够廉价的。”

季若礼却一点也不觉得愧疚，只是笑着说：“哎，话可不能这么讲。别人廉价不廉价我不知道，对我来说，你这样身家的知己可一点也不便宜。”

“……”

本来想要揭穿他的心思，却得来这厚颜无耻的辩白，竟然让庄瑜这个占理的一方觉得无语。

“其实那天在琼湾我说我是庄小姐的仰慕者，是真的，只可惜以后继承季氏财产的人不会是我，太可惜了。”

季若礼这话可一点都不诚恳。

庄瑜想揭穿他，却因为看到了柳世南而忍住了。

此时，柳世南才刚进场。他今天跟平日里一样西装革履，只不过破天荒戴了金丝边框眼镜。此时被三五成群的名媛围在中间的他，站在灯下同人寒暄，那张脸被精心设计的灯光映着，特别像个斯文败类。

呵，斯文败类。

这个词在脑海闪现的时候，庄瑜无意识地勾了一下嘴角。

仿佛有心电感应，柳世南忽然抬头看向她所在的位置，四目相接触，也不知在谁的心底掀起涟漪。

柳世南隔空朝她举杯，庄瑜没来得及回应，就被人挡住。

她没开口，季若礼倒是先叫人："哟，这不是我的宝贝弟弟嘛！"

庄瑜转头，也看向来人。

此时向他们走过来的季成杰相貌堂堂，不似柳世南的刚硬凌厉，也不像季若礼的妖孽精致，季成杰的面部线条清新柔和，整个人里里外外都透着一股子书卷气。

庄瑜不由得想，这一款的确是姐姐会着迷的类型。

季成杰开口的第一句话是对季若礼说的："哥，我可不可以跟庄小姐单独说两句话？"

"没问题！"季若礼没有反驳的道理，嘴巴一撇，对庄瑜躬了躬身，走开了。

季成杰见季若礼走远才上前一步，庄瑜不着痕迹地往后退了一些，再看向季成杰身后时，不远处的柳世南已经不见了。但庄瑜下一秒又觉得奇怪，自己为什么在这样一个紧要的关头下意识地去找柳世南。

"庄瑜。"季成杰开口叫她的名字，打断了她的思路。

庄瑜的目光才重新聚焦在那张书生气十足的脸上，接着就听到季成杰用不耐烦的声音说："你不喜欢我，我也不喜欢你。你能不能主动找我爸爸，拒绝他撮合我们的婚事？这件事一直悬着，让我很心烦！"

他的口气很不礼貌，庄瑜一口气堵在胸口，用同样不客气的语气问：

“凭什么？”

季成杰的眼睛微微瞪大：“什么凭什么？”

庄瑜说：“觉得心烦是你的事，又不是我的。你的感受跟我有什么关系，要我去为你说话？”

季成杰的手放在腰上：“哎，你！你什么意思？怎么就跟你没关系？别以为我不知道，是你在集团里孤立无援，我父亲才要帮你的！”

庄瑜之前跟季成杰见过两次。第一次季锋在场，季成杰根本没怎么说话。第二次他们还没说上话庄怜心就来了，所以庄瑜从来都不算了解季成杰，也不知道他这么讨人厌。

此时此刻，不只是季成杰的话，他脸上的表情也惹恼了庄瑜。因为季成杰看着她的眼神，仿佛在看一块讨厌的牛皮糖。

“帮我？”庄瑜冷冷地说，“季成杰，你爸爸跟我提联姻，是因为我身上有他想要的东西！我们两家说白了是利益交换，并没有谁求着谁。说句老实话，放在平日里，你这样的男人，我看都不会多看你一眼！”

“你说话不要太过分！”季成杰暴跳如雷。

“是你先过分的！”

庄瑜懒得再跟他多说，冷笑一声，转头疾速往大宅深处走去。几分钟后，庄瑜推开通往大宅露台的门，却发现已经有人站在栏杆前。

庄瑜有些惊讶，脱口而出道：“你怎么在这儿？”

柳世南亦回头看她，见庄瑜的眼里满是疑惑，啜饮了一口酒才慢条斯理地道：“这里不能来吗？”

“不是。”庄瑜迟疑了一下，接着走过去跟他并肩站立。

不知道是不是因为有清风袭来，她心里的怒气竟然消了大半。两个人并肩站了一会儿，柳世南才缓缓点评：“今天这件礼服比上次那件更称你。”

“是吗？”庄瑜垂眸看身上的礼服。

被他夸奖了，竟然有些高兴。

“看样子，这位季家的大公子倒是比季锋还会做生意。”

庄瑜扬起眉梢看着他，几秒后下了定论：“你也猜到了。”

柳世南笑了笑：“这需要猜吗？在餐厅遇到你姐姐后，WM在第二天不花一分钱就跟着你们这些事主登上了各大网站的娱乐头条。这么全面的广告铺设，只花了两件高级定制的钱，性价比太高了。”

庄瑜此时贴紧栏杆，觉得风一吹自己就会飘走。没人知道，她虽然从未对季若礼有所期待，但还是在最初他帮忙挑选裙子的时候，认真地想要相信人与人之间莫名的善意，直到后来有记者问及那日餐厅她衣服的出处……

明白“人心隔肚皮”是一回事，真正经历又是另一回事。

想到这里，庄瑜的脸上不免涌现出失望的神色。不过还好，季若礼做的倒不是什么突破她底线的大事。

柳世南看到她几秒时间内脸上变换了几种表情，不由得轻笑了一声。最后，他竟然看着她的眼睛大发慈悲地安慰：“也没必要觉得郁闷，人与人之间就是这样，相互利用，习惯就好。”

庄瑜看着柳世南眨了眨眼睛。

柳世南问：“怎么了？”

庄瑜摇头：“没事。”

她本来说了“没事”就该停止的，可是她没有。在他的身边，她的心里总会涌起过度的倾诉欲。因此过了一会儿，她又开口说：“我觉得不该这样的。”

“嗯？”

他看着她，她也转过去看着他，有些倔强地说：“虽然最近遇到了太多这种事，可我还是觉得，人跟人之间，应该有更好、更坚固的东西，不应该只是相互利用而已。”

柳世南听她说完这些话后，认真地看了她许久，淡淡地道：“多理性思考，少看点鸡汤。”

“……”

人分明是感性动物，却又喜欢终其一生追求理性，这是一件多么矛盾的事情啊！

第三章 公安局

如果庄瑜知道第二日自己就会被警方带走问话，她大概不会那么不假思索地在柳世南面前大谈什么“更好、更坚固的关系”。

又或者这种关系，并不存在于她跟某些人之间。

警察来的时候，庄瑜正在看敏敏挑选出来的几个度假酒店代言候选人的资料。看到一半，公司接待部的职员就带着两名民警进门来。

警察很客气，其中一位走到庄瑜的办公桌前道：“庄小姐，我们是园区公安分局的办案民警，有人举报你跟一宗案件有关，请跟我们回去协助调查。”

敏敏呆住了，庄瑜也是一脸错愕。

看庄瑜没有及时动作，民警提醒了一句：“庄小姐，请吧。”

庄瑜闭眼冷静了一下才站起来往外走，她尽量挺直脊梁，却无法掩饰身体的颤抖。

敏敏反应过来，一脸惊慌地跟到庄瑜身边：“瑜姐！”

这一声倒是让庄瑜飘着的心稍微定了那么一点点。

庄瑜开口，思路清晰，但是声线却没那么稳定：“通知大家，下午的会议取消；找公关部和法务让他们做出应急预案，随时准备面对之后的舆论危机，避免后续的发酵；张博年律师中午会到机场，航班号在我办公桌上，你去接他，就说我出事了，请他务必先去园区公安局一趟。”

庄瑜就这么一边交代一边走，到电梯厅的时候正遇到电梯门打开，从里面走出来两个人，让庄瑜停下脚步。

柳世南没有立刻发声，反而是苏雅梅开口问庄瑜：“怎么回事？”

自从父亲去世，庄瑜接掌集团后，苏雅梅已经很久没有出现在公司了。但在这一刻，她出现了。庄瑜有种强烈的直觉，举报这件事一定跟苏雅梅有关系。

庄瑜没开口回答苏雅梅。她的目光从苏雅梅的脸上滑过，跟苏雅梅身边的柳世南对上。

四目相对，庄瑜的眼神冷得像冰，柳世南的脸上却看不出任何波动。

电梯门眼看就要关上，警察善意地提醒道：“庄小姐。”

庄瑜这才回神，抬步跟两位民警一起进电梯。

不知是因为情绪激动，还是因为失神，庄瑜脚下的高跟鞋一歪。柳世南的速度比警察更快，他伸出手来，稳稳托住将要摔倒的庄瑜，却被庄瑜大力甩开。

苏雅梅饶有兴味地看着这一切发生。直到柳世南收回手臂，庄瑜走入电梯，苏雅梅才收回了目光。

出了正信的大门，一群记者立刻涌上来堵住庄瑜——

“庄小姐，警方忽然带你问话是因为令尊的死吗？”

“听说正信集团向季氏提出联姻的要求，是真的吗？”

“传闻您的未婚夫是庄怜心小姐的男朋友，是这样吗？”

……

连两位民警都惊讶怎么会来了这么多记者。

庄瑜心里却清楚，这本就是一个陷阱，苏雅梅设好的陷阱。她这位继母太知道怎么折磨人了。

民警护着庄瑜，穿过层层人群，朝着警车走去。可庄瑜还是在临上车之前被人拦了下来。

“庄小姐，外界都传言是您害死了庄正信先生，假造遗嘱接替集团董事会主席的位子，请问您本人对此有什么看法？”

记者的话筒几乎快杵到庄瑜的嘴里，她终于忍无可忍：“传言？谁传的？苏雅梅吗？！”

下午，坐在酒店的柳世南在新闻上看到这一幕，拿起遥控器关掉了电视机。

“所以，警察这次会扣留庄小姐，跟庄正信生前的护工李爱兰的失踪有关。”杨帆翻着手里的记事本，恭恭敬敬地汇报。

“既然护工已经失踪很久，警方为什么现在才找人问话？”柳世南问。

“李爱兰孤身一人，只有一个侄子李伟，一直在外地打工，不常联系。据李伟自己说是他最近回家才发现姑姑失踪了。听说他报警的时候矛头直指庄小姐。”杨帆回答。

柳世南挑眉冷笑：“忽然冒出来的侄子……”

他顿了顿又问：“之前庄正信的死因警察没有说法？”

“庄正信死的时候已经是癌症晚期，警方的调查结果是庄正信雨夜失足跌落露台，定性是意外。不过外界的说法就很多了，一个富豪的非自然死亡是很容易成为众人关注的焦点的。”

杨帆说着顿了顿，又翻了翻资料：“至于为什么会有人怀疑庄瑜小姐，是因为庄正信失足当晚所有的关系人都有不在场证明。按理说庄小姐也有，她当时正在大宅二层的卧室跟远在英国的弟弟庄瑞视频聊天。可庄瑞是庄瑜同父同母的亲弟弟，所以证词方面的可信度就……”

柳世南听到这里，点了点头：“警方当初只把她列为了怀疑对象？”

“是，但警方调查后，排除了庄瑜小姐的嫌疑。不过这件事后续发酵了很久。庄正信死之后，庄家遣散了一批家政人员。也许是那些人不满这样的安排，总之，在丧礼期间，多家营销号爆料庄氏的豪门恩怨，后来有几个微博大V还被庄家发了律师函警告。据说……”

杨帆说话很少这么踌躇。

柳世南挑眉：“据说什么？”

“据说庄瑜小姐调查过，那些散布假消息的营销号跟苏雅梅那边的人有点关系。”

柳世南点了点头：“怪不得。”

怪不得庄瑜被记者逼急了，直接对着镜头喊出苏雅梅的名字。这跟公开撕破脸没有什么区别，原来是积怨已久。

柳世南想到这里，又问：“这个李爱兰是被庄家遣散的员工中的一个？”

“不，她是在庄正信生病期间被开除的。具体原因现在还不太清楚。”

柳世南颔首，半晌才喃喃细数：“雨夜、绝症、巨额遗产，四个等待分遗产的子女、一个野心勃勃的老婆，以及坠亡……这些元素被有心人精心编织起来，的确可以让人兴奋很久。”

久到足以让人信以为真，久到足以用谣言压死一个人。

他想到这里站起身，走到窗边看出去，此时整个城市都被笼罩在阳光里。可即便如此，仍有很多事发生在暗处，不为人知。

许久，杨帆才听到柳世南开口：“查查李爱兰这个人，她是这件事的根源所在。只有找到她，很多事才会有解释。”

“是。”

“李爱兰不太可能是死了。这件事如果是苏雅梅主导的，她的想法最多是用流言的力量攻击庄瑜，群众爱看什么戏码就给什么戏码，让庄瑜永远处在舆论的风口浪尖不得安静。”

柳世南说到这里又想了想：“跟李爱兰联系这种事苏雅梅不会亲自去做，所以你重点还是盯着那个叫李伟的人。既然他是李爱兰唯一的亲戚，就不可能跟李爱兰没联系。最危险的地方就是最安全的地方，那个李爱兰说不定就藏在大家的眼皮子底下。”

“是。”

“另外，”柳世南快速地看了杨帆一眼，“我记得你有国内的律师执照。”

“是的。”杨帆眼里的惊讶一闪而过，很快便问，“需要我去公安局……”

柳世南低头看了一眼时间："去看看。"

敲门声打断了柳世南的话，他跟杨帆对视一眼，杨帆转身走到门边开门。

门外站着的是苏雅梅，一贯优雅的笑容挂在她的脸上："阿南，方便说几句话吗？"

苏雅梅跟柳世南的养父柳瑞德有些交情，所以柳世南没拒绝，只对杨帆点了点头。

苏雅梅走了进来，杨帆则出去把门关好。

柳世南看着那个女人走向他，一步一步，像一只逼近猎物的白狐。

"怎么不住自家酒店？"苏雅梅环视四周后看着柳世南。

正信旗下也有五星级酒店业务，其赢利能力仅次于集团旗下的电池板块。

"这也是安丰旗下的酒店。"柳世南说。

安丰的投资范围很广，从来不把鸡蛋装在一个篮子里。

苏雅梅点着头笑道："你父亲常说，几个孩子里你最有出息。"

其实柳瑞德还有后半句话——阿南也是最难以被驯服的一个。

就像现在，再怎么说她也是长辈，他竟然连站都没有站起来。不但没站起来，柳世南还看了看手表。

"怎么？待会儿还有安排？"苏雅梅用探究的眼神看着他，"你不会是在担心庄瑜吧？"

柳世南挑起眉毛。

苏雅梅继续道："我没想到你们两个孩子之间的感情已经这样好了。听说还一起出海？你……"

"苏总。"柳世南终于开口打断她，"我最讨厌别人浪费我的时间，而你已经浪费过一次了。"

苏雅梅立马住口。

中国人沟通讲究迂回，讲究情面，讲究长幼。柳世南却是美国做派，不把这些看得很重。

苏雅梅知道，柳世南十八岁就在商界崭露头角，庄正信很喜欢他，说这小伙子绝非池中之物。她想，如果庄正信还活着，就能看到现在的柳世南有着怎样不可一世的傲气。

苏雅梅想到这里，故意问："浪费了一次？这话怎么说？"

柳世南答："早晨。"

早上，他跟苏雅梅的车子一前一后抵达正信集团的地下车库。苏雅梅故意指挥司机，将她的车子挡在了他的车子前头。

他们同时下车，苏雅梅叫住他，跟他说了一路没用的话，不过就是为了到顶层的时候，让庄瑜看到苏雅梅跟他同时出现的那一幕。

庄瑜道行浅，从她甩开他手的那一下就看出被气得不轻。

柳世南倒是不生气，他就是讨厌被人利用。他坐到如今这个位子，是为了利用别人，而不是为了让别人利用他的。

"苏总早就算计好了吧？"

既然苏雅梅开口问了，柳世南便说出自己的不满。

柳世南这么说，苏雅梅一点也不恼，只优雅地解释："我可是今天早上才从国外飞回来的。"

柳世南眼波一闪。

如果不了解苏雅梅，真的会觉得她无辜。可是你看她，近五十的年纪，却有着三十出头的样貌，这是何等的自律才能做到如此地步。这样的人，人生的每一步都在她的掌控之中。

运筹帷幄的人不必事事亲力亲为。

庄瑜早上被带走，正信集团的公关部和法务到现在都毫无动静。是谁的授意？

一整天了，媒体轮番播放庄瑜被民警带出正信大厦的那一幕，就像是急着在法律之前对庄瑜进行宣判。是谁的手段？

主流网站更是将正信大厦外记者采访庄瑜的视频，跟庄怜心在餐厅掌掴庄瑜的照片摆在一起吸引眼球。两姐妹互争一个男人，此事事关伦理，谁都不想被卷入大众传媒的旋涡之中。这样一来，季家也不会再提联姻的事情。

这又是谁的筹谋?

苏雅梅是刚回国没错，但庄瑜的路早在这之前就已经被她堵死了。

说到底，一只小猫能拿什么跟千年的狐狸精斗呢?

柳世南停了一会儿，用一种不咸不淡的语气说：“您谦虚了。”

苏雅梅走后大概十分钟，杨帆进门跟柳世南回报，已经有人把庄瑜从公安局带走了。

“正信的律师?”柳世南问。

“是张博年，张律师。”杨帆答。

柳世南笑了笑：“看来这只小猫的运气并不是太差。”

城市的另一头，坐在车里的庄瑜精疲力竭。她看着窗外，这条不是回家的路。不过也无所谓了，有张叔叔在侧，她也能放心地休息一下。

此时，对面行驶过来的车子开了大灯呼啸闪过，明亮的灯光让她想起审讯室里的场景。

问询她的警察是一男一女，男警察负责做笔录，女警察负责提问。

他们给庄瑜看李爱兰的照片，问她为什么在她父亲死前不久让人撤掉了家里所有的摄像头……

庄瑜叹了一声，手按住额头。

副驾驶座的张博年听到了她的叹息，回头道：“小瑜，你先睡一会儿吧，我们还要再绕一圈才能甩掉那些记者。”

庄瑜摇头，又叫他：“张叔，警察审讯的时候，追问了我撤掉摄像头的事……”

张博年说：“我知道。”

“你知道?”

张博年点头：“这个我已经跟警官们解释过了，的确是你爸爸亲自吩咐的。毕竟当时咱们谁都没想到，李爱兰会把你爸爸生病后的视频拷贝出来，以高价卖给八卦周刊。”

庄瑜摇头："我不是说这个。我是在想，是不是我当时反应过激了，才会听爸爸的，撤掉摄像头，解雇了看护他的人。不然他也不用在去世后还要被人这样议论。"

而她也不会因此一度成为警方调查的重点。更坏的是民间的传言愈演愈烈，"假遗嘱"的标签直接影响到她接班后开展工作的方方面面。

"小瑜，外面的人喜欢拿所谓的豪门秘密做文章，是为了博取眼球，这些东西不该影响到你的判断。"张博年说。

车厢里安静下来，过了一会儿，张博年又道："你爸爸是因为太疼了，说来也是奇怪，最后给他用的那些特效药好像根本就不管用……"

庄瑜深呼吸一口气，他们都知道那种疼痛是什么样子。

疾病面前人人平等，父亲原本壮实的身体最后被病魔折磨到瘦成一把骨头。而在这样的时刻，还有人想要用他死前最后的影像来赚钱。

庄瑜想，算了，她不后悔，被审问就被审问吧。

就是时光再倒流一次，她也还是会把李爱兰赶出去，把摄像头撤掉。因为她知道，跟其他事情相比，父亲更看重生命最后的尊严。

把记者甩掉之后，张博年直接把庄瑜送到郊区的荣悦酒店，在这里没人会打扰她休息。

张博年交代了她几句，便匆匆离开去处理其他事情。

庄瑜向他表示抱歉，他明明早已不在公司。但张博年却说，他现在帮助庄瑜是以叔叔的身份，而非公司的员工，让她不必放在心上。

庄瑜感动万分。她躺在酒店的床上，原本想看会儿电视的，可是打开屏幕，本地的新闻台全是她走出正信大厦的画面。

彼时的她对着镜头发脾气，那样沉不住气，让人把笑话全看了去。

庄瑜郁闷地关掉电视，躺在床上想，她要快快成长才行，至少要认真地学会怎样在愤怒、烦躁的时候掩饰自己的情绪。

也许像柳世南一样？

她这么想着，竟不由得微微笑了一下。

被审讯的流程折腾到疲惫，不知何时，庄瑜再次入梦。这次她再次回到父亲坠亡的现场，她用尽全身力气大叫着冲上去，想要阻止事情的发生。就在她跑近的时候，那个将父亲推下去的黑影回头了。庄瑜愣住，那居然是她自己的脸。

像是忽然从悬崖上跳空，庄瑜惊叫着坐起来。

她休息了一会儿拿手机来看，竟有一条来自柳世南的信息，内容很简单——我在荣悦顶层。

庄瑜想起早上的那一幕，他跟苏雅梅有说有笑地出现在电梯厅。她当然没有理由怪他跟自己的继母说话，却又忍不住生出一种被遗弃、被欺骗的感觉。大概是因为在内心深处她幼稚地觉得，合作的事也好歹有个先来后到。

庄瑜想到这里，竟然忍不住同意柳世南的话。她的思维的确缺乏理性，不但如此，她还有些软弱和优柔寡断。这样的她根本没办法与经验丰富的苏雅梅对抗，更别提守住父亲一手创立的正信集团了。

为什么接班人会是她呢？

又闭了一会儿眼睛，庄瑜慢吞吞地爬起来。她又看了一眼柳世南的消息，是两个小时前留下的。

他还在这里吗？

以他缺乏耐心的程度，他又会等她多久呢？

她到盥洗室整理自己，镜子里的那张脸看着很憔悴，不比上次她跟他出海的时候好多少。

不，甚至是更差。

她记得，他是极其嫌弃别人不修边幅的。

头忽然有些钝痛，庄瑜洗了把脸又用毛巾擦干。也许是冷热刺激的缘故，她的脸颊竟然出现了红晕。

她叹了口气，转身出门找柳世南。

柳世南这会儿正坐在吧台前，手里拿着一杯酒。他的手轻轻晃动，冰块撞击着玻璃杯的杯壁，“叮叮当当”很好听。

这个酒店他听过，但还是第一次来。当初因为选址距离国际机场近，集团本打算做商务酒店的，可后来却变成了一个度假酒店。柳世南也是不久前才知道，设计这里的是庄正信那个从未露过面的儿子庄瑞。

五十年代的红砖建筑被完整地保留下来，顺着旧建筑延展开的是更加具有现代感的混凝土和玻璃材质。算一算，庄瑞设计这家酒店的时候，应该是上大学二年级，他倒是很有天分。

柳世南想到这里，喝了一口酒。庄正信的儿女们似乎都更适合做艺术工作，就算是那个嚣张跋扈的庄怜心，他听杨帆说，也是拿过表演大奖的。唯独庄瑜，好像什么都很一般，什么都普普通通，所以才去学了植物学。难道庄正信是怕这个二女儿毕了业没饭吃，才把董事会主席的位子给了她?

他正想着，旁边坐下来一个人。

柳世南转头，眼里的笑意消散了。但他不笑的时候比温和的样子更性感。

异国美人的手搭在他的肩膀上，在他耳边说了几句话，头发散下来划过他的脸，香气袭人。那一口法国口音的英语，柳世南听得十分别扭。他刚要回话，就听到身边有人在清嗓子。异国美人跟柳世南同时回头，就看到素颜的庄瑜。

真的是素啊，柳世南想，她本就不是五官鲜明的人，又因为皮肤白，在酒吧的灯光下，整张脸都恨不得淡入到环境色里。

柳世南对异国美人说了一句话，那美人遗憾地看了他一眼，目光又滑过坐在一旁的庄瑜，摇曳生姿地离开了。

庄瑜寻思着，不管他来的目的是什么，她总要找个点切入，跟他说话要沉住气。于是她深呼吸了一下，就当上午她甩开他手的那一幕没发生，问了句不相干的：“你还会法语？”

柳世南点头：“够用。”

庄瑜别有深意地看他一眼，那意思是：够什么用？调情用?

柳世南接收到了，大方地点头：“是。”

他这么坦然，让庄瑜眼皮一跳。酒吧里正放着一首缱绻非常的爵士乐，让她忽然有点好奇：“我以为你只喜欢亚洲美人。”

她说完，立刻后悔了。

但他总能抓住重点，嘴角勾起笑意：“你调查我。”

庄瑜鼓了鼓腮帮子：“也不算是调查吧，就是八卦，在网上搜了一下。”她说完，又嘟囔了一句，“八卦又不犯法。”

柳世南挑着眉毛“哦”了一声，又抿了口酒：“那么说，庄小姐被人民警察带走，不是因为做人过于八卦。”

“当然不是！”

这开场，绝对不是庄瑜想要的。她知道柳世南是在故意气她。

庄瑜想了想不再说话，只对酒保招手，说要一杯温水。

柳世南皱眉：“来酒吧喝温水？”

庄瑜理所当然地应了一声道：“我头疼。”

柳世南凝眉仔细看她的脸，眼眶下有看得见的红润。

“被公安审的？”

“是！”庄瑜斜了他一眼，有点激动地说，“是！行了吧？！”

柳世南笑了：“你又跟我生什么气。”

“我没生气！我怎么敢跟您生气！”

她那个“您”字说得咬牙切齿，比早上甩开他手的时候用劲还大。

他挑眉，拿起手机直接对着她的正脸。

庄瑜想捂脸已经来不及，“咔嚓”一声，照片拍下了。

“你干吗？”

“自己看。”柳世南看了一眼屏幕，把手机扔给她。

庄瑜低头，看到闪光灯下的她柳眉倒竖，那样子比刚刚在镜子里看到的更丑了。

柳世南看她那个样子，愁眉苦脸的。他有点好奇，有没有人跟她说过，其实她，笨得很。

庄瑜把手机推给他，跟酒保说：“给我酒，跟他一样的。”

酒很快上来了，她不知从哪里掏出一颗药丸塞进嘴里。

柳世南刚问了句："什么？"

她已经就着威士忌把药丸吞了下去。

柳世南的语气又重了些："问你是什么药？"

庄瑜咽了一下："布洛芬。"

她刚刚上来前跟套房管家要的。

庄瑜嗓子细，那药丸滞留在喉咙里，一口酒没送下去，她只好"咕咚咕咚"喝到见底。

柳世南皱眉，直接捏住她的下巴："烈酒送药，不想活了？吐出来！"

庄瑜被他捏得脸部变形，抬手费了十分力气才挣脱他。

"你好恶心，我想活才吃药。"

她说完揉着脸，又对酒保招招手，满上酒。

"没事的。"她看柳世南一脸严肃，竟然安慰起他来，"死不了。"

结果，第二杯酒下肚，庄瑜直接昏过去。

柳世南眼明手快抱住她的腰，才让她不至于下滑。

"喂！"他拍她的脸，又试了试鼻息，呼吸是正常的，"笨蛋！"

柳世南一开始来这里，其实也不清楚自己为什么会来。听杨帆说庄瑜被送到荣悦了，他也没想着要来。后来吃了饭，他独自开车出来兜风，开着开着就到荣悦了。

他想说，来都来了。

结果她可好，给他来这么一出。

柳世南无奈，找到她的房卡把她抱到套房里，又连夜找来医生。

医生说没事，就是醉了。说完还看了他一眼，好像在责怪他不该在大半夜兴师动众。

柳世南简直服气，还以为是药跟酒混合吃的问题，原来她就是个"一杯倒"！

医生走了，他让套房管家找来女服务员给她宽衣。等一切妥当后，他走到门边的时候，忽然听到她在哭。又或者，柳世南觉得那不是在哭，而是人在极端恐惧的时候才会发出来的哀号。

柳世南示意女服务员等着，自己返回床前去看。庄瑜闭着眼睛呓语着，满脸是泪。

她的样子着实让人心慌，柳世南俯身，用指尖碰了碰她的脸颊。

只轻轻地碰了一下，庄瑜就醒了。

庄瑜躺在原处，看着他，表情迷茫。好一会儿，她似乎才看清楚他是谁，撑着床慢慢坐了起来。

"我醉了。"她说。

"你做噩梦了。"他不自觉地放轻了声音。

"啊。"她轻声叹着，拥着被子看着远方，呆呆地说，"对不起。"

此时，她脸上出现了一种特别的表情，天然、无害，像是一个并不知道自己被遗弃了的孤儿。

柳世南又站了一会儿，大发善心地问："要叫人来陪陪你吗？朋友？亲人？"

庄瑜用手撑着头缓缓地摇了摇，用很平缓的语调回答他："不要。没有。"

柳世南看着她苍白的脸，好一会儿没说话。最后看她又有点昏昏欲睡，才说："我走了。"

庄瑜点头，看着他很乖地应道："嗯。"

他算错了，她竟然没有留他。

柳世南竟然傻傻地在门口站了一会儿才离开，等他走出酒店的大门，杨帆的车子已经到了。柳世南坐进去，打开窗。天空开始下雨，有细雨飘进来，像是抚摸他的脸。

柳世南想起自己的小时候。那个时候他七八岁，刚被收养。有一天他在庄园的"秘密基地"玩，发现自己一直喂食的母猫产子了。

一窝有四只，有一只小白猫最小，也最笨，总是找不到奶头，"喵喵喵"地叫，吃不到奶，急得不行。他只好动手把它放在准确的位置，还要替它看着，不让别的小猫把它挤开。

后来……

“先生，电话。”

杨帆从前头把手机递过来，柳世南看了一眼号码，接电话的同时，掐断了回忆的情绪。

他忘了自己讨厌回忆，因为回忆让人软弱，因为回忆是人回不去的昨天。除此之外，它没有任何意义。

他一边跟那边通话，一边看着车窗缓缓上升。将要合上的那个瞬间，庄瑜刚刚的眼神一闪而逝，柔软的、天真的，猫咪一般的眼神。

他又想起苏雅梅离开的时候问他的那句话。她下午过去酒店，跟他说了那么多有的没的，不过是为最后那句话做铺垫。

她问他：“阿南，这次正信的风波跟十几年前的那次不同，你想好要站在哪一边了吗？”

他说什么来着?

哦，对了。

他说：“我从来都站在胜利的这一边。”

他倒是没说假话，他在商场上的每一次出击，目的都一样——赢。

柳世南想到这里，眼神变得很冷。与此同时，车窗“啪”的一声关上了。

庄瑜在荣悦一直待到第二日的中午，她一早接到敏敏的电话，说张博年将一切都安排妥当了。

庄瑜想，张叔叔虽说走了三年，但在公司的地位还是有的。

快挂电话时，敏敏又说：“瑜姐，那些新闻一夜之间全撤了。张律师临走前说，这不是他的手笔。”

庄瑜当然明白敏敏说的是那些对她不利的新闻。她只是觉得奇怪，让媒体一夜之间撤下所有的热点消息，得有点手段跟人脉才行。这么大手笔，如果不是张叔叔又会是谁呢?

庄瑜有心打听，挂了敏敏的电话后又拨了几个电话出去，最后查出来是柳世南。

庄瑜听到这个意外的答案之后，心里反而有点乱，“怦怦怦”地跳快，脸都不自觉地烧起来，仿佛那个人近在眼前似的。

原来柳世南不仅有戏谑的眼神、讥讽的嘴角，还有偶尔会发一发的善心。难道是因为自己用酒送药的脆弱打动了他？

她本想拨他的电话道声谢，又不知该说些什么，干脆给他发了信息。

柳世南许久没回复，庄瑜看时间不早了，就到楼下的餐厅吃饭。谁知道这顿饭还没开始，就生出事端来。

荣悦的西餐厅就在大堂旁边，庄瑜挑了进门的位子坐下，红酒牛排刚上桌，就听到外面大堂传来的吵闹声。

庄瑜有些疑惑，找了侍者叫来经理。不一会儿，圆胖脸的管理人员便疾步走到庄瑜的桌前。

“瑜小姐。”

“怎么回事？”

“这……”经理擦了擦额角的冷汗，“客人对我们的服务有意见，我们正在处理……”

庄瑜皱眉：“什么意见？”

庄瑜知道自己不该事无巨细，但是眼前的事情，她又忍不住。

“小问题，就……就快解决了……”经理说。

仿佛是跟这位经理的说辞较劲，外面的吵闹声又大了一些。

庄瑜不能再放着外面的喧闹不管，她站起来走出去，就看到一个盛装的女明星和她的两位工作人员被拦在大堂内。

“为什么不让我们入住？我们已经出示会员卡了！”说话的人像是女明星的经纪人。

酒店的工作人员对着她恭恭敬敬地鞠躬：“对不起，这张会员卡并不是属于岳晴小姐本人的，所以……”

“怎么回事？”庄瑜说着话走上前去。

酒店的工作人员认出了她，恭恭敬敬地喊人：“瑜小姐。”

庄瑜点点头，看向来人。

此时工作人员已经将他们出示的会员卡递给庄瑜，庄瑜看了一眼卡片上的姓名，那是一位在政商两界都非常有影响力的大佬的化名。

岳晴认出庄瑜，上前一步望着庄瑜，似乎有些羞愧：“庄小姐，你好。对不起……”

庄瑜摇头：“要说对不起的不应该是你。”

她看了一下岳晴经纪人手里的会员卡，直接吩咐值班经理：“给岳小姐办理入住，同时帮她办理荣悦的会员资格。”

值班经理有些为难：“可是瑜小姐，怜心小姐她吩咐……”

那个人还想说话，看到庄瑜微微沉下去的脸色，立刻改口：“我马上办！”

胶着了许久的争端终于平息，岳晴对庄瑜鞠了个躬道：“谢谢你，庄小姐。”

庄瑜没想到她鞠躬居然鞠到九十度，有点不适应地说：“没必要，这次是我们的责任，下次有时间我请你吃饭，当是赔罪。”

庄瑜本来只是寒暄一句，没想到岳晴立刻接道：“现在可以吗？”

庄瑜一愣：“现在？”

“嗯。”但岳晴很快察觉到庄瑜的诧异，又补充似的说，“你不方便的话也没关系的，庄小姐。”

虽然家里有位当明星的姐姐，庄瑜却很少接触娱乐圈的人。此时岳晴看她的眼神真诚且热切，令庄瑜心生疑窦的同时又很难拒绝：“好。”

终于，两个人面对面在餐厅坐下。侍者走到两个人的桌边，将菜单递过去。庄瑜表示自己不需要，岳晴接过来，没看菜单就先开口问庄瑜：“庄小姐，这虽然是你的酒店，但这一次可不可以让我请你？就算是……感谢。”

庄瑜笑了：“刚才的事情，是我要代姐姐向你致歉才对。”

岳晴讶然：“你知道我和庄怜心之间……有点问题？”

她尽量说得委婉，庄瑜笑着点头：“大概了解一些。”

简单地说，庄怜心跟岳晴有一点点撞型，而岳晴比庄怜心年轻。

庄瑜早就在媒体报道里看过记者比较岳晴跟庄怜心，但真正见到岳晴还是在琼湾的游艇会，岳晴就是季若礼身边的那位美人。

岳晴看上去非常难为情，却没有替自己辩解，只说：“对不起，我的公寓太远了，如果不是为了配合明天的拍摄，我一定不会执意住进来。没想到给你惹了这么大的麻烦。”

庄瑜摇头：“不会。”

庄瑜一眼认出岳晴，还有一个原因，她也是敏敏挑选的正信东区酒店代言候选人之一。

庄瑜以为岳晴之所以要请她吃饭，是想争取代言人的资格。但是整个用餐时间，关于这个方面，岳晴一个字也没提。相反，岳晴倒是问了庄瑜一些慈善的事情。

最后用餐结束，岳晴竟然一路送庄瑜到了外面。

庄瑜有种感觉，这个女孩对她好像有种不一样的情愫，是很亲近、很尊重的那种。

庄瑜本来想问岳晴原因的，却被柳世南的电话打断了。

他在电话里对她表示感谢的事情只字未提，倒是随口约她晚上打网球。

又是临时的邀约，庄瑜皱眉：“我上午没上班，肯定有一大堆事等着我去做……”

“那就拿出效率来，重要的是让你手下的人也拿出效率来。”

停了几秒，柳世南没听到她说话，又顿了顿，一锤定音：“你很需要锻炼。”

他发号施令结束，爽快地挂断电话。

庄瑜在车前面盯着被挂断的电话，站了好一会儿才上车。

什么嘛！说风就是雨，真把自己当皇帝啦！

第四章

网球场

骂归骂，去还是得去。谁让她有求于人呢?

卑微。

夜晚的球场灯火通明，柳世南来的时候庄瑜已经换好了衣服，在休息室喝咖啡。

运动服是新买的，庄瑜不爱运动，奉行“生命在于静止”的真理。给她买衣服的敏敏却很开心。

敏敏说：“瑜姐，你的腿好看，适合打网球。”

庄瑜正苦笑，就听人问：“来很久了？”

她抬头，是柳世南。

这男人一身整齐的行头，看上去很有派头。一开始庄瑜以为是衣服衬人，其实不是，仔细看，也不过是寻常的网球服，没什么特别，可能材料顶级，但的确是最基础的那种款。

“发什么呆啊？”

庄瑜正想着，柳世南的手在她眼前一晃，她才发现自己走神了。

“没有。”她说。

柳世南显然不信她的话，却也没多问：“走吧。”

他大步流星地往前，她一路小跑跟在后面：“先说明一下，我不太会打网球。”

柳世南闻言，回头望着她：“庄正信可是这方面的行家。”

甚至在正信集团最鼎盛的时期，世界顶级网球赛事上都能看到正信集团的广告。没别的，就因为庄正信喜欢。

他这一停，庄瑜终于赶上他的脚步，得以跟他并肩。在他质疑的眼神中，她低声嘟囔：“爱好又不遗传。”

柳世南耳尖，皱眉道：“船不爱，网球也不会，你会什么？”

言下之意：你爸爸为什么会在众多子女里偏袒你？

庄瑜显然没听出言下之意，想了想，呆呆地回：“静止吧。”

这回答，柳世南一时没弄明白。

庄瑜解释道：“我没有擅长的运动，非得要一个答案的话，那只能是静止了。”

这并不是一个笑话。但柳世南望着她，嘴角微微上挑，接下来竟缓缓地笑了起来。

庄瑜目睹了一个笑容在他脸上绽放的过程，认识这么久了，他似乎还是第一次十足愉快地笑。

一瞬间，庄瑜的心底忽然掠过一抹熟悉的感觉。但是那种感觉消失得太快了，她没能抓住。

即便是夜晚，球场依然灯火通明。其实庄瑜在念书的时候，也跟不错的教练学过网球。但没天分就是没天分，她跟柳世南才对了几局，就被打得落花流水。

休息的时候，他拿毛巾擦汗：“知道你为什么打得不好吗？”

庄瑜说：“因为没天赋。”

柳世南说：“何止啊。”

何止是没天赋，打起网球来都恨不得同手同脚。每次她跑到网前，他都害怕她摔倒。

还好，她并没有。

庄瑜在体育这件事上没有任何进取心，所以对他的话不以为意。谁知道她刚坐下想休息，手腕就被他握住。

庄瑜心一动。

他的目光扫过她的手心和手腕，之前的伤口已经愈合了。柳世南想，她的自愈能力挺强的，这勉强也算是一个优点。

她还没弄明白他在看什么，就已经被他从座位上拽起来。

“干吗呀？”她不满地问。

“教你怎么发球。”

“我累了。”

“才十分钟喊什么累！”

“……”

她又不想当网球冠军！

可由不得庄瑜拒绝，柳世南将她拽到球场站定，从她的身后伸出手帮助她调整姿势。庄瑜从来不知道一个人还可以用这样的手法将另一个人死死地困住。

他身上的气息裹挟着她的情绪，渐渐地，庄瑜竟然有种错觉，她的心跳正在缓慢地与柳世南的心跳重合、共振。

在后来细碎的时光里，庄瑜常常想，自己到底是什么时候对柳世南动心的。也许就是这一刻，她被他箍在怀里，竟然一点不适都没有，一点都没有。仿佛他们天生就是可以这么亲近的。

她想，自己算是一个很谨慎的人，他只用这么少的时间就驯服了自己，也许真的有一点魔力。

可是那时的他，根本不知道她心里的百转千回，只握住她的手腕用巧劲一挥，然后说：“像这样，懂吗？”

庄瑜看他一眼，语气特别诚恳：“懂！”

柳世南一看她那眼神就知道她心不在焉。

他大概是觉得她没救了，放开她，冷哼一声：“懂才怪。”

他说这话的时候，脸上难得显现一种无奈又宠溺的表情，让庄瑜很受用。无论现在身份如何，她也不过是个才二十五岁的女人呀！

庄瑜是真的缺少运动，才动了没多久就觉得口干舌燥，于是去拿水喝，一小口一小口地下咽。

他也走过去拿水，又听她小声说："媒体的事情谢谢你，我该当面说声谢谢的。"

柳世南没说话。他其实也不是非要管，因为正信的事情，他心里另有盘算。

他说过要站在胜利这边，是真的。这也是柳世南一直没有正面跟庄瑜谈董事会的事情的原因。但是苏雅梅就很有意思了。苏雅梅在他这里没拿到保证，一个越洋电话打到了洛杉矶。

大半夜的，养父柳瑞德又打给柳世南，教训他："阿南，你为难苏阿姨了？"

柳世南冷笑，苏雅梅什么时候还成他阿姨了？那以养父广阔的交际网，他岂不是遍地都是阿姨？合着在她苏雅梅眼里，觉得他这趟回国是隔着大半个地球认亲来了？

商场的事情搞不定，就用人脉施压，柳世南最讨厌这种把戏。养父倒没有强迫他的意思，只是说让他对老人家尊重一点，不看僧面看佛面。

柳世南想，可以啊，那我帮你们解决解决"家事"呗，也算是尽了一份"孝心"。于是他连夜找人撤掉各大媒体关于庄瑜的新闻。这对他来说不是什么难事，这些年他可不是白混的，媒体的投资也不是没有，特别是新媒体。

大众的记忆是很短暂的，不比金鱼强多少。何况想要一件事过去，只要拿另一件更劲爆的事情来填补就行了。这个世界上，总有更劲爆、更能吸引眼球的事情，只要丢出去的钱足够多。

很多人都喜欢死死地盯着别人的生活，看着别人成神也好，成鬼也罢。就好像只需要紧紧盯着别人的人生，自己生活里的苦也没那么苦了。

柳世南想，他这次出手，绝对不是因为对庄瑜有什么感情。他就是不喜欢被人强压一头，即使是老人家也不行。

他想起接电话的时候养父的语气。养父人老了，可说起话来依然中气十足，似乎依然是那个可以掌控身边所有人的男人。

柳世南知道，他这么做是阳奉阴违，忤逆了养父的本意。但是，人不能一辈子当提线木偶，要不然活着没意思，真没什么意思。

“柳先生？”

“听到了，不用谢，行了吧？！”

“……”

庄瑜无语，他这个人对她好像总有那么点不耐烦。

庄瑜跟柳世南始终实力悬殊，最后庄瑜举双手认输，还帮他叫了驻地教练来对打。庄瑜坐在边上看了一会儿，倒是觉得比自己在场上的时候更自在。

这种运动是这样的，要旗鼓相当、有来有回才有意思。总是赢或者总是输，都是很无聊的事。

后来庄瑜看累了，就站起来去洗手间。再走出来的时候，她忽然听到转角处传来训斥的声音。

“你怎么做事的？这么点小麻烦都摆不平？”

庄瑜认得这个声音，是季锋。在好奇心的驱使下，她往前走了两步，看到跟季锋面对面站着的人是季若礼。

这时的季若礼全然没有人前公子哥般的玩世不恭，但在季锋面前却也不卑不亢，像是……庄瑜一时间竟想不到一个很好的形容词。

“看看你那样子！我养条狗都比你强！”

季锋说着，将手里的一沓纸直接大力地扔到季若礼的脸上。白纸砸在季若礼秀挺的鼻梁上，接着如雪片一般散落一地。

“滚，我今天不想再看见你。”季锋说完，踏过那些散落在地上的文件离开了。

季锋是一身打球的装扮，季若礼却是西装革履。在这个点带着文件来这里，庄瑜想，一定是什么重要的协议。

看惯了季若礼在人前的风流、戏谑和游刃有余的样子，刚刚这一幕竟让庄瑜心生不忍。

她想给他留点面子，无声无息地走掉，才刚转身就被季若礼扬声叫住："哎哟，看都看到了，就别跑啦！"

他说话的语气好像老大爷。

庄瑜抿唇站住，看向季若礼。季若礼却没有如往常一般走向她，而是弯腰下去捡那些文件。庄瑜不知道那些纸张是不是事关机密，所以也不好上去帮忙，只能有些局促地看着他把那些纸张捡起整理好。

终于，季若礼直起腰身，拍了拍文件上面的尘土。他仿佛这个时候才有时间仔细打量庄瑜的衣着，片刻后问："你也喜欢打网球？"

庄瑜直摇头："不喜欢。"

季若礼"哦"了一声，走过来："那就是陪人来的，现阶段对你有这么大吸引力的人……让我猜一猜，嗯，一定是那个柳世南吧？"

庄瑜眼里的惊讶一闪而逝，没有回答。

季若礼却不介意，自顾自地说："不回答，那就是了。你可真是为了他破了不少例啊，连出海都去了。"

"你叫住我，是有什么事吗？"几次交锋，庄瑜觉得对付这个男人还是转守为攻比较合适。

"本来也没打算叫你的，不过看你居然比我还尴尬，想逗逗你。"季若礼说到这里盯着庄瑜问，"如果我不叫住你，下次你看到我打算怎样？假装无事发生，是吗？"

庄瑜有些奇怪，一般人被人撞破这种场面，难道不应该觉得尴尬吗？

季若礼仿佛看透了她的心思，再往前一点，俯身凑近她的脸颊。

庄瑜一愣，下意识地往后退了一步。

季若礼笑着问："你是有尴尬症吗？看别人尴尬自己也会尴尬的那种？"

庄瑜无奈地看着他："准确地说，我什么都没'看'到。"

季若礼笑了："好意心领了。不过你脸皮这么薄，以后怎么在商场上混？我是无所谓，不过被人骂罢了。再说，狗又有什么不好呢？它们可比人可爱多了。你说是不是？”

季若礼说完走到最近的垃圾桶旁边，把文件撕碎了扔进去，又走回来对庄瑜说：“哦，对了。我又欠你一次，回去记得记在你的小本本上。说不定哪天可以让我还。”

庄瑜愣了一下，这才想起上次因为季若礼害得她跟庄伶心撞衫，她曾开玩笑跟他说想让他欠她一个人情。

“你真的会还？”庄瑜的问题里带着几分试探和一丝玩笑。

“这些人情希望你不会用到。”季若礼坦率地说，“因为如果到了不得不来求我帮忙的地步，那时的你一定很惨。而我也不一定帮得了你。”

很老实的一句话，庄瑜喜欢坦白的人，因此忽然就没那么讨厌季若礼了。

没再给庄瑜说话的机会，季若礼笑了笑，转身吹着口哨扬长而去。

庄瑜若有所思地看着他走远，许久才收回目光。刚刚想不到的形容词，她现在想到了。跟季锋的感觉不同，她觉得季若礼像一只狼。

被群体孤立的，独狼。

回到网球场，柳世南居然在他们的场地上跟季成杰对上局了。大概是因为打得精彩，有不少人围过来看。

庄瑜现在最不想见的就是季家这对父子，这个柳世南可真会给她找麻烦！

场地旁边，季锋坐在椅子上观看比赛。庄瑜的脚步顿了一下，还是朝着他的方向走了过去。

她刚到季锋身后，就见季锋猛地站了起来。庄瑜一惊，下一秒就听到一阵掌声。她朝场内看过去，柳世南一个漂亮的上旋球赢得了比赛。

柳世南幅度很小地握了一把拳头，原地小跑一圈后第一时间转头看向庄瑜。很奇怪，那道目光仿佛直接击中庄瑜的心脏。等她对他勾起嘴角的时候，柳世南已经移开目光，走到网前很有风度地向季成杰伸出手。

然而季成杰对这种风度却不屑一顾，他不但没有伸出手，反而转身去装球拍。

庄瑜本来就讨厌季成杰，怒气从心底升起来。不过还轮不到她开口，庄瑜就见柳世南走过来，口气随意地对季锋道："不好意思，今天胜负欲重了点，让令公子丢脸了。"

柳世南讲礼貌的时候，从来都让人挑不出错处。

季锋倒是没说什么，只对着柳世南笑了笑，站起来看了一眼季成杰。

那记眼神像是刀锋，逼得季成杰不得不转身开口跟柳世南寒暄："柳先生技术不错，也有名师指点？"

"天分吧，在网球场做过几年球童，看也看会了。"柳世南说。

这话里奚落的意思不要太明显——你季成杰输球别怪教练，天资不行罢了。

庄瑜飞速低头抿唇笑了笑。

季成杰一脸阴云密布。

"好了，我今天也累了。成杰，我们走。"季锋面无表情地吩咐儿子，路过庄瑜时连招呼都没打，很显然，完全没有把她放在眼里。想来上次她被警察带走的事，季锋也做了权衡。一个背着"杀父"嫌疑的儿媳妇，绝对不是季氏想要的。

这样也好，庄瑜竟然稍微松了一口气。

庄瑜还在走神，不料却被身后的柳世南推了一把。她皱眉回头，他朝着她努努嘴，两个人眼神如刀剑交锋。最后还是庄瑜举手投降，对着季锋的背影扬声道："世伯慢走！"

季锋似乎没料到，脚步顿了一下，淡淡地"嗯"了一声。

柳世南愉悦地笑了，庄瑜瞪他。

"你瞪我干什么？"

"你非得让我招惹他们做什么？"

柳世南停下来，认真审视她的眼："怎么？还打算嫁给那个男人？"

庄瑜这次倒是十分爽快："绝不。"

还有一句她没说，她觉得季成杰的样子比季若礼更像"丧家犬"。这里，她绝对没有侮辱狗狗们的意思！

柳世南仿佛很满意，笑道："走了。"

"不打了？"

"你水平那么臭，还打什么！"

"喂！"

他看她两眼冒火的样子，又笑了笑："不过你今晚应该可以睡个好觉，运动量足够了。"

"……"

庄瑜只觉得他叫她出来是折磨她，没想到却是因为睡眠问题。她想起那天在酒店，她拥着被子望着他，他眼底的担心一闪而逝。

这个男人也是有善良的一面的吧？

"有吃药吗？"他忽然问。

庄瑜愣了一下，知道他说的是助眠药物，于是回道："我讨厌吃药。"

他挑眉："不怕一直做噩梦？"

"会好的。"

庄瑜承认自己这段时间过得很不好，但是她有信心，一切都会变好的。

快到更衣室了，他回头看她一眼："你可真乐观！"

庄瑜笑道："我就剩下乐观了！"

不知道为什么，她笑的时候，他愣了一下。但是很快，他便转身进了更衣室。庄瑜在原地看着他的背影。季若礼要是独狼，柳世南又是什么呢？她觉得他是那种到哪里都要占山为王的人。

对了，他就是脑门上写着一个"王"字的大老虎！

而她呢，刚刚就是在狐假虎威。

庄瑜想到这里，脸上的笑容忽然就凝固了。因为她想到，她跟柳世南之间其实什么承诺都没有，也没有结成任何联盟。可是为什么，她已经这么依赖和信任他了呢？

庄瑜的心跟着一沉，这样不行，真的不行。

接下来的几天，为了能够戒掉对柳世南的依赖，庄瑜刻意让自己连轴转。不过说起来，她这么忙也是顺理成章的。之前一直在美国负责海外事务的苏雅梅回来了，公司的那些人仿佛找到了主心骨，庄瑜想要推进什么工作，就更难了。

这么折腾下去，她一天比一天消瘦。

这天庄瑜刚刚给下属结束训话，柳世南的电话就打来了。他劈头就问："今天吃什么？"

庄瑜这才惊觉，这段时间他好像也消失了。

她才停了几秒，又听他"喂"了一声。她抬手挠了挠头发，不知道他在别人面前是不是也这样，总是这么不耐烦。

其实她能够感觉到心里想见他的原动力，但她觉得自己这种情绪还是要压一压。毕竟他是她的工作，不是她的人生。

"吃不下。"庄瑜轻轻揉着太阳穴，竟不知道出口的这三个字已经有点撒娇的意味了。

这么直接的拒绝，庄瑜本以为他会生气，却不料他竟温言指教："越是被人逼上绝路，就越要吃得饱、睡得好，气定神闲。"

此时庄瑜皱着眉，拿着电话发呆。他这是知道自己在公司遇到的困难了？

奇怪啊，这个男人许久也不来一次，却事事了如指掌。想到这里，她忽然又觉得有点害怕，怎么所有人在公司都有眼线，唯独她事事都被蒙在鼓里？

庄瑜心中惶惶，以至于柳世南接下来说了些什么，她没有听清楚。

"那我们到时候见。"柳世南说着便要挂电话。

她连忙出声："等一下，在哪儿？"

柳世南在那边似乎愣了一下，随即笑出声来："庄小姐，你这样对待潜在盟友，态度有很大问题。"

庄瑜忙了一天本来脑子就有点木，现在听到"潜在盟友"四个字，被刺激了一下，像是被拨动了心弦。

庄瑜还在愣怔之中，听到柳世南又自顾自地叹了口气：“现在下来吧。”

庄瑜讶然问道：“你在楼下？”

说话间，庄瑜已经站起身。她往外走，没注意，腿直接撞在厚重的椅子上，疼痛万分。

庄瑜皱眉捂着腿揉了两下，她太心急了。她又在心急什么呢?

下了楼，柳世南的车子真的停在外面。他跟助理站在车旁，杨帆的手里拿着一捧花。

这一次她连柳世南的人还没看清楚，注意力先被花香吸引，大朵大朵的玫瑰开得热烈又蓬勃。

杨帆见她过去，恭敬地递上鲜花。

庄瑜小心翼翼地接过去，惊喜地看了柳世南一眼，心中十分欢喜。

“喜欢吗？”柳世南问。

庄瑜抱住那一束花，指尖滑过鲜嫩的花瓣，嫣然一笑，道：“喜欢，谢谢。”

“只有一句谢谢？”她是如此喜形于色，柳世南对她的回答却似乎并不满意。

庄瑜轻笑了一声，并不答话。

没想到，她的欢喜竟然令他也感到开心。

柳世南难得亲自替人开门，等庄瑜上车后柳世南才绕到另一边坐入车中。

车内，庄瑜抱着花，连系安全带都不肯撒手。车子刚开动，柳世南就接到一个越洋电话。因为不是什么私密的事，倒也不必瞒着她。他说话的时候时而偏头看庄瑜，她还是喜滋滋地看着那束玫瑰，眼睛里似乎有星星。

她送他那么久的花，到现在都没停过，他一直以为那只是吸引他注意力的小伎俩，没想到她是真心喜欢花。

很快柳世南便收了线，好奇地扯过一朵来看：“有这么特别吗？”

不管是玫瑰还是别的再名贵的植物，对柳世南而言，好像也不过是一把草，只有颜色不同罢了。

谁知一朵花刚扯到一半，他就被庄瑜打了一下手背。“啪”的一声，清脆得很。那一下真不轻，两个人均一愣，连开着车的杨帆都掀起眼皮看了一眼后视镜。

柳世南皱眉，庄瑜的脸上飞上两朵红云。她解释：“这还是第一次有人送我花。”

柳世南的眼里闪过震惊的神色。他的吃惊是真的，二十五岁的庄瑜，不该是没有感情经历的人。

他的目光过于露骨，庄瑜说：“别用那种眼神看我好吗？”

见柳世南不言语，她又开口：“你没见过外星人，可不代表没有啊！”

她的语气有点恼羞成怒，让柳世南不知该说什么好。男人跟女人构造不同，他在这方面很早就有了经验。而且，现在都什么年代了？

“你喜欢什么样的？”他也就是顺口一问。

他的意思是，她不该没人追。如果到现在都没有感情经验，那就是她眼高于顶，没有动心的。

庄瑜以为他问的是玫瑰，于是答：“这样的就很好。”

她说着，还偏头看着他笑，眼里闪着天真的光。她说：“我很喜欢植物的！我送你的花都是我们自家花园种的。”

“花园？”

“嗯，就在市中心，有机会带你去看看，那里……有很多回忆。”

她说着又低头去嗅玫瑰的香气，接着露出心满意足的表情。

柳世南觉得庄瑜这样的家世，就算不是要风得风、要雨得雨，该有的也都有了。她居然对着一束玫瑰露出这样幸福的笑意，是他所不能理解的。

而让他更不能用理智解释的还有，为什么在面对眼前的这个姑娘的时候，他觉得连无聊的时光都变得动人了？

这并不是一件好事。

柳世南对吃很讲究，他这次选了日本料理。这样的午饭时段，偌大的餐厅里只有他们两个人。这里庄瑜偶尔也会来，觉得奇怪，就问了一句："怎么没人？"

经理笑着跟庄瑜讲，今天这位厨师是柳先生特意从日本请来的，只为他们两个人做饭。

庄瑜看着柳世南，他却还是老样子，脸上没什么表情。

"主要是想清净。"柳世南说。

她刚刚在车上也听到他聊天，这才知道这段时间他都在欧洲，参加一个很有名的经济论坛，每天都在社交。

"你是演讲嘉宾吗？"她好奇地问。

"不是。"他皱着眉头答。

他对出现在大众媒体面前这种事从来都不感兴趣。

"那还好吧？"她觉得，做听众应该没那么累。

"要社交的，笑得脸都僵了。"他难得叹了口气，一副很无奈的样子。

他无奈的时候很可爱，庄瑜想到这儿，温柔地笑了笑。

柳世南捕捉到她脸上的笑意，心里一暖，想继续说些什么的时候，寿司师傅出来了。

看师傅站到料理台后面，庄瑜终于放下怀里的玫瑰，正襟危坐地观看寿司制作的过程。她看着师傅独特的手法，脸上流露出近乎虔诚的表情。

庄瑜不是没吃过顶级的寿司，她有阵子迷日式料理，日本银座的那家有名的寿司店没少去。但是像柳世南这样，专门从那边请师傅过来不过是为了吃一顿饭，这真是奢侈得有些过分了。

可他也是真的会享受，此刻餐厅静谧无声，庄瑜也觉得自己疲惫的身心得到了放松，仿佛整个世界都离她远去。眼前的方寸之地，已经是全部。

终于，第一份寿司做好了。她刚刚放入口中，电话就响了。

庄瑜红了脸，这真是对大厨的不敬。可她看了一眼号码后，立刻用日语跟师傅说了一句"对不起"。

庄瑜从座位上跳下去，不一会儿又匆匆回来。

桌上已经又摆了一道寿司。

柳世南问她："怎么了？"

庄瑜有点焦虑地看着他："我得回去，公司出事了。"

她作势要走，他竟也站了起来。

庄瑜想拦他："你吃吧……"

"我送你。"柳世南说。

庄瑜犹豫了一下，因为她根本就不想拒绝。也许在这样的时刻，她的内心深处也希望有人可以仰仗和依赖。

可是她咬咬牙，还是拒绝了。因为她必须学会独自面对，如果一次学不会，那就两次、三次。

"真的不用，我自己可以处理的。"庄瑜说。

柳世南停下动作。

庄瑜又说："咱们就这样走了很不礼貌。"

柳世南蹙眉，都这种时候了，她惦记的竟然还是这样一个毫不相干的人。

"真的不需要我送？"

柳世南再次跟庄瑜确认。他从来不是一个操心琐事的人，这一刻根本不像他。

"嗯。"庄瑜肯定地点点头，接着垂头掩饰自己的心虚。

柳世南眼波一闪，重新坐了下去："好。"

庄瑜神色匆匆地赶到正信大厦，敏敏已经在地下车库等她。庄瑜一边走，敏敏一边跟她解释事情的始末。

李爱兰的侄子李伟下午突然出现，带着一帮人站在公司门前拉横幅，要庄瑜为他姑姑的死"给个交代"。

"这个李伟想要什么？钱？"庄瑜问。

敏敏发愁地说："好像又不是。从头到尾都没听他提钱的事。"

那就是想要她庄瑜不得安生了。庄瑜想，苏雅梅这是嫌弃上次她被警察带走的事闹出的风波不够大?

“打电话报警了吗？”庄瑜又问。

“没有。”

庄瑜站定，一双眼睛瞪着敏敏：“没有？你怎么办事的？”

敏敏红着脸解释，说她要打110报警电话的时候被拦了下来，那边公关部给出的“解决办法”，是直接把李伟堂而皇之地请到会议室。

“张雯姐说，侯总的意思是这件事咱们不占理，所以要息事宁人。”

侯总，侯正宪，是张雯的上司，公关部的总负责人，同时也是苏雅梅的左膀右臂。

不占理？庄瑜听到这个理由，不由得冷笑，这真是欲加之罪，何患无辞啊。

“你听他们的？”庄瑜问。

“那我现在报警？”敏敏问。

庄瑜的心思转了一道：“先去公关部办公室。”

此时两个人已经上了电梯，敏敏按下公关部的楼层键。庄瑜出现在公关部的时候，所有员工都看向她。很快，张雯便挺着肚子出现了。看到庄瑜的时候，张雯露出恭敬的表情：“瑜小姐。”

庄瑜上下打量了她一番：“你们侯总呢？”

张雯答：“这您应该知道的呀，侯总还在出差，要明天才能回来。”

庄瑜看她对答如流的样子，就知道这一切都是演戏给她看的。

“侯正宪不在，你就是负责人，你人在这里，顶楼会议室的事谁在处理？”庄瑜压制住心里的火气问。

“瑜小姐，你也看到了，我身子不方便过去，所以就让小张跟小王……”

庄瑜打断张雯：“这么大的事情，你们正副职都置身事外，让两个实习生去处理？！”

张雯讶然地看了庄瑜一眼。

庄瑜冷笑："怎么？以为我不知道小张、小王是谁？我进公司做的第一个功课就是熟悉各个部门的人事架构，你们部门几个人，他们进公司几年，来没来实习生，来了几个实习生，我不比你知道得少！"

张雯的脸黑下来，抬手摸着肚子。

庄瑜知道她是在用这个动作提醒自己，于是也看了一眼张雯的肚子："我看你身体也不是很好，还是提前回家休养吧。"

张雯闻言，心中警铃大响："庄总？！"

庄瑜冷笑道："现在知道怕了？张雯，你自己做过什么心里清楚。上次慈善晚宴我已经提前表态今年不要办，你居然把同意书夹在文件里让我签名。这件事已经违背了公司的规章制度，我没发作，没处理你，不是因为我不敢，是我顾念你很快就是一位母亲了！"

庄瑜说话一向细声细气，这还是她进公司以来第一次发这样大的火。张雯从来没见过庄瑜的这一面，不由得脸色发白。

庄瑜继续道："张雯，怀孕是块挡箭牌，但你不可能一直怀孕。我劝你早点回家，想想后路！时间一到，自动离职！"

庄瑜说完转身离开，张雯浑身一哆嗦，差点没站稳。敏敏眼明手快地拉了张雯一把，接着将她安置在最近的座椅上，又匆匆忙忙追着庄瑜的脚步走远了。

庄瑜的第二站才是顶层的会议室。她到场的时候，人站满了半个会议室。庄瑜带着敏敏进入，所有人都看了过来。

庄瑜扫视会议室，想找出李伟。下一秒，一个人影忽然冲上来，直接掐住了她的脖子大喊："我姑姑呢？你这个杀人凶手！"

敏敏"啊"地尖叫一声，可是她被挡在了外面，根本来不及救庄瑜。

庄瑜的脖子一下子被李伟掐住，空气忽然就稀薄起来。她困难地呼吸着，瞪着李伟放大的脸，下意识地用手去扒那双手。

可女人的力气终究不敌男子，庄瑜感觉自己的呼吸一点点被阻断，像是被人强行按入水里，大脑一片空白，耳边只传来“咕噜噜”的水声。

不知道过了多久，庄瑜的眼前渐渐开始发黑。接着，她感觉到一股很大的力气把她从黑暗和窒息中带了出来。

庄瑜靠在来人的胸口大口地呼吸，头脑依然是眩晕的。她根本没有抬头，只凭着感觉就知道救她的人是柳世南。

他是什么时候来的？这个问题刚在她的脑海里成形，李伟又冲了上来。柳世南反应很快，他用身体护着庄瑜，抬脚就是一踹。

柳世南用力不轻，李伟直接被他踹到了墙角处，捂着胸口咳嗽了两声，竟然咳出一口血来。

“杀人了！报警啊！”李伟愣了几秒后大喊。

“杨帆，打110。”柳世南沉着地吩咐了一句后，按住庄瑜的肩头仔细看她的脖子，“你怎么样？”

庄瑜的脖子很快显现两道红痕来，她还沉浸在刚才的恐惧之中，有些说不出话，所以只轻轻摇了摇头。

“验伤！我要找法医验伤！”坐在地上的李伟继续大喊。

柳世南冷笑：“是有这个必要！”

警察来得很快，庄瑜以为这件事算是平息了。可等她走出正信大厦的大门才知道，刚刚那场闹剧还只是个开始。

这次的媒体来得比上次她被警察带走时还要多。李伟一边走，一边对着那些长枪短炮大喊：“我姑姑的手里肯定有庄瑜害死她爹、造假遗嘱的证据！要不然她怎么会失踪！”

李伟嘴里这么喊着，还对走在后头的庄瑜啐了一口浓痰。

庄瑜哪里受过这种委屈，刚想说话，眼圈已经先红了。这个时候，走在庄瑜身边，一直很绅士地用手护着她的柳世南忽然垂下手臂握住了她的手：“有我在。”

他说完，对杨帆使了个眼色，杨帆心领神会。

下一秒，柳世南感觉手背一暖，是庄瑜反握住了他的手。

第五章

疗养院

庄瑜第二天正常上班，到了下午侯正宪才姗姗来迟，站在总裁办不住地念叨："你居然跟张雯说那些？她那个老公可是大律师！这下麻烦了，又不知道要花多少公关费，搞不好还有律师费。就她那个性子，保不齐是要告公司的。这件事情，她占理……"

过了一夜，庄瑜心里的火气本来消减了一些，又因为侯正宪最后这三个字倏然重燃怒意。合着他们这个也占理，那个也占理，唯有她做什么都错，做什么都不占理！

庄瑜打断他："侯总，那天是你让人把李伟请进顶层会议室的？"

侯正宪看着庄瑜，没有半点怕她的意思，油嘴滑舌地解释："是啊，但庄总，我也是为公司好，这不是因为……"

庄瑜打断他："因为什么？你在正信公关部这么多年是怎么做事的？想都不想就把一群流氓请进公司，这就是你的公关手段？为公司好？就是这么个好法？"

侯正宪听了这话显然很不高兴："你这是在怪我了？"

庄瑜非常直接地说："我当然要怪你了！公司养了一个公关部，个个薪酬都不低。法务部呢？每年都拿丰厚的奖金。结果公司发生这么点小事都要给我打电话让我来解决，那我请你们是来做什么的？！给我自己添堵吗？"

侯正宪的脸一下子就拉了下来："庄瑜，你不要以为老庄总把位子传给了你，你就可以这样对我们这些长辈说话！"

庄瑜心头的那把火一下子冲到头顶，"啪"地把手里的鼠标拍在桌上，目光如刀刮在侯正宪的脸上。

侯正宪眼皮一掀，跟她对视。

"我是在跟我的下属说话！"庄瑜的声音也大了些。

侯正宪刚要说些什么，庄瑜又问："怎么？你不是我的下属吗？！"

侯正宪不说话了。

庄瑜接着道："侯总，我不管你用什么手段，把这件事给我摆平了。如果处理不好，你也递辞职信吧！"

侯正宪听她这么说，气得脸上一阵青一阵白："你好啊，翅膀硬了是吧？今天我还就告诉你，我可不是你想开除就能开除的人！"

庄瑜冷笑："是吗？那你就再惹恼我试试看。你让我不痛快，我也不会让你好过。到时候，我有理由开除你就开除，没理由我创造机会也会把你赶出公司！"

"你……"侯正宪抬手指着庄瑜的鼻子，几乎呼吸不过来。

庄瑜拿起电话，胸口剧烈起伏："敏敏，把侯总请出去！"

敏敏很快进门，站在侯正宪的身后。他一边叫嚣着庄瑜是"自寻死路"，一边怒气冲冲地摔门离开。

办公室的门被大力关上，有那么一会儿，庄瑜只觉得耳际能听到自己血液翻滚的声音。过了一些时间，她更冷静了一些，脑子里又回荡起柳世南的那一句——顺我者昌，逆我者亡。

侯正宪跟张雯不一样，他的妻子陈晶手里有公司的股份。他把自己当作公司的股东，而不是一个普通的高层。侯正宪在公司干了几十年，她本来不想做得这么难看的，可是现在……

庄瑜闭上眼睛，抬手捂在自己的胸口处，仿佛能感觉到自己的心一点点地变硬。她想起昨晚自己和柳世南一起被"请"去公安局，这段时间，这种经验已经是第二次了。

下了警车，庄瑜才知道自己其实出了很多汗。夜风一吹，她的肩膀跟着抖起来。走在她身边的柳世南发现了她的异样，低头问她是不是冷。

她摇头。她不是冷，她就是心寒。

她是欠缺混迹商场的经验，但她不傻。如李伟一般的泼皮无赖，没人指点，怎么可能一而再，再而三地来公司闹事？李伟的表现不像是不图钱的人，他能豁出去不计后果地这么做，就表明早有人把他给喂饱了。

到了公安局，李伟还嚷嚷着要验伤。警察一看就知道，李伟是闹事的。李伟伤了庄瑜，柳世南伤了李伟，但是大家现在都没事。警察这边就是批评教育，然后调解。这场闹剧，最伤的是正信集团的声誉，最大的赢家是媒体和想要借此兴风作浪的人。

苏雅梅，庄瑜所能想到的幕后之人只有这一个而已。继母有动机，也有这种手段。

李伟不服调解，还嚷嚷着庄瑜杀了他姑姑。

庄瑜百口莫辩。

一个人如何能证明一件自己从来没有做过的事？

柳世南倒是气定神闲，警察教育，他就认真地听，然后温和地回应。至于李伟的叫嚣，他只是护着庄瑜，微微一笑。不久后，杨帆来了，给了柳世南一份文件。柳世南把文件给了问询的警察。

柳世南看着李伟，话却是对警察说的。他说：“民警同志，我有线索提供。”

原来文件里有照片，李爱兰进出本城郊区一栋公寓的照片。看日期，是前两天的事——李爱兰不但活着，还就藏在大家的眼皮子底下。

李伟看到监控照片时也傻了。

民警说：“我们找她很久了。你这照片是怎么来的？”

柳世南表示那栋公寓是他一个朋友的产业。他说着又是一笑，谦和无比地道：“碰巧。不过听大厦的保安说，李爱兰好像已经搬走了。”

警官没说什么，但大家心知肚明，这一定不是什么碰巧。柳世南就是去查了，而且是很认真地查。

庄瑜心里最初涌现的情绪是懊恼。她被这件事烦了这么久，居然没想到去寻找事情的源头。她觉得自己真如柳世南所说，总是凭借着情感做事，缺乏理性思考的能力。

以后再也不会了，庄瑜暗暗心想。

拿出证据的柳世南要求警方以寻衅滋事的罪名严惩李伟。他的意思很简单，这种事必须以牙还牙。

李伟没想到事情会变化得这么快。他被带走的时候，看着庄瑜的眼神，让庄瑜觉得他恨不得把她给吃掉。

等一切结束，柳世南送她回家。

庄瑜坐在后座看着不断飞逝的城市风景，柳世南则看着平板电脑处理公事。大概是因为时差问题，柳世南反而是晚上工作比较多。

"警方会去找李爱兰吗？"她忽然问。

柳世南头都没抬："那就是警方的事了。"

他说完又偏头看她："你想见李爱兰？"

"不。"庄瑜微微皱眉，"我就是想确定这件事是不是到此为止了。"

他"嗯"了一声，道："李伟会坐牢。"

庄瑜心一沉，想说什么，却还是忍住了。

车子很快到家。庄瑜下了车，本来要走了，柳世南又追下来，手里还拿着那一捧玫瑰。

"不是很喜欢吗？不要了？"他说。

庄瑜看着那束花，就像是看到了自己心绪的凋零。这本来应该是个很温柔的夜晚，可是因为李伟的出现，全破碎了。突然得就像是她莫名转折的人生。

眼泪不知道为什么就涌了出来，大颗大颗地砸在玫瑰娇嫩的花瓣上。

柳世南好像也没想到她会是这种反应，刚刚在公安局那么沉着的一个人，居然手足无措起来。

"怎么还哭了？"

庄瑜嘟了嘟嘴，她自己也不知道原因。在会议室被李伟掐住脖子的时候，她的眼里反而一滴眼泪都没有。

“为什么哭？”

他总是这样，万事都要一个解释。可是她给不了，如果非要解释，大概是因为那月色太过温柔……

他抬手替她擦眼泪。

他帮她包扎伤口的时候，他在公司门口握住她手的时候，她都不知道他的手上原来有这么多茧子。可是他抬手给她擦眼泪时，她感觉到了。粗粝的手指抚过她的脸，动作轻柔，像是收藏家对待瓷器，仿佛她碰一碰就会破碎。

他亲自送她进门。

其实就几步路，她走得特别慢。

阿珍给他们开门，柳世南请她给庄瑜倒杯温水，大概也明白问不出什么了。她坐在客厅的沙发上掉眼泪，他就在旁边陪着，递纸巾给她。

一张、两张、三张……

后来他笑着说：“你再这么哭下去，就要用掉一棵树了。纸可都是树做的。”

这笑话一点也不好笑，柳世南不是一个适合幽默的人，也从来不是一个温柔的人。但是他却因为她的眼泪，语调很轻地跟她说话。

庄瑜哭得更凶了。

柳世南便彻底不讲话了。后来她止住了眼泪，拿出头痛药。他亲自去厨房给她续了杯温水，递给她之前还不忘嘱咐：“以后别再用烈酒送药了。”

庄瑜乖乖点头。

他说的话不见得好听，但都对。真的都对。

她稍微有点力气照顾自己洗漱的时候，他便站起来告辞。

庄瑜看着他，他看着庄瑜。不知道她眼里向他发射了什么信号，他安慰她：“没事的，这才哪到哪？乐观点，你不是一向最乐观的吗？《飘》看过吧？那部世界名著，‘明天又是新的一天’。”

庄瑜不知道，世界名著也可以被拿来安慰人。她不知怎么想的，问他：“你看过吗？”

他愣了愣，老实回答：“没有，只知道这一句。”

她莫名就笑了。

从来不肯轻易承诺的人，反而有十二分的可靠。

在她人生中最兵荒马乱的时候，他握住她的手，那句“有我在”，不是说说而已。

想到这里，一直缩在老板椅上的庄瑜骤然睁开了眼。她忽然想通了自己面对他的时候总是心生依赖的原因了。这个陌生的念头让庄瑜既兴奋又害怕，她看着手机，在想是不是要打一个电话给他。

“咚咚咚”，是敲门声。

“庄总。”

是敏敏，庄瑜将手机扣在桌面上，平复了心情，又调整姿势坐好：“请进。”

门被推开，庄瑜抬头，一双眼睛都亮了起来。

昨晚，柳世南离开庄瑜家后并没有急着回酒店。午夜航班，从国外来了几个人——投行高层，是他来中国之前就精挑细选的合作伙伴。

安顿好庄瑜，杨帆开车载他去了那家俱乐部，几个金发碧眼的人早就沉醉其中，美酒美人应有尽有的销金窟谁会不喜欢？

他们在看到他之后遥遥举杯，对着他笑。那笑容，柳世南打眼一看，就知道生意能成。

柳世南松了松领带，也笑着迎上去。一晚上灯红酒绿，所有人都倒了，他只是微醺。末了，他让杨帆安排送人回去，有的人拽着美人，不肯独自离开，柳世南便让杨帆去安排下面的事。

在他身边陪了一晚上的也是个大美人，但他看都没看一眼，杨帆替他挡了。他不是不喜欢女人，但凡事太过沉迷总归不是一件好事情。

杨帆带人走了，柳世南叫了代驾，指挥代驾绕着城市转悠，转到司机怀疑人生。

朝阳升起的时候，柳世南打开车窗，看金色的光线从东方一道又一道地射出来，脑子里还是昨晚庄瑜对着一大束玫瑰，大颗大颗掉眼泪的场景。

他揉揉额角叹了一口气，不该过早说出李爱兰消息的懊悔，好像在那一刻也变得不重要了。

他回到酒店，处理好李爱兰后续事宜的杨帆送来衣服。

柳世南忽然问："送庄小姐的玫瑰花是什么品种？"

杨帆奇怪地看他一眼，又立刻收起神色，说："是伊芙伯爵，先生。"

他还没觉察，又问杨帆："很难买吗？"

杨帆："不会。"

看柳世南没再说什么，杨帆便转身离开。

门被带上的那一刻，柳世南愣住，他这才琢磨过来刚刚杨帆眼里闪过的讶异的神色。

问题不是他刚刚问了什么，而是他居然开始在乎了。

柳世南觉得奇怪，女人的眼泪，他也不是没见过啊。

她们要的他不想给的时候，他觉得厌倦要离开的时候，没有一滴眼泪可以触动他的心，没有一张脸可以在他心上留痕。

曾经有个女孩说，他是个无情的人，他的血管里流的是冰。

他觉得她说得没错。

可是现在……为什么呢?

不应该的。

他正这么想着，有人敲门。柳世南皱眉，这不是杨帆的频率。

他想到不久以前到访的苏雅梅，就坐着没动，他现在没心情应付这些。

可是敲门声就是没断，接着门外的人居然喊了起来："阿南哥哥！"

柳世南嘴角一沉。

叶樱是柳瑞德的亲生女儿。多年前，柳瑞德和叶诗芙夫妇在东南亚地区收养了三个男孩之后，终于在四十五岁时迎来了一个女婴。

她在樱花盛开的前一夜出生，所以取名叫樱，随母姓。

她的到来让柳瑞德夫妇很开心。每年叶樱的生日，三个被收养的男孩也会收到礼物。养母叶诗芙相信，是他们收养弃儿的举动感动了上帝，才会把叶樱带到她眼前。

这件事让柳世南觉得，人其实做什么都是有目的、讲回报的。做善事、谈信仰的时候，目的性可能更明确和直接。

叶樱从小就对柳世南有种莫名的亲近感。不知道从什么时候开始，连养父看他的目光都变了。大概是因为他显露出了某种天分，让养父觉得他有能力可以“照顾”这颗掌上明珠。

但柳世南知道，那不是他想要的。就如同他一开始并不想被收养一样，现在的他更不想被控制，以爱的名义也不行。

“阿南哥哥？”叶樱在柳世南的眼前挥舞着刀叉。

柳世南垂眸，他的盘子里多了虾肉。

“吃呀。我特地查了，这虾可是这家网红餐厅的网红菜品。”叶樱说。

柳世南没动筷子。

“你还是那么洁癖！别人经手的东西都不吃。难道我会给你下毒吗？我要下毒也不会等到这一天哦。”叶樱笑眯眯地看着他，威胁别人的时候也带着撒娇的意味。

柳世南至今仍记得叶樱捉弄别人的样子，还有做极限运动的时候那些疯狂的举动。

世界上看起来最无害的东西，往往害人最深。

柳世南没说话。

“你都不好奇我为什么来中国吗？”叶樱吃了一口甜品。

“你可以不说。”他淡淡地回。

叶樱笑道：“我想说。原因很简单，我想你了。”

她说完仔细观察他的脸，那上面并没有什么特别的表情。

她说：“阿南哥哥，我喜欢你，你知道的吧？”

柳世南喝了一口红酒：“我不想知道。”

“你还没喜欢上我呢？那我只好先喜欢别人啦！”她满不在乎地道，“我很快就会有新男朋友了哦，只要我点头。”

柳世南依然不搭腔，而叶樱似乎根本不需要他回应。

“这是我第三个男朋友了。他笑起来像你，这让我很感兴趣。目前为止，他是我最好的‘代餐’。”她说完笑着看他，“你不好奇他长什么样子吗？”

他淡淡地说：“跟我没关系。”

叶樱又笑：“我就喜欢你这种道德感很低的样子，永远也不会像他们一样，说我做的是不对的。”

他坦然地说：“因为我不需要对你的人生负责。”

叶樱哼笑一声，倾身过去拿放在他那边的红酒。

柳世南抬头，正好看到了侯正宪和一个年轻女人。

这种网红餐厅是年轻人的聚集地，柳世南坐在其间已觉得格格不入，更不要说快五十岁的侯正宪了。但侯总身边的那位女士却显得很快活。

叶樱的眼睛顺着柳世南的目光看过去，又重新盯着他的脸：“怎么啦？阿南哥哥你认识他们吗？”

“吃饭。”

叶樱嘬起嘴，他的生活从来不肯让她参与。不过好就好在，他也不让别的什么人参与。

他们从餐厅出来，下雨了，如丝的雨水让整个城市像是浸润在雾中。

叶樱四处找车，忽然就听到柳世南的声音从头顶传来。

“你自己打车回酒店。”

他说完要走，被叶樱拽住衣袖：“你呢？”

“我还有事。”柳世南把袖子从她的手里抽出来，迅速的，不带一丝留恋。

不远处一辆出租车驶来，柳世南招手，强行送叶樱上车离开。

出租车走了以后，柳世南走了两个街区，杨帆的车才过来。他上车后问杨帆：“查得如何？”

“如你所料，先生。”

公安局的事情之后，柳世南许久没找过庄瑜。她坐在自家的吧台前一点一点喝着果汁，喝一口后又觉得自己无聊，她心里这个带着些许怨念的“许久”也不过就三天。可是要她主动联系柳世南，好像又找不到什么像样的借口。又或者，她跟他还没有熟悉到想要找对方，就可以直接打电话过去的程度。

此时，庄瑞从楼上下来。他穿着沙滩裤，白色的浴巾搭在头上，看着庄瑜的眼神有种毛茸茸的质感。

“姐。”

庄瑜“嗯”了一声，拍了拍身边的座位。

庄瑞走到厨房给自己倒了一杯冰水，再走过来坐在庄瑜的身边。

庄瑜侧身倒向弟弟的肩头，如同倒向一只温驯的大狗。她满足地叹息：“很久没有这种安全感了！”

一段时间的空白后，庄瑞叫她：“姐。”

“嗯？”

“我明天想去看看宗康。”

宗康是他们的小弟弟，继母苏雅梅唯一的儿子。

庄瑜晃动着手里的果汁，没说话。

庄瑞等了一会儿，又问她：“一起吗姐？”

庄瑜说：“好。”

仁心疗养中心位于荣城城西，这里环境宜人，不远处就是湿地公园。庄正信跟苏雅梅所生的儿子庄宗康，在庄正信去世后就被送到了这里，由专门的医生跟护士看护。

下了车，庄瑞跟庄瑜并肩往里走。两个人找到宗康的寝室时，护士正在收拾一地的狼藉。看得出，宗康又发脾气了。宗康以前在家的时候不是这样的，他并不喜欢疗养院。

庄瑜微微皱眉，问护士：“宗康呢？”

护士回头认出庄瑜，赶紧笑着走过来：“庄小姐好。宗康去活动室了，今天有志愿者活动，是绘画课。”

庄瑜点点头：“可以看他上课吗？”

“当然，请跟我来。”

护士说完便带着姐弟俩到活动室。庄瑞注意到那条连接休息区跟教学区的长廊就是一个画廊，墙上挂满了各式各样的画，都是这里的患者完成的。被挂在最显眼位置的是宗康的画。

“课程还没结束，你们可能还要稍等一下。”护士说到这里，看了一下时间，“应该还有十分钟就下课了。”

姐弟俩向护士道谢，等护士离开才小心翼翼地透过窗户朝里面张望。里面的学生很多，老师有三个，黑板上全是可爱的图案，现在正是课堂指导的时间，室内氛围很热烈。

庄瑜看到了弟弟庄宗康，刚想指给庄瑞看，一直在教导庄宗康的老师忽然直起身体转过头来。

庄瑜一下子认出了那张脸，一时愣住了。

季若礼显然也看到了庄瑜，他微微挑眉，做完手上的事情之后，慢悠悠地走出教室，来到庄瑜身边。

“哟！”即便是在这里，以志愿者的身份出现，季若礼的声音也还是一如往常的轻佻，只需一个字，就能把一个花天酒地、没有心的纨绔子弟性格展示得淋漓尽致。

季若礼打招呼的方式有点特别，庄瑜一时间也不知道该回一句什么好。

另外这个男人跟平时很不一样，大概是因为修习时尚设计的原因，季若礼身上的服饰总是年度最流行的新款。

季若礼的头发偏长，中分发型永远打理得干净利落。有时候跟他说话会走神，庄瑜总在想他的发型每天要用掉多少发蜡才够。

但今天的季若礼身着最简单的T恤和牛仔裤，头发像是刚刚睡醒，未经打理，还带着三分混乱和七分蓬松，前额的刘海下戴着黑色的方框眼镜，活脱脱一个理工男。

季若礼有种特别的适应能力，好像什么场合都不会让他感到尴尬跟意外。他跟庄瑜打完招呼后又偏头看了一眼她身边的庄瑞，率先伸出手来："你是庄瑞？我叫季若礼，你可以喊我哥，毕竟我们差点成为亲戚！"

自来熟到这种样子，有点过分了。庄瑜瞪着季若礼，后者对此视若无睹。

庄瑞伸出手跟季若礼握了一下："你好。"

"你不是学服装设计的吗？"庄瑜问季若礼。

季若礼笑着解释："我在国外的时候辅修过色彩心理学，导师研究的方向是这方面的。所以平时趁着有时间，会做点有意思的事。"

他说"有意思的事"而不是"善事"，这一点倒是足够坦白。

庄瑜觉得这男人像一本让人猜不到结局的书，好像每翻一页都会有新发现。这时课间休息时间到了，陆续有人从教室里出来，用好奇的眼光看着外面站着的三个人。

"有空一起吃个饭怎么样？"看她要走，季若礼忽然开口，"跟岳晴一起。"

庄瑜回头看着他，疑惑地问："岳晴？"

"对，就是那个在琼湾……"

"我知道她是谁。我的意思是，我为什么要跟她一起吃饭？"庄瑜打断他问。

"哎？说话可要小心哦。"季若礼轻佻地笑，"不然我会很容易误会你是想跟我单独吃饭。"

庄瑜的脸拉下来。

"脸拉那么长干吗？你有这么不情愿吗？"

庄瑜瞪圆了眼睛。

"好了，不开玩笑了。你不是帮过她，在荣悦？而且她不是也快要跟正信签约了？东区度假村代言。"季若礼终于正经起来。

庄瑜愣了一下，说：“这件事还在保密阶段。”

庄瑜是选了岳晴做代言人，但也是从多方面考虑的，并不只是因为自己对岳晴有好感。

“我手里有她的经济合约，也算半个老板，所以这事不算泄密。”季若礼笑道。

庄瑜讶然道：“你投资了多少生意？”

他笑：“不多，WM之外就这一个，混口饭吃嘛！”

庄瑜无言地望着他，他却不跟她见外：“就这么说定了！进去吧，我还有事。”

他说完要走，又想起什么：“忘了告诉你，你这个小弟弟是很有画画天赋的。”

听到季若礼夸宗康，庄瑜还是很开心的。

“是吗？”

“嗯。好好培养，以后说不定能开画展。”季若礼说。

庄瑜笑了笑，只当他是在恭维。

季若礼走了，庄瑜也进了教室。庄瑞见她来了，立刻拿起桌上的画，有些激动地说：“姐你快看，这是宗康画的。”

宗康还是一如既往不爱说话，看到她时也没有什么特别的表情。

庄瑜垂眸去看宗康的画，那画面上画着两种完全不同的吊瓶，其中一个很像父亲用过的。

她皱起眉毛，父亲病重后就再也没有见过宗康，他为什么会画这些呢?

庄瑞却没想那么多，很开心地说：“宗康跟我一样有画画的天分，他对器型的把握很准确。”

不知道宗康是不是听懂了这句话，看着庄瑞开心地笑起来。宗康来这里之后，庄瑜也会抽时间过来看他，却从来没见幼弟笑得这么开心过。宗康还跟小时候一样，最喜欢的人是庄瑞。

庄瑜跟庄瑞陪着宗康吃了晚饭才回家，回去的路上，姐弟俩沉默了很久。快到家的时候，庄瑞问：“姐，为什么爸爸去世后，梅姨就不要宗康了呢？”

庄瑜眸光一闪：“阿瑞，注意你的用词。”

庄瑜的意思是，这话他们姐弟俩之间说说也就罢了，但凡有第三者听了去，家里、公司里又会有一场风暴。

他们都知道苏雅梅有多么在意宗康的病。作为一个自闭症患儿的母亲，苏雅梅心里的痛不比普通母亲更轻。很多时候，庄瑜觉得继母既爱宗康，又恨宗康。

庄瑞抿唇：“我觉得我没说错。父亲的丧事刚办完，她就送走了宗康，这很像是一种抛弃。难道梅姨还在因为遗嘱的事情生气吗？连带着宗康也要承受她的不开心？”

庄瑜看着前路，轻飘飘地说：“遗嘱的事，没人能不生气。”

其实多年来，在这个家里，她跟庄瑞才是始终被藏起来的孩子。他们的母亲叫Moon，是个艺术家，母亲跟父亲开始这段感情的时候，父亲的婚姻关系并不是清爽的。父亲在感情方面总是很容易让女人伤心，但这些事都是上一辈的事情了，无论认同与否，他们这些做子女的都没办法开口去评价长辈们的决定和人生。

她正这么想着，就听到庄瑞说：“我愿意照顾宗康，我想……”

庄瑜没等庄瑞说完，就打断了他：“梅姨是不会同意你这么做的。”

庄瑞说：“宗康喜欢我。”

庄瑜严肃地道：“但梅姨讨厌我们。”

庄瑞不说话了，庄瑜偏头看了他一眼，知道弟弟有些受伤。

她微微叹了口气，又开口：“爸爸去世之后没有留下半点遗产给宗康，梅姨有多生气你又不是不知道。你觉得这个时候她会放心把自己的儿子交给我们吗？你现在跟她提这个，她只会认为我们是在挑衅。”

庄瑞愣住了，想到父亲去世后律师宣读遗嘱的那天苏雅梅的样子，就有些不寒而栗。但他还是皱了皱眉头：“可是，我们始终是一家人……”

庄瑜摇头打断了庄瑞的话：“没有可是。庄瑞，我们是家人，更是跟梅姨立场不同的人。就算我们做的事情出发点是无害的，也会被怀疑动机的纯粹性。人与人之间就是这样，怀疑总是比信任要来得容易。”

庄瑞知道姐姐的话是对的。

他转头望了车窗外很久很久，才缓缓地说：“姐，你觉不觉得爸爸有的时候很残忍？”

庄瑜斜睨了一下庄瑞：“你知道我们两个人是最没有资格指责他的。”

在整个财产分配的过程中，父亲偏袒的始终是他们姐弟俩。用梅姨当时的话说，是“大部分的财产都给了最名不正言不顺的那两个”。

庄瑜说到痛处，姐弟俩同时沉默了。

不知道过了多久，她又听到庄瑞问：“你跟梅姨真的要开战吗？”

公司的事情，庄瑞一向是不谈的。他早就跟父亲表过态，自己的志愿只有一个——建筑师。

庄瑜记得为了大学选志愿的事情，温和的庄瑞也曾跟父亲冷战，甚至是绝食。那么固执的父亲终究还是屈服了，接受了儿子不肯进商学院的事实。可是父亲对庄瑞说：“你大学的学费我一分钱也不会出，你妈妈也不会出。”

后来，还是庄瑜偷偷给弟弟寄钱。谁能想到她一个堂堂富二代，在大学也做了四年的打工人。最困难的时候，她一天要跑三个地方。不过那也是她最快乐的一段时光，那种朝着目标奋进的快乐，让她觉得特别充实。

而现在，庄瑜怀疑，就因为当初她支持了庄瑞，父亲才会把集团这个担子甩给她，让她接受“惩罚”。

“姐？”

“不管早晚，总会有这一天的。”庄瑜答。

纵然她犹豫、挣扎，但她知道，从自己坐上正信董事会主席的位子起，这一仗就非打不可。

“这两个月我已经进了公安局两次了。”庄瑜面色苍白地笑了笑，“我不能再这么被动下去。我受不了这样无休止的诋毁，集团更受不了这样反反复复的折腾。”

“如果，我是说如果。”庄瑞道，“把这个位子让给梅姨会怎样呢？姐，我知道你一向不喜欢商界的。”

人与人之间的谋算，漫无边际的利益纠葛，姐姐不是天生的商人，这些事情只会让她觉得痛苦。庄瑞记得，在宣读完父亲的遗嘱之后，姐姐问的第一个问题是：“为什么是我？”

那时候他以为，姐姐是不愿意的。

庄瑜皱起眉头，她在想自己要不要说。

最后，她还是决定说出来。

她问：“阿瑞，你还记得你本科时候的毕业设计吗？”

庄瑞愣住：“本科毕业设计？”

庄瑞怎么会不记得？那是两年前，带他的老师给了他几个选题，他都不满意。他找了很多资料，看了很多书，始终没有灵感。某天他睡着了，梦到了那个小时候带他出去玩的老人——陈伯。小时候的庄瑞喜欢火车，陈伯便常常背着他走很长的路，去看火车。

这个梦让庄瑞想到了陈伯，他起床后积极打听陈伯的去向，结果却被告知陈伯一年前死在了自己的单身公寓里，尸体被发现的时候都已经腐烂了。

这件事给了庄瑞致命一击。

等冷静下来，庄瑞自问，在全球进入老龄化社会，“孤独死”成为社会问题的今天，作为建筑师的他能做些什么？后来他想，有没有可能创造一个地方，真正地实现中国传统文化中“老吾老以及人之老，幼吾幼以及人之幼”的思想呢？

于是庄瑞将自己全部的热情投入到了共享住宅的研究当中。他希望能够在当代高耸入云的摩天大楼里注入中国文化的灵魂，他希望没有泼天财富的人也可以在年老的时候得到一个安身之所。在那里，人们居住在一起，既有私人空间，也有公共空间，需要的时候只要“喊一嗓子”，就能得到帮助。

他记得自己在论文的结尾说：“过去的住宅破旧、低矮、没隐私，现在的建筑崭新、高耸、冷冰冰。我希望建设这样一个地方，它不但是崭新的、功能性强大的，同时又是充满人情味儿的。柯布西耶说‘建筑是居住的机器’，我说建筑是一个有温度，盛满爱，并可以被称为‘家’的地方。”

电光石火之间，庄瑞忽然明白了什么。

“所以爸爸是想……”

“正信在西区有块地。”庄瑜说，“爸爸觉得你的设计很好，他想在西区的那块地上实现你的理想。我也是后来才知道，梅姨因为这件事跟他吵过很多次，爸爸始终不肯改变主意。”

这似乎也是父亲跟梅姨决裂的导火索。

父亲在最后的日子里，曾经无数次地感叹，自己生在了最好的时代，得到了自己年轻的时候想都没有想过的财富，但他却没有时间真正地去回馈社会。

“他希望以后的正信集团能够肩负起社会责任，为社会和大众做一点力所能及的事。西区那块地，哪怕是做出一个赔钱的实验性项目也好，但至少可以为社会未来的发展提供一种可能性。”

后一句是父亲曾经对庄瑜说过的话。

庄瑞听了这些，有些震惊，连他这个不懂商业的人都知道他的毕业设计几乎是一个乌托邦式的存在。

“可是这种公益性质的案例，梅姨可能只是其中一个障碍……”庄瑞说。

“对，我是有很多障碍要过。”庄瑜说，“梅姨是第一个，也是必须要过的一个坎。”

庄瑜自认不是一个有理想的人，既然父亲赋予了一个理想给她，她要做的就是一点一点地铺平通向那个理想的道路。

庄瑞正准备开口说话，庄瑜的电话忽然响了。她在开车，所以没接。虽然如此，庄瑞还是捕捉到了姐姐看到来电显示后，眼中一闪而过的惊喜。

“姐。”

“嗯？”

“你是不是恋爱了？”

“没有的事！”

第六章

度假村

东区度假村代言人公布跟酒店开业典礼是同一天。连跟庄瑜一同前来的柳世南都觉得惊讶，代言人居然不是庄怜心。

“你不怕你那个姐姐找你的麻烦？”他问。

庄瑜看着他，脸上露出调皮的笑容：“她在国外拍戏。”

柳世南闻言笑了一下：“那就是怕，还以为你成长了。”

“是成长了，至少我没表现出‘怕’来。”庄瑜嘴硬道。

他笑了笑：“没什么好怕的。不管对方如何表现，你只要把自己的道理摆出来就可以。”

庄瑜摇头：“你不了解庄怜心，等她回来了啊，少不了会找我吵一架。”

一直以来都是这样，庄怜心时不时就会因为一些事来找她闹一回。庄瑜都有点习惯了。

“耐心一点。要有自己的节奏，不要被对方带着走。”柳世南说话的语调低缓，像是在诱哄。

“说得容易哦。”庄瑜越过他要去拿香槟。

她的手指刚刚触摸到香槟就被他挡开。

庄瑜一脸无语地看他，柳世南却一脸理所应当的样子：“‘一杯倒’的人不配喝酒。”

庄瑜想起那天在荣悦顶层的酒吧。她后来回忆，自己应该是被他抱回去的。

庄瑜那时候晕晕乎乎地靠在一个自觉很坚实的地方，有种奇特的气息萦绕在鼻尖，让她很有安全感，也让她在半梦半醒之间生出无穷的贪恋来。

她这么想着，吸了吸鼻子，他刚好侧身去拿白水，眉头一皱，问：“你闻什么？”

庄瑜摇头，又好奇地问：“你用的是什么香水？”

他似乎有点不喜欢这个问题，“啧”了一声道：“我不用香水。”

她喜欢他的气息，她不知道该不该跟他说。

柳世南发现她欲言又止，看着她挑眉问：“怎么？”

“没事。”庄瑜说着又看向前方代言人的位置，那里围了很多人。

不久前，岳晴的电影在海外拿了个很有分量的奖项。这两天电影上映，叫好又叫座。今天大部分媒体都不请自来，是因为岳晴的明星光环。

“我这个决定还是挺英明的吧？”庄瑜问。

柳世南垂眸看着她，觉得她很像个跟他邀功的小女孩。他不自觉地笑了笑：“嗯。”

得到夸奖，她满足地叹了一口气：“做生意有时候真的需要一些运气，你说是不是？”

他说：“今天只是多来了一些人。”

柳世南其实不是很明白，庄瑜为什么开心得像是这家酒店已经百分之百赢利了一样。

她听懂了，有点委屈地“哎”了一声。

他不知怎么的，心跟着就软了一下：“运气，你还是有一点的。”

庄瑜听了，又看着他笑起来，眼睛亮晶晶的，像个小女孩。然后他发现，她脸上再次出现了那种欲言又止的神情。

他想问的时候，忽然被人从背后搂住。

"阿南哥哥！"

柳世南飞快地皱了一下眉头，接着淡定地掰开腰上缠着的那双手，转身把来人拎到安全距离以外。

庄瑜因为这不速之客的大胆举动愣了一下，接着半是好奇半是迷惑地看着那个女孩。她身材很好，四肢修长，面部轮廓是偏东方的混血儿感，一身蜜色的肌肤，走到哪里都注定是人群中的焦点。

女孩仰头看着柳世南的时候，眼神中带着三分的仰慕，七分的眷恋。当她再次试图正面抱紧柳世南时，庄瑜感觉自己的心好像被人狠狠地往外一牵。

柳世南人高马大，抬手按着女孩的额头再次把她推向远处。

"阿南哥哥！"女孩跺着脚撒娇。

柳世南面无表情："老实点。"

柳世南跟女孩纠缠之际，庄瑜看到另一个人朝他们缓缓走近。庄瑜定睛一看，竟然愣住了："阿瑞？"

女孩转头笑着对那个人大声说："这才是我爱的人。是他不爱我，我才爱你的哟。"

女孩这话让庄瑜大脑一片空白。

庄瑞有点不好意思地站到姐姐面前叫人："姐。"

女孩的目光在庄瑞跟庄瑜的脸上溜达了一圈儿，又伸手去挽柳世南的胳膊，柳世南这次没有推开她。

"叶樱，这是我姐姐庄瑜。"庄瑞站在两位女性中间介绍，"姐，这是叶樱，我的……同学。"

庄瑞说完，忐忑地看着庄瑜，弟弟明显慌乱的眼神将庄瑜一点点从惊愕中拉回到现实。庄瑜稳定了一下心神，却还是不知该说什么好。她不是无法接受弟弟恋爱，只是眼前的这个女孩似乎有些奇怪。

还是柳世南先开口。他的目光滑过庄瑞的脸，又对庄瑜说："介绍一下吧。"

庄瑜应了一声，抬手道："这是公司董事柳世南先生，这是庄瑞，我弟弟，刚刚留学回来。”

庄瑜说话的时候，发现那个叫叶樱的女孩“扑哧”一声笑出来。

庄瑜很直接地问她：“我的话很好笑吗？”

她这话出口，在场的三个人都露出惊讶的神情。庄瑜这才发现自己在失态之后又彻底失言了。

庄瑜的耳朵一点点地红到了尖尖处。

“你对我很有敌意哦，为什么？”叶樱直截了当地问庄瑜。

“没有的事。”庄瑞微微侧身挡在庄瑜面前，跟叶樱解释。

叶樱却不接受他的话：“我自己有眼睛，也有耳朵。她就是不喜欢我。”

庄瑜看着叶樱，刚要开口就听柳世南说：“叶樱，别人没有义务要喜欢你。”

柳世南对叶樱说话的语调像是一位长辈，庄瑜竟然因此稍稍安心。

叶樱假装没听见，看着庄瑞问：“那如果你姐姐反对我们在一起，你还会喜欢我吗？”

完全没头没脑的问题，却问住了庄瑞。

庄瑜侧头看着弟弟，他在很认真地思考问题的答案。同为女性，庄瑜看得出弟弟对叶樱的深情，同时也感受到叶樱对庄瑞的漫不经心。

庄瑜刚要开口，忽然听到柳世南说：“庄瑜，你跟我来一下。”

“阿南哥哥！”

“公事。”柳世南对叶樱道。

柳世南大步朝前走，庄瑜便跟着他。

庄瑜个子矮，几乎是一路小跑才能赶上。等他停下来，她才发现他们已经来到度假村的深处，周围都是高大的乔木。树木独有的香气让人心安。

停下来后，两个人相对而立，远远看上去像是一对刚刚做了坏事的同谋。

庄瑜开口还微微带喘：“什么公事？”

柳世南抬手松了松领带：“没事。”

“……”

庄瑜沉默了一会儿，问："刚刚那个……"

"叶樱。"

庄瑜"啊"了一声："是你妹妹吗？"

他们这个圈子距离名和利很近，各家都有各家的复杂故事。远在美国的柳家也一样。庄瑜知道柳瑞德夫妇在收养了几个亚裔男孩之后，终于如愿以偿地生下一位掌上明珠，跟母姓。但她还不太确定。

柳世南勾了勾嘴角没说话。

庄瑜觉得虽然柳世南看上去跟叶樱完全不是同一类人，但是这两个人身上却都有着那种对于旁人的目光和品评不管不顾的气质。

"可是她为什么说……"

她话没说完就感受到他的目光，因此止住了。

他好像是存心的："什么？"

"没事。"

庄瑜摇头，叶樱的那句"我爱的人"从心里掠过。她转头看向他们刚刚来的方向，忽然有点羡慕那个喜欢和不喜欢都可以张口就来的小女孩。

她的欲言又止已是今天的第三回了。

柳世南不知道哪里来的耐心："真的没事要问我？"

庄瑜摇头。

柳世南并不追问，只是交代："你离她远点。"

庄瑜疑惑："为什么？"

"她是疯的。"

庄瑜闻言，忽然笑出声。

他不明就里："哪里好笑？"

她坦白："你还记得有一天早上挖我起来去出海吗？"

他挑眉。

庄瑜说："我也这样在心里骂过你。"

这会儿有阳光透过树荫洒在庄瑜的脸上，给她镀上一层银光。她的肌肤白而亮，如印象派大师雷诺阿画笔下的女郎。

他这么想着，竟伸出手鬼使神差地捏住她的下巴。

“……”

清浅的笑容随着他的这个动作定格在庄瑜的脸上。

他看着她，她亦望向他的眼底，那里面变幻莫测，却隐约又看得见一丝渴望。

他倾身下来的那个瞬间，她轻轻地闭上眼。可下一秒，只觉双颊传来疼痛。

庄瑜猛地睁开眼，他掐住她的脸喃喃地念：“人这么瘦，脸上的肉倒不少……”

“……”

脸颊硬生生被他挤出两坨肉来，庄瑜愣了一下，皱眉扒拉他的手：“你干吗？！”

“惩罚。居然敢骂我是疯子。”

“……”

柳世南嘴角噙笑地放开手：“不然你以为我想干什么呢？”

接吻。这两个字庄瑜怎么可能说出口？

她想她这会儿的表情一定很滑稽，所以他才在看了她一会儿后眯起一双狭长的眼，开怀大笑起来。他笑起来很好看，可是伴着他的笑容，她心里的那股子羞耻渐渐就变为恼怒，往天灵盖上冲去。

“你是存心的！”庄瑜指责他。

他竟不反驳：“我是。”

“……”

如同猫咪在阳光下收敛了瞳孔，接着身上的毛完全奓开。柳世南看到庄瑜愤恨地转身，下意识地伸手去拉她的手腕，下一秒就被她狠狠地甩开。

庄瑜今天穿着略微紧身的黑色小礼服，配的鞋跟又偏高，一直不肯大步走路。就算刚刚跟在他身后，也是小步小步地跑。可现在，她仿佛完全忘了服装的束缚，大步往前走着，只希望赶紧离开他。

让她生气离开，这是柳世南的本意。可当她真的走掉，他居然感觉到自己心头的震动。那种想要留住她的潜意识，让他觉得既陌生又困惑。

要不要现在追上去呢?

这个念头刚刚闪过去，杨帆的电话就打来了。柳世南接通后将手机贴在耳际，一边听杨帆汇报，一边用脚一下又一下地摩擦大树裸露出地面的根系。

“都准备好了，明天发出去可以吗，先生？”杨帆在电话里问。

柳世南淡淡地“嗯”了一声，又交代：“做得聪明一点。”

“是，先生。”

柳世南望着远方，手摩挲着下巴道：“叶樱最近在做什么？”

“小姐最近迷上了赛车和深海探洞。”

柳世南冷哼了一声。

滑伞、蹦极、热气球旅行……

叶樱似乎觉得生活太平淡，一直都试图在极限运动中寻找刺激。好像只有不断地面对挑战，才能证明她在热烈地活着。

杨帆等了一会儿，见柳世南没说话，才又接着说了句什么。柳世南只说了句“知道了”，便再没别的吩咐。

收线之后，柳世南用手机磕了磕自己的下巴，走回开幕现场。

记者们好像都消失了，女明星也不在现场了。

庄瑜正跟人聊天，他故作漫不经心地靠近。此刻，庄瑜脸上挂着得体的笑，仿佛全世界都让她顺心顺意。

人类是如此喜欢彼此的假面，因为它是按照人们对各自的幻想打造的。

可是比起假面，他更喜欢那个鲜活的庄瑜。尽管不愿承认，她的喜怒哀乐确实能牵动他的心。

不一会儿，庄瑜的助理敏敏走过来跟她耳语了几句。

庄瑜依然是笑着的，眼底却快速掠过一丝凉意。她低声吩咐了什么，敏敏转身走开了。

柳世南的目光也跟着一变。

庄瑜继续跟别人社交，可柳世南注意到她垂在身侧的手开始渐渐握紧，眉尖微微上挑，那是她发怒或者紧张的时候才会有的动作。

此时有侍者经过，柳世南从托盘上拿起酒，目光越过一片祥和的人群，盯着酒店入口的位置。但很快他就发现自己的判断出现了偏差，门口没有人走出来，倒是庄瑜趁着别人不注意，快速往酒店内部走去。

柳世南顿了顿，放下酒杯，跟了上去。

庄瑜走得很急，行进中几次差点撞到旁人。跟别人错身而过的时候，她抬头不经意看到酒店建筑顶面的线形艺术灯管，绚丽的设计竟让她有种头晕目眩的感觉。

直走，向左，然后……

庄瑜在心里默念刚刚敏敏跟她说的位置，听的时候明明很清晰，可这会儿又变得很模糊。

终于，庄瑜来到一个房间门前，门是开着的，可里面是黑的，一个人都没有。心里一直被压抑着的那团火瞬间烧了起来，可是她的脊背上却渗出了丝丝冷汗。

“为什么连个工作人员都没有？！”

庄瑜转身，一边顺着原路返回，一边小声嘀咕，才走了两步就撞到一个人的怀里。庄瑜抬头，那双眼仿佛深潭，可以让人瞬间冷静下来。

“迷路了？”他问。

“嗯。”

“想去哪儿？”

“多媒体中心。”

柳世南垂下手，很自然地握住她的手腕。庄瑜像是迷失的航船终于看到了灯塔，连那颗着了火的心都渐渐冷静下来。

他牵着她到了电梯厅，又下了一层，才穿过长廊拐了一个弯，就听到喧闹声。

“我们为什么不能进去？”

“让我们进去！我们是有媒体工作证的！”

这是媒体记者的声音。

“对不起各位，今天的采访临时取消了。”

“出口在那边，大家请跟我来。”

这是敏敏和酒店工作人员的声音。

柳世南跟庄瑜走过去，就看到多媒体中心外敏敏带着酒店的工作人员排成一排，拦住群情激奋的记者们。

庄瑜一个深呼吸后闭了闭眼睛，才刚刚从柳世南手里抽出手腕，就听到一个记者惊喜地喊道：“庄瑜来了！”

这一嗓子让室内的记者纷纷回头，冲过来将镜头对准了庄瑜。

庄瑜只觉得眼前白花花一片，是闪光灯闪烁的效果。她微微后退了一步，被柳世南用手掌抵住背部。他的掌心一如既往，温热且能给人以力量。

庄瑜抬头看他，他也垂眸看着她，并用口型对她说了两个字：“别怕。”

“庄瑜小姐，这次正信没有用庄怜心小姐做代言人，是否证实了庄氏家族内部不和的传闻？”

“岳晴小姐比庄怜心小姐出色的地方可以说说吗？”

……

“对不起，请让一下。”

没等庄瑜说话，敏敏就带着几个工作人员跑了过来。接下来，柳世南用手臂护着庄瑜，越过那些记者和镜头往多媒体中心里走。

进门前，庄瑜问敏敏：“怎么样？”

敏敏在别人看不见的角度低头在庄瑜耳边道：“比想象中好一点。”

庄瑜颔首，那就是没打起来。她太了解庄怜心的脾气了，像一只火暴的狮子，跟她对峙的时候，常常是话没说两句就要动手。

多媒体中心的门被推开，还好，两位女明星只是距离很远地相互瞪视。

两位女明星听到动静，也同时看向庄瑜。岳晴还没来得及说话，庄怜心已经指着庄瑜的鼻子开骂：“庄瑜！你干的好事！”

庄怜心吼完，身子跟着晃了晃。

庄瑜想起柳世南跟她说的话，于是没有第一时间回应庄怜心，而是转头对岳晴和柳世南说：“请让我跟姐姐单独待会儿。”

柳世南看了庄瑜一眼，先往外走。

岳晴见状，对庄瑜欠了欠身，也出了门。

两个人出去，外面自然又是一阵骚动。但是那些暂时都跟庄瑜没什么关系，她今天最要紧的是学会怎么应对发怒的庄怜心。

大门关上，庄瑜才问庄怜心：“刚刚飞回来？累吗？”

庄怜心愣了一下，很快道：“你少在这里虚情假意……”

庄瑜打断她：“好。”

没料到庄瑜会这样回答，庄怜心掀起眼皮飞速看了她一眼。

庄瑜过了一会儿又问：“你今天来，是单纯想骂我？还是想听我解释？”

庄怜心冷笑：“你欺负我还需要解释？”

庄瑜很快道：“我没欺负你。”

庄怜心嗤笑一声后，有些激动地说：“没欺负我？这个酒店的几个代言候选人里，论地位、论奖项，论资格、论样貌，岳晴哪点比得上我？为什么正信偏偏选她不选我？正信可是我的娘家！”

“几周前岳晴要入住荣悦，被你为难的事，还记得吗？”庄瑜没有顺着庄怜心的思路走。

庄怜心抱起双臂：“是她没荣悦的会员资格又非要入住，我这是让经理按规章制度办事吧？再说了，她没资格不也住了吗？”

“第一，你没有参与公司经营，你自己也知道你没权力吩咐荣悦的大堂经理做什么吧？这件事我已经处分过那位经理了；第二，我让岳晴入住不是为了跟你作对。”庄瑜说，“她手里的那张会员卡是容总的。”

庄怜心一愣：“哪个容总？”

“容科传讯的容总。”庄瑜说。

容科的背景别的人可以不知道，庄怜心作为庄家的一员，不可能不清楚。在本城，季氏跟正信已经算是数一数二的企业，可是正信在容科的面前，则是小巫见大巫。而容总的特殊背景还让他拥有别人都无法企及的人脉。

庄怜心一脸错愕的神色："她不是跟季若礼……"

庄怜心还记得前一次，地方台的春节晚会，她跟岳晴起了一点冲突，季若礼刚好在现场，他护着岳晴，就像是母鸡护着小鸡。

这件事不止庄怜心一人知道，从那以后，多家媒体八卦都爆料了岳晴跟季若礼在一起的事，两个人甚至还被拍到在琼湾的游艇会出双入对。

原来这一切都只是掩饰。

岳晴出道不过两年，却抢了庄怜心好几个广告代言，现在庄怜心终于明白自己输在了哪里。

庄怜心想到这里，一双美目愤恨地瞪着庄瑜："所以你宁愿当众打我的脸，让全娱乐圈的人都看我的笑话，也要用岳晴？这一切就是为了巴结她背后的男人？"

以前的庄瑜很是有些清高跟傲气的，在她面前用"巴结"这种字眼，无异于直接打她的脸。可是现在，庄瑜面不改色心不跳地点头："是。"

庄怜心愣了一下，又听庄瑜说："对正信来说，选择谁来做门面不重要，重要的是这个门面能不能对我们的业务有所帮助，又有多大的帮助。这是我选代言人的标准，也是唯一的标准。"

不知道庄怜心是不是因为坐长途飞机回程太累了，庄瑜说完以后，她有很长一段时间没有说话。这让庄瑜心生不忍。

庄怜心看上去有些颓丧，渐渐地，那张每时每刻都艳光四射的脸上竟然显现灰败的色彩来。就在庄瑜以为柳世南教她的方法已经奏效的时候，庄怜心忽然开口："在外人看来，我脾气不好，说话直接，总欺负你。可是庄瑜，咱们两个人之中，你才是最狠心的那一个，你承不承认？"

庄瑜紧紧地抿唇看着家姐，她明明知道不应该，可还是感觉胸口隐隐作痛。

庄怜心凄然一笑："这个消息我不是刚刚才知道，可是无论外面传得再凶，别人说得再难听，我都没想过正信会放弃我，最起码没想过你会一声不吭地放弃我。就像最初人家说你要跟成杰订婚一样，我不是没有提前问过你！”

“我不知道你们两个……”

庄怜心打断她：“你是真不知道，还是不敢问？”

庄怜心目光直直地看向庄瑜的眼底，就仿佛在用力探视庄瑜的灵魂。

庄瑜不说话了。

庄怜心等了一会儿，深吸了一口气说：“我现在算是知道爸爸为什么会把正信的位置留给你了。因为你真的很残忍，跟他一样残忍。”

庄怜心说完，转身要走。

庄瑜叫住她：“姐！”

庄怜心的脚步停下，没有回头。但庄瑜看出，姐姐的肩膀在颤抖。

即便如此，庄瑜还是硬起心肠说：“我们今天说的事要留在这间屋子里。”

庄怜心站定回头，她当然明白庄瑜说的是容总跟岳晴的事。这件事情可以被爆出来，但绝对不能是庄家的人爆出来。

庄怜心冷笑道：“我凭什么替你保密？你不就是要巴结容总吗？我替你说给全世界听不好吗？”

庄瑜只觉头皮发麻，但她掩饰得很好：“你如果现在说出去，我就去找季锋求和，拆散你跟季成杰。”

庄怜心的眼睛一眨不眨地盯着庄瑜：“庄瑜？！你用这个来威胁我？！”

“是的。”庄瑜狠下心肠说，“我现在已经在地狱里了，我不介意再拉几个人来垫背。你自己也说了，我才是最狠心的那一个。”

从七岁到现在，多少年了，庄瑜想，她们两个人似乎从来没有进步，连吵架都还是带着十几年前的孩子气。

两姐妹就这么僵持着，不知道过了多久，庄瑜才听到庄怜心开口。

“庄瑜，今天你这么对我，有一天也会有人这么对你的。”

庄瑜心中一震。

庄怜心说这句话的时候神色平静，她的眼里没有讽刺，更没有往日跟庄瑜吵架的时候惯常会流露出的恶毒。相反，她的目光和脸上的神态，仿若一个巫女在平静地叙述一个预言。

“我就等着，等着看你被这样对待的一天。”

庄怜心说完，便转身走去门边，拉开门走了出去。

门“吧嗒”一声被关上的时候，庄瑜忽然感觉到一种前所未有的疲惫。庄怜心最后竟然是这么平静地接受了这一切，预料中的暴风雨甚至都没有发生。

她本该庆幸才对，但为什么当她听到姐姐指责她的那些话的时候，心底会升起一阵刻骨的冷?

隔了几分钟，敏敏进门，打断了她的思绪：“瑜姐。”

庄瑜抬头问：“都走了？”

敏敏点点头。

“庄怜心呢？”

“怜心小姐也走了。”

庄瑜沉吟了一下：“联系她的经纪人Maggie。让她最近多关注一下庄怜心，她的健康状态可能不是那么好。”

“好的。”

“你查也好，问Maggie也罢，看看她最近是不是遇到了什么事。我觉得她不太对劲。”

“好像是的。”

“嗯？”庄瑜疑惑地看着敏敏。

敏敏红着脸说：“我不是有点八卦吗？就会关注一些公众号。听说怜心小姐最近遇到疯狂的影迷，前不久在片场还差点被对方攻击。不过还好保安出现得及时。”

“原来是这样。”怪不得姐姐看起来精神不太稳定。

庄瑜想了想问：“我记得她有保镖？”

“应该有的。”敏敏说，“明星不是都有吗？”

庄瑜听了这话也没深想，只点了点头接着吩咐：“打电话给公关部的人，跟他们说不管用什么方法，我明天不想看到任何跟咱们酒店开业无关的报道。”

“我马上去办。”

敏敏多站了几秒，见庄瑜没说话了，便要往外走。

庄瑜“哎”了一声，又问：“柳先生呢？”

“他刚刚还在这儿，现在不知道去哪里了。我去找他来？”

“不用。”庄瑜说，“外面的事情你看着点，我在这儿休息一会儿。”

“好。”

敏敏出去，轻轻地带上了门。

庄瑜深深地叹了口气，随手拉了一把椅子坐下。这个位置正对着落地窗，此时落地窗的窗帘被合上，只有少许阳光从边缘的缝隙上投射进来，在地上形成一个长长窄窄的长方形，亮闪闪的。

庄瑜趴在桌上，盯着那个长方形看了一会儿，竟然睡着了。

等庄瑜再醒过来，地上的那个长方形早已经不见了。室内一片黑暗，只有她身边亮着微光，来自电脑屏幕。

肩头有些重，她动了动，衣服从她的背上滑下来，“啪”的一声落在地上。

身边的人被这一声惊动，转过头来：“醒了？”

“嗯。”

庄瑜懒懒地应着，去捡衣服，抱在怀里拍去上面的尘土。

即便是坐着，她还是需要仰视他。她有点迷惑，为什么每次柳世南在身边的时候，她都会睡得很安稳？

柳世南好像有东西没看完，看了她两眼后再次转头看着屏幕，不时地打出一串字母。他的侧脸有着斧凿一般凌厉的棱角。

庄瑜叹了一口气，抱紧怀中他的外套，压抑住想要摸一摸他的脸的想法。

“我睡了很久吗？”她轻声问。

“四个小时。”他说着斜她一眼，“你是猪吗？”

“……”

“宴会没结束，女主人却不见了。”

“……”

“没话说了？”

“对不起……”

柳世南停下手里的动作，看着她。

庄瑜微微坐直身体，这才感觉到肩背的酸痛。

她抬手摸了摸背部，又解释：“我昨天一夜都没睡，五点就爬起来，七点就来这里盯着现场。”

“盯现场这种事你来做？正信还要公关部干什么？”对这种事，柳世南总是很直接。

“我对这个部门失去了信任。”庄瑜诚实地说。

柳世南问：“怪谁呢？”

庄瑜停了一会儿，又叹气：“我。”

她看起来情绪低落，柳世南没忍心继续说下去。停了一下，他又问：“跟庄怜心谈妥了？”

庄瑜没说话。

“没有？”他问。

庄瑜蓦然想起姐姐临走前说的那句话，轻轻摇了摇头。

“她就是对我失望了。”她说。

威逼利诱，她没想到自己可以面不改色地对家姐做出这种事。庄怜心说她狠心，也许是真的。

他似乎终于处理完了公事，将屏幕切回主页，顺口安慰道：“人生在世就是对人失望，和让别人对自己失望。常态。”

可是这种会令自己不安的事，她真的会习惯吗？

微弱的光线下，庄瑜的表情看起来还是闷闷的。

“我以为你们姐妹俩感情并不好，没想到你这么在意她对你的看法。”

“你不知道，是我对不起她。”

“我看到的不是这样的。”他说。

“不是，”庄瑜说完看着柳世南，脸色极其苍白，笑了笑，“有很多事你不知道……算了，我不想说了。”

“那就不说了。”他并不逼她。

柳世南送庄瑜回去再回到酒店的时候，已经是深夜了。他想起她在车上发呆，持久又漫长，人就坐在他身边，却又好像距离他很远。

他从来不是一个会被别人的情绪所影响的人，然而他敏锐地注意到自己跟她说话的声音都变温柔了。他最近对着她的时候，好像常常这样。

从度假村出来，柳世南带着庄瑜去一间老字号的粥铺吃饭。她食欲不好，只要了一碗粥。他看着她一点一点地喝鱼片粥，天长地久似的。他也那么有耐心地看着，还催她多吃一点。她只是虚弱地笑，说吃不下了，真的吃不下了。

坐了四十分钟，明明半碗都没吃下去。

他不知道到底出了什么事，似乎在跟她姐姐谈过之后，庄瑜就变成了那副无精打采的样子。而他，竟然在为她的无精打采而感觉到烦闷。

柳世南想到这里，拧起浓眉。房间到了，他刷卡进门，灯光瞬间大亮。他一边往里走，一边抬手解领带，忽然听到手机响。

他拿出来看，是叶樱打来的电话。

他没接，电话响了几声就挂断了。

柳世南冷哼一声，刚准备放下电话，就看到叶樱给他发了一张照片过来。他蹙眉点开。照片里，白色的被子如同海浪被肩头裸露的叶樱拥在怀里，她的身边躺着庄瑜的弟弟。

柳世南面若冰霜。

第二天是工作日，但庄瑜在床上翻到六点半钟才起床。接手正信以后，这是她起得最晚的一次，有时候她也是想要偷个懒的。

窗外在下雨，她穿着家居服下去，阿珍早已经把饭菜准备好了。庄瑜转过吧台，看到上面放着一个很厚的信封。

“这是什么？”她觉得奇怪，快递很少会直接送到她的住处。

“瑜小姐，这是今天早上送来的。保安已经检查过了，里面应该没问题。”阿珍放下手里的活儿，走过来说。

庄瑜随意地“嗯”了一声，看上面的字迹，写的是“庄瑜小姐亲启”。

她示意阿珍可以离开了，自己顺手拿了小刀挑开信封。她往里面看了看，好像是照片。她把里面的东西倒出来，那么多照片，拍摄的是男女之间最私密的行为，看得她心惊肉跳。

她再次抓着信封看了一眼，寄信地址不详，但大概位置可以确定是在本城媒体云集的地方。

媒体给她寄这个，目的是什么呢？警告？勒索？

庄瑜往外倒了倒，除了照片，再没有什么别的了。如果有什么目的，至少会附上字条、信件之类的吧？

此时庄瑜的余光看到阿珍要走过来，慌忙收起照片。这么短的时间，她竟然出了一身冷汗。好在阿珍从来不是一个好奇的人，她只管照顾庄瑜的饮食起居。

庄瑜咳嗽了两声，清了清嗓子问：“庄瑞呢？”

“先生昨晚没有回来。”阿珍说。

庄瑜的脑子“嗡”的一声。她倒是没有指望自己已经成年的弟弟不经人事，可是那个女孩……

她想到柳世南说的话——她是疯的。

连柳世南都给予这样的评价，那个叶樱一定是一个难以捉摸的人，也是老实的阿瑞完全无法掌控的人。庄瑜想到这里，只觉两眼冒金星。

她抓起手边的电话，调出庄瑞的号码，拨出又赶紧挂断。

她不想变成一个阻止弟弟恋爱的变态家长，可是又忍不住担心他。

天哪！庄瑜颓丧地靠在椅子的靠背上，她根本不知道该如何处理！她忍不住薅着头发，薅了几下子忽然想起一件事来。

她拿起手机，忍了又忍，没再给弟弟打电话。她很怕，怕那头接电话的不是庄瑞，也怕庄瑞接了电话她还要听些别的。最后，庄瑜给庄瑞发了条信息，公事公办的语气，尽量让信息看起来一点私人感情都不带。

庄瑜本来是习惯在早餐的时候看一下时事新闻的，可是早上的事情完全打乱了她平日里的生活习惯。司机把她送到集团的时候，已经是七点五十分了。庄瑜走向电梯，总觉得今天员工看自己的眼神有些奇怪。

她不确定是不是自己的心理暗示，直到她看到敏敏的眼神。

庄瑜的心狠狠一坠："出什么事情了吗？"

敏敏面色严肃地点了点头。

庄瑜倒吸了一口凉气："进来。"

两个人刚进办公室的门，敏敏便开始竹筒倒豆子。

庄瑜一路往办公桌前走着，听了这前因后果，只觉得恍惚。等她缓过神来，敏敏还在继续。

"昨天，我给侯总打电话的时候说得明明白白。后来我打完电话，觉得不放心，又给公关部其他人打了电话嘱咐，并且发了邮件强调。可是今天一看手机！除了没有咱们酒店开业的消息，什么消息都有！"

敏敏说到这里，气得说不出话来。她重重地喘了几口气："侯总做了正信公关部的部长这么多年，怎么可能连这个都做不到？"

敏敏从来不是一个爱挑拨是非的人，可是这件事她实在没办法替侯总压下来。

庄瑜冷笑："他不是做不到，而是不想做。"

跟着父亲这些年，侯正宪这个名字打出来，媒体人士还是会给几分薄面的。就算侯正宪三个字不管用，还有正信的招牌可以压阵。可是现在呢？度假村酒店开业，媒体的头版头条却是庄怜心跟岳晴在酒店吵架！

如果说之前侯正宪还只是阳奉阴违，那么现在他这是直接跟庄瑜对着干！

"社交媒体上现在还挂着'爆'字，所有人都只关心八卦！"

敏敏哭丧着一张脸。度假村酒店开业，一个代言人，一场活动，钱是“哗啦啦”地往外出，可宣传效果几乎为零。

“瑜姐，我们怎么办啊？”

庄瑜沉默了几秒，吐出两个字来：“解聘。”

敏敏愣了一下：“可是解聘侯总……需要董事会批准。”

庄瑜明白敏敏的意思，侯正宪是董事会聘任的人，解聘也要经过董事会同意。而她羽翼未丰，现在走董事会流程势必会遇到极大的阻力。

但是，庄瑜想，总归会有这么一天的。

宣战也好，试探也罢，这是她必须要过的关口。

脑子飞速运转着，庄瑜面色凝重。过了一会儿，她终于痛下决心做出决定。

“这一次侯正宪必须走人。”庄瑜面无表情地吩咐敏敏，“在此之前，你去帮我查一件事。”

交代完敏敏各种事宜，庄瑜又打电话给柳世南。

他接得很快，只“喂”一声便拨动了她的心弦。

庄瑜问：“你在哪里？我想见你。”

庄瑜自行驾车来到柳世南给的地址，她到的时候杨帆已经在等她。

庄瑜下车：“柳先生呢？”

“在里面。”

杨帆一路引着庄瑜入内，她才发现这栋大厦里还隐藏着一个射击俱乐部。

她到的时候，柳世南刚刚摘掉降噪耳塞，在换弹夹。她走到他身边，下意识地转头看被自动推送到眼前的标靶。

他弹无虚发，每一枪都打在正中心。

“有事？”他问她。

“嗯。”

庄瑜想了想，把今早侯正宪的事情讲了一遍。

柳世南听着，不时点头，末了问她："你准备怎么应对？"

庄瑜说："解聘。"

柳世南跟敏敏的反应几乎一样："这可不容易。"

庄瑜想了想："可能有一个办法……"

他蹙起眉毛："怎么吞吞吐吐的？"

想到早上收到的照片，庄瑜的脸不由得热了起来："这个办法有点卑鄙……"

庄瑜现在更信任柳世南了，所以她想了想，还是把那件事说给了他听。

柳世南听完，镇定地说："这个办法你最好用。第一，保险；第二，他们出现问题，对你比较有利。"

庄瑜摇头，她也就是一个闪念，可细想之后，还是过不了心里那道坎。

"我下不去手。"她坦白说。

庄瑜这话难免遭到他的奚落："自己都自身难保了。"

庄瑜抿唇，他忽然笑了一下，把换好弹夹的枪塞到她手里。

她感觉手上一沉，有点呆愣地问："干什么？"

"你来不就是试探我态度的？打出一个十环就帮你。"

他猜出了她的目的。

庄瑜望着手里的武器，灯光下闪烁着冷冷的微光。她的手指可以清晰地感受到那种金属的冰冷质感，那种感觉非常奇怪，既冷静又狂热。

"愣着干什么？"柳世南说着伸手握住她的腰部，将她"摆"在射击位。

"我不会。"

"我教你。"

他说着，整个人从她的背后贴上来，双手握住她的手，让她拿好枪，瞄准前方新换的标靶。

她莫名想起他教她打网球，可才刚刚想起，她就感觉手一紧，是他在提醒她。

"别分神，握紧，聚焦前瞄准，站稳。"柳世南出声指导着她，声音很低。

不知道是因为手里握着武器，还是他对她全方位的控制跟贴近，总之庄瑜能够感觉到自己的心跳越发剧烈，“扑通、扑通、扑通”。

他轻轻碰她的食指。

“打开保险，这里发力，扣动扳机。来！”柳世南发令。

“我……”只一个字，庄瑜也能感觉到自己的声音忽然变得有些慌乱。

“开枪！”他沉着地发令。

“砰、砰、砰——”庄瑜在扣动扳机的同时闭上眼睛。

强大的后坐力让她觉得这子弹不是朝向前方，而是对着她自己。好在她身后的那个人一直撑着她，她才不至于惊慌失措。

“睁眼。”他拍拍她的肩，语气里带着无奈。

庄瑜缓缓地睁开眼睛。

“打到了吗？”她不敢看标靶。

标靶应声被推送过来，庄瑜无言地看着自己的纪录。

“全部打偏也是需要技术的。”他把枪从她手里收走，有点好笑地看着她。

“……”

“兵不血刃啊。”柳世南又说。

他替她拿掉耳塞的时候，她忽然伸手拽住他的衣袖。

“虽然如此，可还是请你帮帮我吧……”她的柔软目光中带着无限敏感。

他垂头看着她的眼，是带着审视的目光。

她想自己也许该再补上一句“求求你”，可是这么简单的话到了嘴边，却怎么也说不出口。她果然还是没有完全放下自己的尊严——不管是在爱情中，还是在无情的商业游戏里，都明明最无用的尊严。

沉默在空气中蔓延，庄瑜觉得既忐忑又尴尬。难道她高估了自己在他心里的地位？就在她快要放弃的时候，她看到柳世南的脸上露出一抹纨绔的笑容：“如果我帮你的话，你要拿什么回馈我呢？”

庄瑜眨眨眼睛，她面前是一双英俊男人的眼睛，也是一双生意人的眼睛。

有着这样一双眼睛的主人，最想要得到的，会是什么呢？

第七章 玫瑰园

季若礼早上接了个电话，是岳晴打来的。她不是本地人，等来到这里又一头扎进娱乐圈，如果说还有什么朋友，也只能是他了。

岳晴难得找到一个空闲跟他多聊两句，絮絮叨叨跟他说了好些话。季若礼就那么坐在床沿，盯着窗外的玫瑰园，偶尔应一句。

等岳晴全部说完，季若礼才如释重负地呼出一口气："有这么一回事？庄瑜肯定气疯了吧？度假村酒店开业的风头全被你们两个人抢了，她的钱白花了。"

岳晴应了一声，也跟着叹气。

季若礼又问："你跟庄怜心……没吃亏吧？"

他想起庄怜心的样子，鲁莽的、骄傲的、不饶人的样子。

岳晴却说："没有，她问我我有什么了不起的，我就问她她有什么了不起的。"

季若礼听着这如同小学生般的吵架内容，忽然乐了："我看你们都挺了不起的。"

岳晴叹了一口气："我只是觉得对不起庄瑜小姐，给她添麻烦已经不是第一次了。所以，请你一定要帮我约到庄瑜小姐。"

季若礼点头说："好。"

岳晴很开心："谢谢你。"

季若礼忍不住调侃："以你现在的身份，约谁都得乖乖出现吧？根本不用通过我。"

那边的人很明显愣了一下，季若礼也愣住了，很快便觉得自己不该提这个。以前的岳晴一直对他有种特别的感情，他对她却从来没有回应。

下一秒，季若礼道歉："对不起。"

"你不用跟我说对不起。"岳晴道，"他平时事情很多，这点小事我不想麻烦他。"

季若礼语气简洁地说："我知道，我来办。"

季若礼又跟岳晴说了两句，便挂断了电话。

季若礼看着手机，岳晴想通过他约庄瑜好几次了，她好似总是觉得不是他们这个圈子的人，难以跟庄瑜开口。他没跟岳晴说，自己其实跟庄瑜开过口，可总是被庄瑜糊弄过去。

庄瑜那个女人，很会答非所问。

刚刚听岳晴的语气，这次是非约到不可了。

季若礼这么想着，站起身去换衣服。

他习惯出去之前问候长辈，所以先去了母亲的佛堂，可母亲不在。季若礼想起今天是初一，老人家应该是去寺庙礼佛了。他摇了摇头，走下楼。

起居室只有家政人员在打扫。

季若礼随口问："季先生呢？"

家政人员知道他问的是季锋，于是说："季先生在书房。"

季若礼于是掉头往书房走去，谁知刚到门边就听到了季成杰的声音。

"爸爸，我早就说过，除了庄怜心我不想娶任何人！"

季若礼扬眉。这是他第一次听到唯唯诺诺的季成杰发出反对父亲的声音。

怯懦的儿子会长大，严苛的父亲会变老。

凡事总有开头。

书房的门没有关，季若礼稍微移动脚步，就能看到里面的场景。彼时季锋严厉的目光就像熊熊烈火，一点点灼伤季成杰裸露在外的每一寸肌肤。

季锋不说话比怒吼的时候更可怕，此时他点燃雪茄，烟雾氤氲而上，让人看不清楚他脸上的表情。

季成杰看着那张脸，有点胆怯。可是找机会跟父亲彻底摊牌，是他答应庄怜心的，而且他们之间的事情的确不能再拖了。

想到这里，季成杰又深吸一口气，挺起了胸膛。

“爸爸，怜心明明跟庄瑜一样，也是庄家的女儿，既然你曾经给庄瑜机会，为什么就不能给怜心一个机会呢？我爱的是庄怜心！”

他说完，室内便安静下来。这种死一般的沉寂压得季成杰透不过气，也让门外的季若礼感觉复杂。

似乎过了一个世纪那样久，季若礼听到季锋嗤笑一声，语气中充满了不可思议：“爱？你知道什么是爱？”

季若礼微微挪动脚步，他看到季锋说这话的时候，慢慢踱到季成杰面前。季锋夹着雪茄的食指刚伸出来，季成杰就没出息地往后躲了躲。

然而他并没有打儿子，而是整理了一下季成杰略显凌乱的衬衫，然后缓缓说道：“你是我们季氏的继承人，而庄瑜是正信的主席。她只要一天坐在那个位子上，跟她联姻对季氏以后的发展就有利无弊。”

“爸爸？！”季成杰不可思议地叫道。

季锋打断儿子的话，语气也渐渐激动起来：“庄瑜的身家是四十亿，那你就有四十亿个非她不娶的理由，这就是爱！你拿庄怜心跟庄瑜比？她手里有几个亿？你需要的、季氏需要的，庄怜心给得起吗？！”

季锋这话说得坦然却也残酷，门外的季若礼跟门内的季成杰同时愣了一下。

一阵沉默后，季成杰又开口争辩：“为什么大哥就能随心所欲呢？！这方面你从来都没有说过他。”

门外的季若礼听到这个问题，微微皱起眉头。他思忖片刻，抬脚想走，就听到季锋冷哼了一声，十分直白地说：“我为什么要管教他？他算个什么东西！”

别说是季若礼了，就连季成杰听到这句话都愣住了。

季成杰带着不可思议的语气问：“爸爸，你知不知道你在说什么？那个可是我哥啊！”

“他是你哥，但不是我儿子。不管怎么说，他跟着你妈妈嫁过来，也入籍了，算是季家的一分子。我允许他姓我的姓氏，叫我爸爸，也允许他在一定范围内，使用季家一分子的身份。但是在这个家里，他始终是个外人。对你来说，他不成器，对你比较有利！”

最后这句话让季若礼的心猛地一沉。

不行，他不能再听下去了。

季若礼想快速离开，可是双腿却像是灌了铅一般。什么啊，他难道还对这个心狠手辣的老狐狸抱有一丝希望吗？季若礼在内心嘲笑自己。

这么多年，如果说他也曾小心翼翼地怀揣着野心，但那野心从来都不是打自己弟弟财产的主意，而是得到这位继父的认可。

可是季锋呢？这个他叫了这么多年爸爸的人，却从头到尾都在提防着他。不，不只是提防……

脑子一阵嗡鸣，季若礼一路向外，快步走到花园处。

他想晒晒太阳舒缓一下自己的情绪，可今天的阳光那么亮，却好像照不进他的心底。

“他算个什么东西！

“他不成器，对你比较有利。”

季若礼想着继父的这些话，忽然觉得太好笑了。这亲情、这家庭、这婚姻、这父子、这兄弟，还有这世间的一切，都虚情假意到让人不得不放声大笑的地步。

他心绪不稳，电话铃声又响了。季若礼看都没看就接了起来，还是岳晴。

她说：“有件事，我不知道该不该说。”

季若礼笑道：“我电话都接了，不是为了要听这个的。”

那边停了很久，才说了几个字。季若礼感觉自己的头顶炸了一个雷，片刻后他问：“真的？”

岳晴给了他一个肯定的答复。

季若礼挂断电话，又抬头看了眼太阳，冷笑一声后朝车库走去。

午后的阳光透过落地窗晒在庄瑜的后背上，舒服得让她想打个盹。

处理了一上午公事，她到了这个时候才闲下来。午餐时间已经过了，她还是一点也不饿。

“如果我帮你的话，你要拿什么回馈我呢？”

庄瑜闭上眼睛，仿佛回到了那天她跟柳世南在射击俱乐部的时候。他说出这句话的时候，她不知道自己该放心，还是该担心。

这个问题的答案应该是什么呢?

她没有把握。

那天，就在她要开口的时候，柳世南忽然伸手抚上她的眼。眼睛被遮蔽的瞬间，她的唇上也被烙下一个吻。

轻轻柔柔的一下，庄瑜感觉到自己胸口的那朵花因他的触碰瞬间怒放。

她想，如果柳世南想要的不过是她这个人，那应该是她这辈子遇见的最好的事情了。只可惜她没有机会跟柳世南好好探讨这个问题，他就出国了。

“咚咚咚”，外面传来敲门声。

庄瑜应了一句，推门而来的竟然是季若礼。

他今日西装革履，手里还拎着很精美的袋子，跟人打招呼永远充满热情：“Hello（你好）!”

庄瑜蹙眉看着他，一下没忍住问：“怎么又是你？”

季若礼重重地“嗨”了一声：“怎么说话呢？！怎么就不能是我呢？！”

“……”

庄瑜想，因为你不受欢迎呗……

“瑜姐，我没……”

敏敏跟在后面跑进来，季若礼对敏敏笑道：“不好意思啊美女，你看你的领导没有生气，就别怪我啦。”

季若礼的语调很是轻佻，敏敏脸一红。

敏敏为难地看着庄瑜，庄瑜摆摆手示意她没关系。

等敏敏关上门，庄瑜才问：“有事吗？”

“我这不是刚好来附近，就想着把这个送给你。”季若礼说着，走上前来，把手上提着的那个包装袋放在庄瑜的办公桌上。

“什么啊？”庄瑜疑惑地问。

“小本本。”季若礼语气轻松地说。

庄瑜狐疑地从袋子里拿出两样东西：一个被塑封起来的B5尺寸的笔记本，另一样是一支别致的钢笔。

“怎么样，喜欢吗？”季若礼问。

“挺有设计感的。”庄瑜慢悠悠地说。

季若礼观察了一下，发现庄瑜并没有反应过来他送这礼物的用意。他只好清了清嗓子解释道：“我左欠你一次，右欠你一次，这个是用来给你做笔记，记着我欠你的人情的。”

“啊……”庄瑜这才恍然大悟，接着不由得笑了起来。

还真记账啊？！

季若礼看她笑了，也笑起来。他低头看了看腕表，问：“你看我来都来了，一起吃个饭？”

庄瑜正打算开口，又听他说：“这次不能拒绝啊，我可约了很多次了。再被你拒绝，我很没面子的。”

庄瑜又打算说话，再次被他截住。

“最多我跟你保持前后一米的距离，省得你怕我这‘情场浪子’毁了你的美名。”

“……”

“不过，你有男朋友了吗？如果单身的话，其实我……”

“好了，打住。”庄瑜手按住额头，“我答应你！咱们这就走。”

季若礼不怀好意地望着她：“哎？提起男朋友你表情不对啊，不会是跟那位柳……”

庄瑜猛地抬头盯着季若礼。

季若礼抬手轻拍自己的嘴：“开个玩笑嘛，瞧你紧张的。不过你也太紧张了吧，这男未婚……”

“喂！”庄瑜忍不住喊了一声，“你这个人怎么……”

自我逼迫，再加上柳世南的指点，庄瑜本来觉得现在自己已经修炼得挺好了，可以在别人面前掩饰自己的情绪了。可是遇见季若礼这种口无遮拦的人，真的是……无能为力。

一个大男人，怎么能如此嘴碎？

季若礼笑了：“我怎样？”

庄瑜胸口堵着一口气：“不合时宜。”

不知道是不是她的幻觉，她说完这四个字，发现他眼里竟然有一丝伤痛闪过。可是庄瑜眨了眨眼睛，那种眼神又在他的眼底消失得无影无踪。

“我一直是这样的。”季若礼笑眯眯地说，“不合时宜。”

庄瑜想解释一下，可季若礼很快又说：“你等等，我打个电话给岳晴。”

庄瑜倒是没有异议，季若礼已经对她说过很多次，其实想跟她吃饭的人从来都是岳晴。

庄瑜默认，以为刚刚那个话题就算过去了。谁知他按号码按了一半，又说：“哎，我说，那个柳世南是不是不在国内啊？”

庄瑜瞪圆了一双眼睛：“还吃不吃饭？！”

季若礼撇嘴看她，气鼓鼓的，像个小女孩。

庄瑜的眼睛又瞪大了一些。

季若礼笑眯眯地说：“吃吃吃！我这就叫人！”

本以为终于可以安生地坐下来吃一顿饭了，谁知道三个人刚在餐厅坐下，容先生的千金就来闹场子了。原因很简单，小姑娘不同意父亲再婚。可是跟父亲闹没用，她只能把矛头指向岳晴。

小姑娘十四岁了，正值叛逆期，她找了岳晴好多天，才在这里堵到人。她那种火暴脾气，几乎要将餐厅拆了，活脱脱一个少年版庄怜心。最后还是季若礼连拉带拽，才把小姑娘给带走。

等餐厅安静下来，岳晴才苦笑道："对不起，庄小姐，没想到会让你跟我一起经历这么尴尬的场面。"

庄瑜立刻道："不会。"

上次荣悦的事情发生后，容总曾经亲自致电庄瑜说了两句感谢的话，这表明容总对岳晴相当在意。

岳晴似乎很在意她的看法："庄小姐，你会不会也跟她一样，觉得我很不体面？"

刚刚容家的小姑娘站在桌前指着岳晴的鼻子骂人，连庄瑜都惊讶小姑娘从哪里学来的那些街头骂人的字眼。

庄瑜愣了一下："怎么会呢？如果你说的是刚刚，骂人的那个才不体面；如果你指的是你跟容总之间的感情……"

庄瑜想了想说："首先我觉得只要当事人觉得合适，年龄不是问题。而对容总而言，他的婚姻没必要向长辈交代，所以我想，门第也不会成为你们之间的问题。况且你们两个人都是单身，谈婚论嫁是个人自由，跟体不体面没有关系。"

庄瑜的肯定似乎令岳晴十分开心。岳晴轻声问："你真这么想吗？"

庄瑜点点头："我真是这么认为的。"

庄瑜说完，沉默再次在她们之间蔓延。过了一会儿，岳晴又说："大家都说我是为了名利。其实钱我自己可以赚，名气我也有了。我嫁给他，只是想要幸福罢了。"

庄瑜看着岳晴。两个女人都明白，岳晴一直隐瞒这段关系，是因为清楚知道关系一旦公开，无论事件的主角真心如何，世人都只会对爱情以外的附加条件妄加讨论。

没有人是一座孤岛，内心再强大也多多少少会受到舆论的干扰。

“庄小姐，我能得到幸福吧？”岳晴轻声问。

庄瑜一愣，竟不知该如何回答她。

人生在世，每个人都想要幸福。

可幸福究竟是什么呢？

庄瑜觉得幸福在很多时候就像是倒映在水底的明月，每个人都看得到，可就是无法将那明月紧紧地攥在手中。

说到底，人生一世，想遇见幸福，也需要一点点运气。

庄瑜出神的时刻，岳晴忽然摇了摇头，像是要把恼人的思绪赶走。

她看着庄瑜道：“这件事不提了。庄小姐，我一直想约你出来是有私心的。”

庄瑜微微眯起眼睛：“嗯？”

“你还记得你上学的时候资助过一个叫阿娟的贫困女孩吗？叶娟。”

庄瑜成年后，不止资助过一个贫困学生，所以她需要时间去想。

“叶娟？”庄瑜喃喃地念着这个名字。慢慢地，她的脸上露出恍然的神情。

岳晴看得出，庄瑜想起来了。她有点害羞又有点兴奋地说：“庄小姐，我的艺名是岳晴，叶娟是我的本名。”

“啊，你……可你是怎么知道我的？我选择的是匿名资助。”庄瑜问。

“我后来有了能力以后，曾经给基金会捐了几笔善款，用于资助山区贫困女孩上学。我去跟基金会的负责人打听，软磨硬泡，人家才肯告诉我你的名字。”

“啊……”庄瑜想，这就说得通了。

不过能够看到自己从少女时期就资助的贫困女孩，是庄瑜怎么也想不到的事。更何况在她面前的还是一个如此艳光四射的大美女。

怪不得几次见面，岳晴总是对她有莫名的好感和尊重。

“庄小姐，你别误会，我不是想打扰你的生活。只是我……我一直想当面谢谢你。也许那些钱对你而言只是一点零花钱，却改变了我的一生，给了我想都不敢想的生活。”

庄瑜看着她，真心地说：“我很开心，真的很开心。”

岳晴感觉到了庄瑜的善意和真心，她眼眶微热，问庄瑜：“庄小姐，我可以抱抱你吗？”

庄瑜一愣：“当然。”

很快，两个女人站起身，相互拥抱。岳晴紧紧地抱着庄瑜，在她耳边说：“庄小姐，如果，我是说如果有一天你有用得着我的地方，请你一定跟我开口。”

庄瑜抬手拍了拍岳晴的背。这一刻，她想到自己曾经对庄怜心说的关于选岳晴做代言人的原因。

岳晴对她的感情是这样纯粹，这让庄瑜觉得自己很卑鄙。

她以后都不想再有这么卑鄙的想法了。

那日跟柳世南在射击场见过之后，庄瑜就没再见过他，柳世南忙起来也是很忙的。

以前，庄瑜没有这么牵挂过一个人。她偶尔会给他发信息，说些无关紧要的事。那个人竟然也会一板一眼地回复她的消息。

庄瑜第一次认识到，原来喜欢一个人的心情是这样的——想起他心就会酸酸的，可一转念，那股酸又会变成甜。

在柳世南要回来的那天，庄瑜总是在工作的间隙出神。

下午敏敏进来汇报，庄瑜看了好几次挂钟。敏敏疑惑地问：“瑜姐你是不是今天有家事？”

庄瑜看了一眼敏敏，公事她的助理自然会知道，只有家事，敏敏是不会参与的。可是庄瑜心头一动，以前柳世南对她而言算是工作，那么现在他算是她的“家事”吗？

算吧？

好不容易熬到夜幕降临，庄瑜难得按点下班。她走到办公室外，敏敏要打电话给司机，庄瑜忙说：“我自己开车。”

心里还在犹豫是不是要去接柳世南的时候，她已经开着车子往西边去了。

柳世南乘坐的是私人飞机，会降落在小一点的机场。

车子到了机场，庄瑜发现自己提早了半小时。于是她去机场停车，意外地在停车场遇到了容总。

容天五十多岁，肩宽体长，头发一丝不苟地往后梳，双目炯炯，很多年轻人的精气神都比不上他。

庄瑜看着他，不由得有种感觉，爱上这样的男人，也并不是一件很难的事情。她反正是很能够理解岳晴的。

“容总。”走到电梯前，庄瑜很自然地跟他打招呼。

容天朝她点头：“出差？”

“接人。”庄瑜说。

电梯到了，容天跟他的助理以及庄瑜鱼贯入内。

因为不熟，庄瑜不打算打扰容天太多，谁知停了一会儿，容天先开口了：“庄小姐。”

庄瑜疑惑地看着容天，只听他道：“岳晴常常跟我提起你，她很感谢你曾经的帮助。”

庄瑜有点不好意思：“是她自己有志气，也肯努力。”

容天点头又道：“你知道岳晴的家人都已经不在了。”

庄瑜颔首，那天吃饭时她问过岳晴这方面的问题。

容天停了一下，问：“我在想，我们结婚的时候，不知是否有幸可以邀请庄小姐代表她的家人出席？”

容天的语气很客气。

庄瑜有些意外：“我吗？”

容天“嗯”了一声，目光变得十分柔和：“她很敬重你。”

听容天这么说，庄瑜不由得心头一热：“可以啊，如果岳晴愿意的话。”

“她一定是愿意的，不过我不会提前跟她说。因为这将是我给岳晴的一个新婚惊喜，也请庄小姐替我保密。”

庄瑜可以从容天流露的情绪中看出他对岳晴的宠爱。这一刻，庄瑜真正为岳晴感到开心，她想岳晴一定会幸福的。

“好。”庄瑜说。

“到时候我的助理会提前联系你。”庄瑜听到容天一板一眼地说，“这个人情有机会我会还给庄小姐的。”

庄瑜摇头，认真地说：“能作为她的家人出席婚礼，我真心觉得很荣幸，这不算是人情。”

容天笑了笑：“感谢。”

容天说完对身后的男助理做了个手势，三十出头的男助理走上前来给了庄瑜一张名片。

庄瑜愣了一下，然后把名片接了过去。

出发的楼层到了，容天向庄瑜致意后走出去。

电梯门再次合上的时候，庄瑜忽然感觉心情出奇的好。在漫长的生活中，能够有机会成为别人生命中的惊喜，真是一件令人再愉悦不过的事了。

她今天的衣服没有口袋，便随手将容总的名片夹在自己的手机壳里。

放好名片，庄瑜轻轻舒了口气，嘴角还是忍不住上挑。而电梯门在下一层打开的时候，她遇到了正在等待的柳世南和杨帆。

柳世南有些惊讶地望着她，她却一脸笑意。

“我来接你。”庄瑜主动说。

他朝她走过来，她总感觉他的动作有些迟钝。果然，风一吹，他身上有淡淡的酒味飘来。可是味道这么淡，他不该醉的。

他到了她眼前，庄瑜仰头温柔地问：“你喝酒了？”

他缓慢地眨了眨眼睛：“不多。”

柳世南看出庄瑜对他的反应有点失望，但他现在是真的有点累。

几天之内连飞四地，中途还被叫回家——洛杉矶的家。

他有多久没回去了？十八岁独立后，他就很少回去了，因为觉得压抑。五年前养母叶诗芙去世，养父的性格变得更加乖戾霸道，老人家所有的温暖和宽容只对叶樱这个亲生女儿展示。

而柳世南这次被叫回去，也是因为叶樱。

“阿南，我女儿喜欢你。”

柳世南想到这句话就想笑。

叶樱喜欢他，然后呢？他就得喜欢叶樱，娶叶樱？

他不是不能，他是不想。

柳世南很想问问，养父母在收养他们的时候，到底有没有把他们这些男孩当人？

没有人知道，柳家对他们这些养子的培养模式是淘汰制的，几个男孩中，只有他顺利留在了这个家。其他男孩到了法定年龄就被遣散，走的时候从这个家里什么都带不走。

养父柳瑞德是个随心所欲的人，对他们这些养子更甚。养父常常会对他们提一些莫名的要求，或者设置困难的挑战，看他们会如何应对。柳世南记得有一次跟随养父去泰国，养父把毫无准备的他推上拳击台，而对手，是一位金腰带获得者。

那是一场签下生死状的比赛，有那么几个瞬间，柳世南觉得自己会死在拳击场上。但是他知道自己必须爬起来，必须过了这一关。如果因为输掉比赛被赶出柳家，自己很可能一辈子都无法再翻身。终于，在这样强大信念的支撑下，他“闯关”成功了。

后来在商场多年，柳世南常常会被说成是冷血无情的人，可他就是在这样你死我活的游戏里被养大的，过剩的感情只会成为成功路上的累赘。

柳世南想到这里，睁开眼。

机场高速有点堵，驾驶位的庄瑜目光直直地盯着路面，也不知道在想些什么。

不会是生气了吧？

他抬手，在她的脸颊上掐了一把。

庄瑜偏头瞪着他，他忽然就笑了——这些天来第一次。

“干什么？！”

“欺负你。”

“……”

总是这样，他大言不惭，她无话可说。

柳世南左右找按钮，要调整椅背。庄瑜看不下去，伸手帮他调了一下。他有点嫌弃：“什么设计？”

“我觉得很顺手。”

柳世南觉得她语气有点蛮横，还在为刚刚的事生气吧？

柳世南笑了笑：“国产车。”

“国产车怎么啦，国产车好着呢。尤其是电池！”她着力强调电池。

“用的是咱们的电池？”

正信集团的另一个赢利板块就是电池。柳世南这话说得顺口，“咱们”两个字像是在昭示着什么。

庄瑜的气瞬间消解了一半。

柳世南微微一笑，抛却繁复的身份，她是这样好哄的一个女孩子。

“嗯。”她应完又强调，“性能很好的。”

“我知道。”柳世南也笑了。

新能源是他最熟悉的领域，所以他当然知道了。

她脸上被他掐的地方还留着红痕，他想去抚摸的时候，她的电话忽然响了。他们同时看屏幕，是她助理的来电。

庄瑜打开蓝牙耳机，柳世南发现虽然她的表情有点严肃，但是她的眼神里有瞬间的放松。

他几不可见地勾了一下嘴角。

庄瑜接完电话，心情没有想象中轻松，反而好像更复杂了。

眼看酒店快要到了，身边的人忽然开口：“停在这里就好。”

庄瑜说："就快到了，我送你到门口。"

他问："你是司机吗？"

庄瑜皱起眉头，这个人怎么一副想吵架的语气？

这时路边刚好空出一个车位，庄瑜叹了口气，将车子开到路边停下，她觉得自己要跟他好好说道说道。比如说她之前想要他帮忙的事，比如他之前那个不明不白的吻……

可是她的车子才刚停下，就感觉到他的手捏住她的脖颈。

庄瑜无奈转头："你又……"

她转过去的瞬间，他倾身吻上她的唇。庄瑜没准备，倒吸了一口气，他却因为这个微小的动作更加投入。而那只捏在她脖颈后的手不断地上下滑动，像是安抚，又像是挑逗。

庄瑜只觉得自己连呼吸都停滞了，握住方向盘的手不自觉地抓紧。忽然，她感觉脖颈后一疼。她想叫出声，才刚张开口，他的舌就滑进来，带着想要夺去一切的蛮横，又有着说不清道不明的温柔……

"嘀嘀——"旁边有车子经过，响起尖利的鸣笛声。

他的动作停住，庄瑜一时也不知该怎么反应。本以为他会放开她，谁知道他下一秒将她紧紧地搂在怀里，近乎令人窒息的程度。就在她以为自己要无法呼吸的时候，他忽然又放开了她。

庄瑜懵懂地望着他。他们的身体明明那么近，却像是隔了一层水雾。她后知后觉地察觉到嘴唇的疼，那种感觉让她分不清是被他咬了还是吻了。

过了一会儿，他抬手用拇指抚过她的唇。

庄瑜愕然，接着耳根开始发热。这个简单的动作，竟然比他的吻还要让她震撼。

末了，他说："今天是我的生日。"

柳世南嗓音低沉，似能将人催眠。而那双如深潭一般的眼睛，藏着可以让无数人为之沉溺的温柔。

过了一会儿，庄瑜才找到自己的声音。她眨眨眼睛，下意识地脱口而出：“生日快乐。”见他没出声，她又补了一句，“你有没有什么……想要的礼物呢？”

“我想要的，已经得到了。”

庄瑜的脸又是一热。

他微微勾起嘴角，用手指的关节碰了碰她的脸说：“走了。”

他推门，在庄瑜的注视中下了车，然后关上车门，头也不回地朝酒店的大门走去。

庄瑜有点蒙，她是要跟他说事情的，可到头来倒像是个昏君，只顾跟他缠绵，一句有用的话也没有说。

她这么想着，又抬手抚上脸颊。

烫，太烫了。

那么，他们这算是，在一起了吗？

还有，他们的生日怎么这么近？

进入酒店的瞬间，明亮的灯光打在柳世南的脸上，扑面而来的还有充足的冷气。头脑瞬间清醒了许多，他重重地呼出一口气。

等在大堂的杨帆看到他后，立刻走上来：“先生。”

柳世南看了一下杨帆的脸色，问：“什么事？”

四下无人，杨帆低声跟他说了几件事。柳世南听到最后一件，眉毛一挑：“真的？”

杨帆说：“消息准确。”

柳世南“嗯”了一声后问：“庄瑜还不知道吧？”

“这个……”

柳世南想了想刚刚她跟自己在一起的状态，肯定地道：“她还不知道。”

他说着，下意识地抬手抹了一下眉梢。他刚刚几乎沉溺在她的温柔里，她眨眨眼睛都能够挑动他的神经。他能够感觉到，那种理智被一寸一寸侵占的感觉。

忽然，他听到杨帆问：“这个消息要提前告诉庄瑜小姐吗？”

柳世南看了杨帆一眼，那个眼神让杨帆心里发寒。那个眼神好像在说：杨帆，搞清楚你是谁的助理！

电梯到了，杨帆恭敬地说：“先生，对不起。”

“你乘下一部电梯上去。”柳世南神情淡淡的。

“是。”

电梯门关上，杨帆转头看向窗外。

今晚的月色可真凉啊。

第八章

会议室

下雨了。

一晚上让人透不过气的闷热似乎就是在等这场雨。

钟表指针指向六点，庄瑜已经收拾停当。她拿起手机看了看跟柳世南的对话页面。她昨晚编辑了一条信息发给他，之后便一直在等他的一个回复，但他始终没有回。

今天董事会要召开会议，讨论辞退侯正宪的事。

庄瑜既然敢开这个会，自然也是做好了准备。除了寻求柳世南的支持，庄瑜也找到了董事会里几个墙头草的人物。

难得这几个人待她都十分客气，她以为是自己在这个位子上坐久了，也取得了一些成绩，得到了董事们的认可。然而聊一聊后，她又觉得不太对。

这几个人话里话外都提起东区度假村酒店庄怜心闹场的那件事。

“看不出瑜小姐跟安丰控股的人已经走得这么近了？”

“有了安丰的支持，我们这些老家伙的意见都是其次的呀。”

“这么些年，集团里除了你们自家人，也就是安丰最有话语权了。”

……

庄瑜这才仔细去看报道里的那些照片，媒体没有直击庄怜心跟岳晴的现场，就将柳世南站在庄瑜身边的照片拍下来放大。彼时他握着她的手，她抬头看他的眼神，一举一动，似乎都传达了了不得的情谊在里面。

庄瑜叹了口气，虽然她跟柳世南已经有了一些亲密接触，但她感觉他对自己的态度依旧若即若离。在这样不确定的情况下，别人就为她跟柳世南的关系下了定论，这样的认知出入，不知该喜还是忧。

此时，阿珍走了过来："瑜小姐。"

庄瑜转头。

阿珍的手里有水，还有药。庄瑜接过来把药吞下，又喝了口水清了清嗓子。

"阿瑞昨天回来了吗？"她问。

"回来拿了衣服，又走了，说是要出去旅行几天。"阿珍说。

庄瑜皱眉："旅行？"

"是的。好像是去什么岛。"

庄瑜觉得心累，她已经很久没见到弟弟了。上次她把他叫回来，是让他出西区共享住宅的模型跟细化图纸。庄瑜本想以工作来分他的心，现在看来是不可能了。

庄瑜拨弄手机，看到庄瑞在社交网站上发的照片，除了漂亮的海岛风景，就是一个女孩撩人的背影。下面他的同学纷纷留言，调侃他恋爱了。

庄瑜叹了口气，弟弟跟叶樱恋爱的事情，她想了又想，暂时不打算正面跟庄瑞提。因为她太清楚庄瑞的个性，这个世上能让他坚持的事情不多，可他一旦决定，便会产生十头牛都拉不回来的倔强。与其横加干涉，还不如等待时机，让他们自然分开。

以庄瑜的观察，叶樱是一个很容易厌倦的女孩。而且，她不是对柳世南很有执念吗?

想到这里，庄瑜的心像是被人按了一下，随即生出无限的酸楚来。

她勾起嘴角苦笑，这难道就是嫉妒?

庄瑜想到这里，再次看了一眼时间。她转身下楼，要出门的时候，阿珍叫住她："瑜小姐，我今天就休假了。"

阿珍每年都有带薪年假。

庄瑜说了一个“好”字，顿了顿又说：“一路平安。”

阿珍对着她笑了笑：“你照顾好自己，我把需要的信息都贴在冰箱上了。”

庄瑜说了声“谢谢”后手机便响了。

她将听筒放在耳边：“喂。”

柳世南在电话那头低声问：“准备走了吗？”

她“嗯”了一声，脑子里忽然灵光一闪，脱口而出：“你不会在我家门外吧？”

他笑了一声，她的心跳都跟着加快了。

他说：“开门。”

庄瑜几乎是小跑着出门的，一直以来在心里堆积的不安因为他那句“开门”而烟消云散。

他的车缓缓开进来，在她身边停下，车门打开，就像是那日他带她去出海的重演。可是这一次，他们的关系近了很多，她心里对他的信任也多了一些。

庄瑜坐上车，柳世南指了指手上的pad（平板电脑），示意自己还要看邮件。庄瑜点头。

他低头忙碌，她的目光便越过屏幕去观察他的衣着。

柳世南今天穿了银灰色的西装，是她曾在敏敏桌上的杂志中瞧见过的那一套。当时庄瑜就想，国人还是穿中山装合适，穿西式的，总感觉身材撑不起来。但是今天看柳世南穿，又是一种感觉，他就算是失业也可以去做T台模特。

车子走到半路，柳世南才像是想起身边还有她这个人似的，他收起pad问庄瑜：“准备好了吗？”

她当然明白他的意思，“嗯”了一声说：“反正该做的我都做了。”

“哦？”他目光瞟过来，好像很有兴趣的样子，“都做了哪些人的工作？说来听听。”

庄瑜嘟了嘟嘴，大致说了一下自己在这段时间接触的董事们，姓王的、姓李的、姓龚的、姓冯的……

他听完后说：“还差一票。”

庄瑜斜了他一眼：“不是还有你吗？”

她的语气肯定，眼神却还有些飘，是因为他的若即若离。

在他们的关系里，主动的是他，试探的是他，退后一步观察的还是他。庄瑜这才发现，原来亲密关系里最先释放信号的那个人，才是掌握主动权的人。她虽然什么都没说，也没主动，可一颗心已经被勾走了。

他看着她笑：“你说的那些人全是老油条，最擅长的就是见风使舵。真的可以完全信任吗？”

庄瑜被他说得头皮发麻，但还是嘴硬道：“我也是没有选择了。况且这些都是侯正宪得罪过的人，如果有机会，他们是巴不得侯正宪下台的。”

柳世南点头：“还算是做了些调查。”

这话让庄瑜松了口气，不知道为什么，每每在这种时候对着他，她总觉得自己是在对着一位严厉的导师。末了她说：“就算是他们都反水，至少我还可以信任你吧？！”

她说着去看他的眼睛，想在里面找到某种笃定。谁知他沉默半晌，竟然接了一句：“千万不要。”

虽然他是开玩笑的语气，庄瑜的心里还是“咯噔”了一下。

“先生，到了。”这个时候，他助理的声音插进来。

下车时有一阵冷风吹过，庄瑜打了个冷战。她皱眉，温度分明很高，可为什么地下车库这么冷？

庄瑜站在车边等他下车，柳世南却又接到一个电话，冷静地说着英语。其间他抽出空隙对她道：“你先上去。”

庄瑜心里头顿时就空落落的，走到电梯口还回头望他车子停下来的方向。刚刚他的那句话是什么意思？他真的会帮她吗？

可是无论如何，该面对的总要面对。

庄瑜这么想着，迈着坚定的步伐朝着电梯走去。她一进办公室敏敏就跟进来，这一天需要处理的事情宛如大山一般压下来，让她来不及多想。

三个小时之后，就要召开董事会了。庄瑜去会议室之前，在卫生间对着镜子给自己加油打气了好久。

等她对着镜子碎碎念完了，才觉得庆幸，还好这里不会有别人。可她刚推门出来，就看到柳世南抱着手臂站在门边。

庄瑜一愣：“你怎么在这儿？”

他站直了身体：“等你。”

虽然口里从来不认，可他总是这样，在她觉得最没底的时候托她一把。

去会议室的途中，庄瑜忍不住对柳世南说：“我昨晚做梦，第一次没梦见爸爸。”

她说完也佩服自己，这种时候了居然还想着跟他说这些。

柳世南看着她，仔细观察了一下，问：“梦见我了？”

庄瑜“嗯”了一声，红着脸说：“梦见你站在悬崖边，拉了我一把。”

她说着，偷眼去看他。可见他面若平湖，半点情绪也看不出。庄瑜瞬间觉得气馁，就没继续说下去。

其实在梦里他也站在悬崖边，庄瑜不知怎么想的，垂着头牵着他的手绕着他走了一圈。她脚下踩空的时候，他的手紧紧握住她的手，她才不至于坠落。

强大的，无可置疑的安全感，分明在梦里，却又有着逼进现实的真切。

庄瑜以前听过一个采访，一位来自中国台湾的德高望重的学者说，人做梦是一种能力，这种能力是在保护人不要疯掉。庄瑜想，自己会不会是喜欢柳世南喜欢到没救了，所以才会做这样的梦？

电梯“嘀”的一声打开，像是一个开关，关掉了庄瑜的遐思。

她没想到，自己会跟乘另一部电梯里的苏雅梅同时走出来。

庄瑜跟继母对视一眼，下意识地挺直了脊背——要“打仗”了。

会议室里，柳世南坐在一个角落的位置，从这里看过去，可以把所有人的神色都收入眼中。

庄瑜坐在主位上，被董事逼问解聘侯正宪的理由。而这个会议的主角侯正宪却没有出现。

被董事质询的庄瑜显然早已做好了准备，她有条不紊地列出一、二、三条理由，清晰地阐述了侯正宪在短暂的时间内连续失职的事实，而她做出解聘的决定的确无可指责。

然而想要详细说明的庄瑜很快被跟苏雅梅坐在一边的盛总打断："主席，你这是解聘呢？还是列罪状呢？你刚刚那一通发言，怎么让我觉着这老侯十恶不赦，下一步就要被处死了？他少说也为公司效力了几十年，没有功劳也有苦劳，又不是什么弥天大错，不至于吧？"

看到有几个董事点头，庄瑜严肃地说："盛总，如果你是为了打趣，现在有点不合时宜；如果你是认真问，我可以回答你，侯总这已经不是第一次失职了。不管他以前为公司做过什么，都不能成为他这段时间失职的借口。规矩就是规矩。"

那位盛总看看庄瑜，又将目光转移到柳世南的脸上，最后摸了摸鼻子，没再开口。

柳世南记得自己曾经教过庄瑜，要头脑清晰、有自己的节奏，不要被别人带着走。她学得很好，很到位。

庄瑜还要继续，又有人打断了她。

"我觉得这件事情还是慎重些吧，前面张雯那件事，弄得法务部焦头烂额，好不容易才调解了事。再来一个侯总……"姜总开口说。

庄瑜平和地道："姜总，公司既然存在法务部，就是要处理这些纠纷的，这一点您不需要替律师们担心。而且，张雯之所以会被处分，正是因为侯总领导不力。"

姜总"嘿"了一声，还要开口却被庄瑜打断。

庄瑜接着说："在座的就算不参与公司管理，公司里也都有自家的亲属。下面的这些话我跟侯总说过，现在也跟各位通报一下。正信付薪水请人，是来工作的。以前我父亲在的时候大家是什么状态我管不了，但是现在，不好好工作，整天想着内斗、站队的都会被我清除出去，绝不留情。”

此时有人拍着桌子站起来，是跟侯正宪平日关系不错的何总。

“庄瑜，你这是什么意思？在这儿指桑骂槐是不是？”

庄瑜冷笑：“何总，你有事说我可以听，但如果你是为了发泄情绪，没那个必要。”

柳世南发现何总正欲继续，就被坐在对面的苏雅梅的眼神劝阻了。

“多说无益，老何，正信的企业文化是民主和公平，也就是说公司的事务不是主席一个人说了算。”苏雅梅的目光在会议室巡睃了一圈道，“我看我们还是举手表决好了，同意解聘的举手。”

过了很久，会议室里只有此起彼伏的冷哼声，没有人有动作。

庄瑜目视前方，表情平淡，但这短暂的时间有多么难熬只有她自己清楚。十几秒的工夫，庄瑜的脊背上已经出了薄薄一层汗。末了，她的目光不由得瞟向柳世南。

就在苏雅梅的脸上要扯出一抹笑意的时候，柳世南在庄瑜的注视下缓缓举起了手：“安丰控股支持这个决定。”

庄瑜忐忑到像是要着了火的心就因为他这一声，霎时安静下来。

柳世南的态度带动了庄瑜曾找过的那些人。

“我也同意。”

“老侯是过分了。”

“我是站在公司的利益角度……”

很快，那些被庄瑜找过的人一一举起了手。

人在江湖，怎么可能不站队？真正害怕的不过是站错了队伍。

“还差一票！”苏雅梅身边那位姜总大声道，语调里带着提前庆祝的幸灾乐祸。

庄瑜恍惚抬头，跟她对接时言之凿凿的冯总竟然没有举手。她看向冯总，冯总的眼睛却瞥向别处。庄瑜立刻明白，冯总被苏雅梅收买了。或者，冯总本来就是苏雅梅的人，只是隐藏得比较深……

庄瑜的心沉了一下，指甲掐入手心。

此时，苏雅梅冷冷一笑："那么……"

"我也同意！"这一声如同一道斜刺横插了进来，打破了室内的平静。

庄瑜一愣，跟室内的人一起回头。

会议室的门口，一位五十出头、保养得宜的女子出现。她皮肤白皙、身量娇小，气势却很压得住阵。

来人是陈晶，侯正宪的发妻。

庄瑜呆呆地看着陈晶，脑袋一蒙。

侯正宪之所以可以在她面前嚣张，完全是因为他有个手里拿着正信股份的老婆陈晶。可是，陈晶为什么会同意侯正宪被解聘呢?

不只是庄瑜，连一向沉稳的苏雅梅都露出惊讶的神色，她想都没想地问："陈晶，你知不知道自己在说什么？"

陈晶的目光只看着庄瑜："小瑜，辞退侯正宪的事，我投赞成票。"

庄瑜站起身："陈晶阿姨……"

这时，不知从哪里听到消息的侯正宪赶到，他从后面冲进来拉住陈晶的手腕，气急败坏地说："你跟我走！"

陈晶转身扬手照着他的脸上就是一下。那一巴掌绝没有手下留情，"啪"的一声，清脆响亮。

不仅庄瑜，整个会议室的人都倒吸了一口凉气。

陈晶问："跟你走？你算个什么东西？！"

侯正宪被这一巴掌打傻了，站在原地瞪着陈晶，脸上露出不可思议的表情。

"陈晶！"苏雅梅忍不住站起来。

陈晶瞪了苏雅梅一眼："你闭嘴！我的家事你少插手！"

苏雅梅皱着眉毛："家事？你看清楚，这是公司的董事会！"

陈晶冷笑："不是董事会我还不来呢！雅梅，我们是多少年的朋友了？我去加拿大之前你怎么答应我的？替我看好我的老公！现在呢？侯正宪都被你看到别人床上去了！艳照都寄到我温哥华的家门口了！快件是我儿子拆的！"

陈晶的声音十分尖利。

“那个女人是谁拉的线，谁做的媒，我是调查清楚了才来的！”陈晶继续道，“我今天这一巴掌没给你，已经是很有涵养了！你别逼我说难听的话！”

“陈晶，你听我……”

侯正宪仿佛也是这个时候才知道陈晶生气的原因，他试图开口解释，却被陈晶打断。

“你少废话，回去给我收拾收拾净身出户。要是敢跟我打官司，我让你身败名裂！”

陈晶说到最后一句，近乎破音。

年少相遇时的你侬我侬，漫长岁月里的相互偎依，怎么可能没有真情在里面？然而时光漫长，总有那么几个人先望向围墙之外的灿烂。

家中纵有万紫千红，看久了也会腻；墙外不知名的野花虽开得单薄，却多了一丛温室里没有的凛冽和风情。

人是贪婪的动物，没有想要，有了又想得到更多。

“我再说一遍，我投赞成票。小瑜，后面的事情你看着办吧。”陈晶说完，撇开侯正宪，快步走了。

“老婆！”侯正宪大叫一声追了出去。

苏雅梅咬着牙瞪庄瑜，庄瑜则紧紧握住背在身后的双手。

就在在场的各位董事交头接耳、议论纷纷的时候，柳世南忽然开口了：“看情形，侯总的解聘是通过了。”

那声音似冷锋过境。

庄瑜率先看向他，柳世南也看着她问：“是吧？庄总？”

电光石火之间，庄瑜明白了陈晶出现在这里的原因。她跟柳世南在射击俱乐部的对话还在耳边。

彼时，庄瑜把自己收到那个奇怪包裹的事情告诉了柳世南。

庄瑜不知道为什么侯正宪跟那个小模特的大尺度照片会寄到她家。她不是没想过把照片直接拿给陈晶看，但这个念头只是一闪而过。

可柳世南却觉得，天上掉下来的机会，不用白不用。他对庄瑜说，是陈晶和侯正宪现在出现了问题，她才能有机可乘。

可庄瑜到底还是没有利用那些照片，因为陈晶跟她是有感情的。

现在，庄瑜没动作，陈晶却收到了照片，那也就是说这“卑鄙的事”柳世南替她做了。柳世南寄了侯正宪跟小模特的照片到陈晶加拿大的家里。

明明柳世南是为了帮她，可庄瑜却觉得自己的心里冷飕飕的。

“庄总？”距离庄瑜最近的龚总提示了她一句。

苏雅梅开口：“庄瑜，你要知道，侯……”

继母不开口便罢，她开口反而让庄瑜狠下了心。

“是，解聘的事情通过了。”庄瑜一锤定音。

庄瑜深呼吸，胸腔意外地感觉到一阵疼痛，不知是不是心理作用。意外达成了目标，可她竟然一点都不开心。

庄瑜宣布会议结束，苏雅梅出声让庄瑜留下。柳世南第一个站起身往外走，其他董事也三三两两走了出去。

会议室最后只剩下两个女人。

苏雅梅走到庄瑜面前问：“小瑜，陈晶刚刚说的事跟你有没有关系？是你找人拍了老侯的照片，又把照片寄到加拿大去的？”

庄瑜说：“我没有找人拍过他。”

苏雅梅认真地看了她几秒，似乎在检验这句话的真实程度。

“那就是你寄的。”继母下了定论。

庄瑜没有否认，如果她刚刚的猜测没错，那么这件事虽然不是她做的，也是因她而起。

苏雅梅咬牙切齿地道：“小瑜，老侯跟你没有关系，但是陈晶呢？你叫她一声阿姨，她怎么说也是你的长辈，你们的感情对你一点意义也没有吗？！你现在用隐私离间他们夫妻关系达到自己的目的，你不觉得自己做得太过分、太不留余地了吗？”

庄瑜心里不是没有愧疚，可是此刻，她迎着苏雅梅的目光，忽然就冷笑了一下。

“梅姨，你刻意夸大李爱兰的事件，挑唆她的侄子来公司闹事，在这个地方差点把我掐死的时候，有没有想过‘过分’？当你提前告诉庄怜心没有被选上代言人，引导她去大闹东区度假村酒店开幕式，又满世界散布庄怜心跟岳晴之间的矛盾的时候，有没有想过‘余地’？”

庄瑜说完停了几秒，苏雅梅只是瞪着她。

“我来替你回答吧。”庄瑜说，“没有！不但没有，你们甚至恨不得我死掉。想想你是怎么对我的，再听听你现在跟我讲的这些话，你自己不觉得很好笑吗？这么会利用人心、挑唆别人的你，又有什么资格来责骂我呢？”

庄瑜说完，拿起文件旋风一般地走掉。

庄瑜没想到柳世南竟然还等在外面，她偏头跟他对视一秒，他垂下手臂握住她冰冷的手。

庄瑜是被他牵引着回到办公室的。

她还在发呆，就听到柳世南跟敏敏说：“给她弄一杯牛奶。”

敏敏出去，庄瑜看着他：“我有事问你。”

她可以确定侯正宪的事情是柳世南透露给陈晶的，但她还是要问清楚。她先要知道他是怎么想的，再要告诉他自己是怎么想的。

“我知道，但今天不行。”他抬手挑了一下她的下巴。

庄瑜皱眉：“为什么？”

既然可以谈，为什么不能是今天?

他刚要开口，敏敏又进来了。

柳世南从敏敏手里接过牛奶送到庄瑜手边，庄瑜没动，他就把杯子放到她嘴边。两个人较了很久劲，最后还是庄瑜举手投降，乖乖地把牛奶喝下去。

他的动作很温柔，等她喝完，把杯子接了过去。

庄瑜还想再问，柳世南又有电话要接听。她发现他今天似乎格外忙碌。

“我出去一下。”柳世南跟她交代了一句，便出去了。

庄瑜愣怔地在位子上坐了一会儿，抬头盯着不远处墙上的毛笔字，是魏碑。那是父亲中年的时候写的，上面的章还是她帮父亲盖上的。多少年了，父亲的办公室已经重新装修了多次，那幅字却一直挂在那儿。

“修身齐家治国平天下。”

庄瑜在心里默念那一行字。可是她刚刚在会议室里获得的胜利，是靠着攻击别人的不体面来维持自己在公司的体面。

她想起梅姨在会议室对她的质问，又想起庄怜心那天说她的那句话。

“你才是最狠心的那一个。”

庄瑜脱了鞋子，蜷在办公椅上，心里像是憋了一个大疙瘩。

柳世南回来的时候就看到庄瑜蜷在椅子上，像一只在寒风中瑟瑟发抖的小猫。她不安的时候，似乎特别喜欢这样做。

他走过去双手按住办公椅的两侧，这个动作可以轻易将她圈入怀中。

“去吃饭？”他的声音低沉又性感，像是在催眠。

可庄瑜却以一种警惕又充满疑问的目光看着他。

“我从小就喜欢陈晶阿姨，她也喜欢我。她和侯正宪结婚的时候，还让我做她的花童。”庄瑜说，“我是拿戒指的那一个。”

她说着，忍不住用一只手抠另一只手。柳世南感觉到刚刚在会议室里取得的胜利，她似乎并不喜欢。他这么想着又盯着她瞧了许久，没想到竟从她的眼底看到一股悲凉。

柳世南皱了皱眉头，但还是按捺住心里的那一丝烦闷，弯起食指在她的鼻子上刮了一下，再次强调：“我知道你想跟我谈这个，我也说了可以谈，但不是今天。”

庄瑜蹙起眉尖又问了一遍：“为什么？”

他拉起她的手说：“走了。”

庄瑜就这么被他拉走，眉眼都耷拉着，脚步沉重得像是抱了个千斤重的大铁球。柳世南不太明白庄瑜低落的情绪是从哪里来的，感情是感情，商场是商场，他以为这么长时间了她应该分得很清。

庄瑜怀着心事，从电梯里走出来时脚下一绊。柳世南伸手握住她的肩头，接着又把她搂入怀里，可庄瑜的身体好似在抗拒他的亲近。这个发现让柳世南嘴角一沉。

离开正信的时候是柳世南亲自开的车。庄瑜不明白为什么董事会被陈晶闹场的事情对他一点影响也没有。

柳世南说是吃饭，等他们停了车她才发现他带着自己来到了一个菜市场。

“不是吃饭吗？”庄瑜问。

“是吃饭。”柳世南引着她下车，带她进入菜市场内。对庄瑜而言完全陌生的地方，对他来说却如鱼得水。庄瑜看着他挑选蔬菜跟海鲜，她觉得那种熟稔程度应该跟阿珍不相上下。

好不容易找到一个空当，庄瑜说：“我的家政休假了，不在家。”

他不是一直住在酒店吗？她疑惑他买这么多东西到底要去哪里，又要找谁做一顿饭。

柳世南笑了笑，将一袋子海白虾递到庄瑜的手里：“还好你的家政休假了。”

庄瑜迷惑了。

终于，他们回到了她的家。他从未来过，却轻车熟路地找到了厨房。

庄瑜迷惑地看着柳世南拿起阿珍那件胸前印着维尼熊的围裙审视了一番，又很嫌弃地放回原处。接着，柳世南挽起衬衫的衣袖，露出结实的小臂，熟练地将刚买的海白虾去头壳，取净虾肉，从虾背上开一刀，对剖后把里面的脏物取出。

忙碌中他抬头瞧庄瑜，大概是看她有点傻，不由得莞尔道：“你不如去客厅等着。”

庄瑜没动也没说话。她看着他那双好看的手熟练地搭配着佐料，将蒜茸、姜茸、洋葱末、料酒等佐料放置在精致的水晶碗中，不知怎么的心头就起了痒。

此时他的衬衫袖子顺着小臂滑了下来，他于是靠近她，示意她帮自己将袖子重新挽上去。

庄瑜会意，伸出双手替他摆平。他退回去打开天然气，放锅子上炉灶，熟门熟路。庄瑜盯了那油锅一会儿，总觉得里面“毕毕剥剥”的声音是来自她焦躁不安的内心。

手机就是这个时候响起来的，庄瑜看了一眼屏幕，便出去接听。她这边刚刚叫了一声“敏敏”，那边已经快速地把消息说出来。

庄瑜的心猛地提到了嗓子眼，紧握住电话问：“那现在人呢？”

敏敏说：“在抢救室。”

庄瑜转身，一边往厨房走一边说：“我马上过去。”

柳世南转头就瞧见庄瑜面色煞白地站在门口。他眉尖轻蹙：“出事了？”

“是陈晶的儿子陈宇。”庄瑜说完这句话才发现自己有些哽咽，但她还是接了一句，“我得去看看。”

柳世南反应很快，他关了火，又在水龙头下洗了手再擦干：“我跟你去。”

庄瑜低低地“嗯”了一声，如果说上午的时候她的心情是忐忑，那么现在，她满心都是害怕。

柳世南开车载着她，不知道是不是老天作对，一路都是红灯。停车的时候，庄瑜瞪着那一点红，慢慢又觉得那一点红在她眼前晕出一片血色。

陈晶的儿子陈宇跟庄瑜的小弟弟宗康得的是一种病，这也是陈晶跟苏雅梅之前会走得很近的原因。后来陈晶为了陈宇的病到处求医，在加拿大找到一个很不错的医生，陈晶便下定决心移居到了那里。

敏敏在电话里跟庄瑜说，陈宇是从家里的二层跳下去的。庄瑜立刻就想起陈晶在会议室说的那些话。

“是我儿子拆的！是我儿子拆的！”

不会是因为那些照片吧？庄瑜痛苦地按住额头，如果她没有告诉柳世南照片的事，这一切就都不会发生。

“是我的错。”庄瑜忽然说。

柳世南看了她一眼，随手抽了纸巾给她：“事情的原因都还不清楚，你揽什么错？”

庄瑜这才感觉自己脸上有泪，她擦了擦后摇摇头。现在的她感觉自己成了一个被推上陌生赛道的运动员，明知道自己不合适，却又不知该如何退出。

车子在医院前停住，柳世南一句“当心”还没说出口，庄瑜已经推开车门往外跑。他瞪眼看着后视镜里一辆车子飞速开过来，倾身去抓她，却只抓到空气。

“庄瑜！”他喊出口的时候，那辆车子从她身后疾驰而过。

一股恐惧升到头顶又烟消云散，柳世南罕见地骂了句脏话。

很快，庄瑜的身影便消失在医院的大门内。

这边不能久停，柳世南转动方向盘找停车位。等他停好车去医院找到手术室时，已经是半小时后了。

很显然，陈宇还在手术中，陈家是大家族，老老少少在走廊里站了一群。柳世南到的时候，陈家那位大家长正端坐在走廊的椅子上，眼前垂头丧气站着挨训的人是侯正宪。

柳世南的目光在人群里寻找，忽然感觉自己手上一重。他回头，看到庄瑜站在他身边握住他的手，心里莫名就松了口气。他低声问：“怎么回事？”

庄瑜勾了勾嘴角，拉着他往另一头走。两个人到了角落里，庄瑜才尴尬地说：“没事，是我想多了……”

原来陈宇是在家里跟狗玩，一不小心从二层掉了下来。而当时负责看着儿子的正是侯正宪。

庄瑜说完抬头看他，一双眼睛像是被大雨洗过，显现前所未有的清亮。

柳世南的心里又气又恨，抬手捏住她的脸颊。

跟陈晶打完招呼之后，庄瑜带着柳世南安静地离开。路过侯正宪的时候，侯正宪抬头看了庄瑜一眼。庄瑜心里又是一沉。柳世南似乎看到了这一幕，同一时间跟庄瑜的手指交握在一起。

回家的路上，庄瑜的情绪依旧低落，所以只看着窗外不说话。车子开到别墅前停下，庄瑜却像是忘了下车。

密闭的空间里，空气像是被冻结。柳世南终于忍不住了："好吧，你想问什么现在都可以问。"

庄瑜立刻偏头看向他，脱口而出："陈晶拿到的那些照片是你寄的吗？"

"这种事就算你不说，也会有别人说。既然陈晶早晚会知道，那些证据被利用一下，又有什么不可以？"柳世南这番话相当于承认了。

庄瑜讶然地看着柳世南，他眼里的神色尽是"顺我者昌，逆我者亡"的傲然。她有些迷惑了，难道这就是所谓的"赢家思维"？

柳世南停了一会儿，见庄瑜不说话，自己先下了车。

庄瑜垂下双眸，她莫名地想起那日在餐厅里岳晴对她说的那些话。岳晴对她的心意是那么纯粹，可是她呢？因为有了别的想法，庄瑜觉得自己无颜去面对那种纯粹。

庄瑜想到这里，也开门跳下车。柳世南就站在不远处草坪的边缘，他手叉腰看着远方，宽厚的背影看在她眼中是那么冷厉。

庄瑜关上车门走过去，她控制住自己的情绪，轻声问："你不会觉得这样做太不择手段了吗？"

她看到他的下巴抽紧，几秒后他偏头看着她，用一种无比寻常的语气道："在商场上不择手段就是正常手段。"

庄瑜瞳孔微缩，她没有料到他可以如此轻易地说出这种话。

可是她转念一想，虽然自己不认同他的做法，却能感觉到他这么做是在帮自己。这种矛盾和纠结撕扯着她，让她觉得憋闷难忍。

接着，庄瑜尝试跟他解释："我不是不领情。我只是觉得，这样做，似乎并不磊落。我想，就算要跟他们争，我也要磊落一点，不是像这样。"

柳世南听了这话，表情似笑非笑："所以你是觉得我越俎代庖了？"

庄瑜想说“我不是这个意思”，但无论她怎么解释，也好像就是这个意思。

于是她说：“算了。”

这么下去没有意义，他们两个人看上去都很冷静，但庄瑜觉得此刻的柳世南跟她一样，心里带着不满，生出了隔阂。

她觉得柳世南一开始就不让她问是对的，因为现在不是一个理性讨论的好时机。

于是庄瑜说：“我们先进去吧。”

柳世南却没动：“庄瑜，你想赢，就不能这么心软。”

庄瑜背对着他，肩膀僵住，看上去既孤单，又倔强。她忍住情绪，继续往家里走，可刚走两步又听柳世南在身后说：“我就不进去了。”

庄瑜慌了神，她回头，竟然脱口而出：“你生气了？”

柳世南说：“我还有工作。”

他的眼睛看上去像是无底的深潭，庄瑜心中一凛，一时竟不知道该说什么，或是自己该不该挽留。

他又站了几秒，终于转身离开。

她看着他一边走一边打电话，应该是打给助理。

他就那么走出去，无论是背影和步伐都非常坚定。

庄瑜想他一贯是这样，从来不像她，总是犹犹豫豫。有那么一瞬间，她想要追上去拉住他的手臂，可她的腿就像是灌了铅，怎么也迈不动。

柳世南离开的速度很快，黑色的铁门被关上，院子里一片静寂。

许久，庄瑜才拖着一双腿往屋里走。她不自觉地去厨房，看到摆了满台的东西，居然也一丝不苟，可是这顿饭她怕是吃不成了。像是被人抽干了力气一般，她找到椅子，颓然坐下。

她不知道胡思乱想了多久，电话忽然响了。

庄瑜愣了愣，脑子里闪过一种可能性。她飞快地接起来，结果打来电话的却是一个送外卖的年轻男孩。

庄瑜不记得自己点了外卖：“你是哪里的外卖？”

大男孩说："蛋糕店。是一位叫柳世南的先生订的生日蛋糕，说要这个时间段送过来。不好意思，我是第一次来这里，迷路了。"

庄瑜将男孩放进来，亲自开门去接那个盒子。

外卖小哥一遍又一遍地问："可以请你不要投诉我吗？"

庄瑜却不知该怎么回答，因为她整个人都呆住了。

今天是她的生日，她竟然忘记了。

怪不得柳世南今天上午一直在打电话；怪不得他说"可以解释但不是今天"；怪不得他带她去买菜，要做饭给她吃。

外卖小哥来了又走了，庄瑜把蛋糕拿回屋里放在餐桌上。蛋糕盒子很精美，她缓缓拿下盒盖，上面的冰激凌表层已经融化了大半。庄瑜纠结地看着蛋糕上的字。

生日蛋糕上不是都会写"Happy birthday（生日快乐）"吗？可这个蛋糕上一部分字体被融掉后，只剩下一个小写的"ve"，跟一个大写的"U"。Happy birthday 里根本没有这三个字母，难道上面本来写着的是"I LOVE U（我爱你）"吗？

"不会吧。"庄瑜望着蛋糕喃喃自语，仿佛灵魂都出了窍。片刻后，她机械地重复"不会吧"这三个字。

第九章 咖啡吧

知名钟表品牌C牌的剪彩仪式结束，庄怜心长长地吐了一口气。这是她近期最后一个行程，之后便要进入漫长的休假期。

她想到这里，皱了皱眉头。

“心姐，这边。”助理小聪打断了她的思绪。

庄怜心应了一声，在工作人员的引领下去了化妆间。她在镜子前坐下来，手一伸，小聪便递过去卸妆纸巾。她一边卸妆一边看手机，上面竟然有继母的未接来电。庄怜心没回，感觉有点烦。

十分钟后，庄怜心已经是素面朝天的模样。她扔掉纸巾，仔细看着镜子里的那张脸。

“怎么长斑了？！”她喃喃低语。

庄怜心说着凑近镜子，眼角的斑点呈蝴蝶状出现。

“丑死了！”庄怜心心烦地说。

电话铃声响起，是经纪人Maggie。

“亲爱的，我看到粉丝路透了，今天的你简直美呆了，全民女神。”

庄怜心冷哼一声，并不买账。她知道上半年某网站“直男”投票选的“全民女神”是岳晴。

庄怜心这还是第一次被挤了下来。彼时庄怜心看社交媒体的评论，无他，清一色的“老了”。而这些评论的人里，竟然有大部分是女性。

有时候同性对同性的苛责，远比异性更甚。

庄怜心想到从庄瑜那里知道的岳晴跟容总的事，不由得皱了皱眉头，有点恶毒地想，二十出头嫁给一个半截入土的老头儿，岳晴这是为了钱还是为了安稳?

庄怜心不太懂岳晴的选择。她印象中的爱情就是要一见钟情，天雷勾动地火。就像她跟季成杰，他们十多岁就认识了，这些年偷偷摸摸，也分分合合，但始终离不开彼此。她觉得这才是爱情！容天这个岁数，心里还有那种激情吗?

她的思绪都结束了，Maggie还在絮絮叨叨。

“还有事吗？没事挂了。”庄怜心打断Maggie。

Maggie的声音里依旧充满对工作的热情：“OK，总之下面的都替你安排好了，你乖乖地照着时间表做事，早点休息，有事找我，爱你！”

庄怜心什么也没说，直接挂断电话。她将手机摔到桌上，再次看向镜子，抬手狠狠地在眼角抹了一下，似乎想把黄斑擦掉。

小聪拿着电话从外面进来，关上门后才小心翼翼地开口：“心姐，张医生那边……”

庄怜心打断他：“车钥匙呢？”

小聪警惕地看着她：“心姐，你要车钥匙干吗？”

“我说我吃车钥匙，你信吗？”庄怜心眼神冷冷地回头，不耐烦地说，“过来！”

小聪靠近她，像是一头羚羊小心地靠近狮子。很快，小聪惊慌失措地“哎”了一声。因为庄怜心一把抓过他的包，从里面翻出了车钥匙。

“心姐，你别……”小聪试图去抢她手上的钥匙，但没成功。

庄怜心把车钥匙握紧在手心。

“今天不用跟着我了。”庄怜心站起身，戴上墨镜。

“心姐！”小聪面色煞白地跑去门边拦住她，“心姐，你这样我会被开除的。”

庄怜问：“你是我招来的，没我的同意谁敢开除你？”

“不是，心姐！”

“让开！”庄怜心拨开小聪的肩膀，“信不信我现在就开除你？”

小聪还没开口，就被她抬手狠狠地打了一下脑袋。

“会傻哎，姐！”小聪委屈地道。

“滚开啦！”庄怜心推开瘦弱的小聪，打开门风风火火地走出去。

小聪急得原地直跺脚。他跟着庄怜心快五年了，庄怜心虽然脾气火暴，但对身边的人不错，他们工作室的待遇在圈内是顶级的。就是因为这个，他才担心——心姐，她太不受控制了。

小聪正想着，门再次被打开，小聪跟庄怜心撞了个头顶头！下一秒，他又被她拍了一下脑袋。

小聪捂着脑袋委屈地问：“心姐！我又怎么了？”

“风一吹就倒了，我给你的工资都去哪儿了？！你天天吃饭吗？给我增肥、健身，听见没？”

她怒气冲冲地说完，又走了。

留在原地的小聪急得转了几圈，才想起打电话给Maggie。Maggie听了小聪的描述却很冷静：“她八成找季成杰去了。你别管，这一关她总得自己过去。”

Maggie又问小聪今天有没有感觉他们被人跟踪了，小聪说今天没有。

电话的最后，小聪问Maggie：“Maggie姐，都被跟成这样了，心姐为什么不请保镖？主要是，那个人很危险！已经不是一次两次了。”

Maggie在电话那头沉默半晌，只嘱咐小聪：“这个问题你不要当面问怜心，听到没有？”

可是这又有什么不能问的呢？

小聪一头雾水地挂断电话。

她应该请个保镖的。但她真的讨厌保镖。

庄怜心在后视镜里看到惯常跟踪她的那辆白色面包车以后，愤恨地想。

她以前也不是没有遇到过疯狂的影迷，但是没有像这次这个的，就像是块狗皮膏药，怎么都撕不掉。

烦躁像毒气溢满庄怜心的胸腔。她明白自己不能直接朝着目的地而去，于是打了方向盘改走别的路。

等红灯的时候，庄怜心拨打了电话，季成杰的声音很快响起。

庄怜心说："我被跟了，你要说的事着急吗？"

"不急，你甩掉再来。"季成杰的声音有着这些日子少有的明快，他说，"怜心，我爸爸同意见你了！"

"真的吗？"庄怜心开心到快要疯掉了。

"真的。他要请你来我家吃饭！"季成杰说。

他们谈恋爱这么久，这还是第一次，季锋有了松口的迹象。

绿灯亮了，这样的好消息让庄怜心把跟踪的事情忘到了脑后，她兴奋地说："我想见你，成杰！立刻！马上！"

"你慢点开。"季成杰笑着说，"爸爸现在不在这里，要见面也不是今天。"

季成杰隔着话筒吻了吻她才挂断电话，庄怜心脸上刚刚绽放一抹微笑，继母的电话就打来了。

这已经是今天的第N个了，庄怜心此刻心情很好，所以很快就接了。

苏雅梅在那边简单地说了几句话，庄怜心奇怪地问："梅姨，你找Maggie要媒体的联系方式做什么？"

苏雅梅说："你别管，我有用。"

"让我进去，我想见他！"

"对不起，叶樱小姐，不行。"

柳世南的房间门口，杨帆如一尊门神般守着。叶樱瞪了杨帆一眼，举起手去按门铃。“叮咚——叮咚——”无人应声。

叶樱垂下眼睑，从她给柳世南发了她跟庄瑞亲密的照片起，他们就没有联络过。这些日子，她在外面作天作地，风声甚至传到了美国的父亲那里，柳世南还是丝毫没有反应。她以前就说过，他血管里都是冰！

叶樱想到这里，踹了一脚门。酒店的房门厚重，里面的人毫无动静，她的足尖却传来剧痛。

“叶樱小姐，你走吧。先生是不会见你的。”

“他怎么了？失恋了？”叶樱胡乱猜测着。

杨帆毕恭毕敬地重复：“叶樱小姐，请你走吧。”

叶樱很仔细地观察杨帆的神色，这个该死的助理跟柳世南一样，都让人看不出情绪。她没办法，又站了十几秒钟，气急败坏地转身。她一边走，一边给庄瑞打电话，声音甜腻腻的，一点也不像刚发过脾气：“喂，阿瑞，出来喝酒呀？我当然知道是凌晨了，凌晨才是我一天的开始呀……”

一直等到叶樱离开，杨帆才刷卡进门。此时的柳世南坐在书桌边看着不断变化的股票指数，手指偶尔在桌面轻点两下。一般人是看不出他此时的情绪的，可是杨帆跟了柳世南很多年，他能感觉到柳世南现在的心情很不好。

他的这个老板，怒气值最高的时候，往往面上最平静。

四天。

杨帆想，先生身上的这种冷，是从庄瑜小姐家回来的那天开始的。

他这么想着，眼神扫过被扔在茶几上的礼品盒。那是先生抽空专门飞了一趟伦敦，从佳士得拍来的宝贝。这一趟令人疲惫的飞行，不过是为了给庄瑜小姐挑礼物，但是不知道为什么没送出去呢……

在杨帆的记忆里，先生是很少被情绪困扰的人。从这方面想，庄瑜小姐也算是很有本事了。

不知道是不是盯那礼物盯得久了，杨帆忽然听到先生说：“把这个拿出去。”

先生的声音依旧很平淡。

杨帆心里一惊，但面上还是很沉稳：“是，先生。”

门“吧嗒”一声被关上，柳世南眨了眨眼睛，目光又回到了正信股票的曲线图上。正信的股票这两天爬升得很快。

柳世南双手交握撑住下巴摩挲，是消息传出去了吧？正信的主席终于在董事会赢了一局。

他知道，他没见庄瑜的这四天，她没闲着。正信新任的公关部部长对媒体放出消息，关于西区那块地的开发要启动了，具体事宜近期会公布。

这也算是一个利好消息。

庄正信很早就买入了西区那块地，它现在的价值已经今非昔比。据柳世南所知，庄正信跟苏雅梅曾经因为对这块地的开发有不同的意见而发生过不可调和的矛盾，但具体是为了什么，没人清楚。

在柳世南看来，西区的开发很简单，做酒店，做shopping mall（购物中心），或者是写字楼。这些都是最稳妥的方案。看官方对西区的规划就知道，只要是这三种类型中的任意一种，就绝对稳赚不赔。

庄正信要做的一定不是这三样，才会遭到苏雅梅的强烈反对。苏雅梅甚至为此丢掉了丈夫的欢心，进而失去了自己在遗产继承中的地位。庄正信的这个计划是有多糟糕?

柳世南这么想着，切换了另一个电脑页面。新闻里，穿着白色套装的庄瑜站在话筒前。她看上去是一副非常努力的样子，但柳世南清楚，她在镜头前不管是满满的元气，还是一板一眼的气质，都是装出来的。

她其实就是一个矛盾综合体，明明想赢，却又瞻前顾后，患得患失。

他想到那天她对他质疑的眼神，竟然让他心痛。

他不知道，此刻庄瑜就站在酒店的电梯里，电梯光洁的金属墙映出她疲惫的脸。

四天了，庄瑜四天都没敢来找他。一半是因为她真的忙，解聘了侯正宪之后，她有太多的事情要处理，还有一半原因是因为蛋糕上的那句“I LOVE U”。

是的，在那之前他们的确有过较为亲密的接触。可是在庄瑜的心里，她觉得他们之间的感情仅仅是“I like you（我喜欢你）”的程度。他却写了“I love you”。

作为在西方成长起来的人，庄瑜想，柳世南应该比她更了解“love（爱）”跟“like（喜欢）”的本质区别。

喜欢与爱，在两性关系中是两个相似却又极为不同的概念，后者包含了很多其他的含义，比如责任与义务。而她和他对于很多事情的认知，似乎有着本质上的不同。

有位名人曾说，“爱是想要触碰却又收回手”。这几天，庄瑜的脑子里除了工作，疯狂循环的就是这句话。

她这么想着，已经到达他所在的那一层，杨帆正在电梯门口等着她。

“庄瑜小姐。”杨帆说着看她手里拎着一个大袋子，便主动去接。

庄瑜的手往后缩了一下，说：“我自己来吧。柳先生在吗？”

杨帆点头：“在的，请跟我来。”

庄瑜对着杨帆微微一笑，又在杨帆转身后深呼吸，深到她觉得自己的胸腔都痛了。

这次敲门很顺利，庄瑜很快便进入柳世南的套房。这里她还是第一次来，分明是总统套房，却设计得这么低调。可是那些用材，打眼一看就是顶级的。巨大的落地窗将城市最美的风景尽收眼底。

庄瑜一路走来环视四周的时候，柳世南的眼睛就看着她，接着目光转移到她手上拎的东西上。这女人一看就不是来道歉的，或者不单单是来道歉的。

“对不起。”她终于直视他开了口。

柳世南挑眉。

庄瑜又加了一句：“真心的。”

柳世南勾动嘴角，她现在变得更了解他了，甚至可以抓到他内心幽微的情绪。

“不过……”

他打断她："不过？"

她点点头，舒了口气把话说完："不过我觉得我也没错。对于陈晶跟侯正宪的这件事，我们的认知存在根本的不同。"

她在他面前还是不习惯掩饰表情，所以他能看出她是鼓足勇气才说了这句话。这四天，除了忙碌，她就是在给自己打气吧？

柳世南看着她的脸，半晌没说话。庄瑜被他盯得无所适从，眼皮微微上掀，看他身后的那幅油画。看光影和色彩，应该是塞尚的。

因为母亲是艺术家，庄瑜对绘画略懂一些，这幅画看上去是真迹。庄瑜叹息，这酒店贵就贵在这些东西上吧？

许久，她听到他问："你是来品画的？"

从这句话，她听出了"冲"味儿。

庄瑜的目光又回来了一点，跟他对视。

"反正，"庄瑜有点自暴自弃地说，"我不是来吵架的。"

他好似不打算放过她，用一种调侃的语气问："不是来求和，也不是来吵架，你来的目的是什么？"

"蛋糕。"庄瑜看着他，眼底竟然有星星点点的湿润，似乎在极力压抑内心的起伏，"我想跟你聊聊那个蛋糕。"

柳世南住口，微微地眯起眼睛。

庄瑜抿了抿嘴唇，在几不可闻地叹了口气后，声音低了一些，说："我收到了，它很好吃。"

柳世南一向是沉得住气的，这种时刻更是如此。

庄瑜一小步一小步地走过去站到他的面前，一双眼睛幽幽地望着他。

柳世南也看着她，就她停顿的这么短的时间内，他感受到自己内心丛生的烦闷。明明他看到她的第一眼就能判断出她要说的话，也判断得出她想了这么多天得出的结论。

可是这个当口，竟然是他等不及了。

就在他觉得自己的耐心要被耗光的时候，她忽然倾身下来，吻上了他的唇。

她吻得那么轻，却又这样重。动作轻得像是在触碰一朵娇嫩的鲜花，情绪却重得好像要把自己的一颗心交到他的手上。

她吻过了，想要离开。柳世南察觉到她的心思，伸手按住她的脊背，让那双樱粉色的嘴唇重新跟他的唇贴在一起。

从紧张到顺从，她的情绪在他一遍一遍地用手摸着她背部的时候被安抚下来。他不知道自己迷恋的是什么，但是她的气息、她的温柔，总是能够轻而易举地给他一种被填满的感觉，让他觉得自己在这尘世里不是孤单一人。

许久，她因为喘不过气，推着他的胸膛跟他分开。

他的手顺着她的脊椎慢慢向上，来回地抚摸着她的脖颈，柔软的、顺滑的脖颈。

他想到那个时候自己喂的野猫被养父发现，他指着那只瘦弱的小白猫问："父亲，我可以养它吗？求求您。"

柳瑞德笑得很慈祥，他说："当然不行。"

不但不行，柳瑞德还要他眼睁睁地看着小猫咪被安乐死。

整个过程小猫咪表现得都很安静，他看着猫咪眼里的光一点一点地消失，一点办法都没有。

养父说："阿南你看，唯一不被别人知道你有软肋的方法，就是杜绝软肋的存在。"

从那以后，柳世南再也没有为任何事乞求过任何人。

因为他知道，那不仅没用，而且还很危险。

凌晨三点多的时候，庄瑜醒了。她轻轻地翻身看着枕边人，在微弱的光线里辨识他的眉眼。他看上去像是那种会给人以暴风骤雨的人，然而耳鬓厮磨时，他比她想象中更加温柔。

温柔且有节制。

她这么想着，微微一笑，抬手想摸一摸他出色的眉骨，床头的手机就响了。庄瑜去拿手机，屏幕显示的是一个陌生的号码。

庄瑜接起来，那边才刚说了一句话，她便猛地坐了起来。

身边的柳世南也坐起身给她披了件衣服，并且打开了床头的灯。

旖旎的光线下也能看出庄瑜苍白的脸色，她挂断电话愣了几秒后，掀开被子跳下床。

“怎么了？”他问。

庄瑜还没说话，柳世南床头的电话也响了，是杨帆。

杨帆还算沉得住气，但语速也比平日里快了不少：“先生，叶樱小姐出事了。刚刚在医院，现在在公安局。”

打架斗殴，庄瑜从来没想过温和的庄瑞能跟这四个字联系在一起。庄瑞虽然是男孩，却是姐弟几个里最文静的那一个。他这样的人，怎么可能凌晨在山里的道路上跟人发生争执，甚至大打出手?

庄瑜想到这里，回头瞥了叶樱一眼，眼神中充满了愤怒。

此时天光大亮，公安局的标识在金色的晨光中更显庄严。

叶樱接收到庄瑜的目光后狡黠一笑，上前几步搂住庄瑞的脖子就是一个法式热吻。

庄瑜愣了一下，柳世南则面无表情地看着眼前的一切。

一分钟后，叶樱跟庄瑞分开，庄瑞眼里掠过惊喜的神色，但很快又因为看到姐姐挂了冰霜的脸色而觉得尴尬万分。

庄瑜转身大步朝着叶樱走去，庄瑞竟然先一步站到了她们中间。

弟弟的这个举动令庄瑜更加生气，但她不想让叶樱看热闹，所以垂眸看了一眼地上，冷静五秒后才抬起头对站在叶樱身后不远处的柳世南说：“我先回去。”

她这句话出口，叶樱的脸上露出失望的神色。庄瑞则松了一口气。

庄瑜瞥了弟弟一眼，气急败坏地想，爱情真是让人没出息。

“好。”柳世南脸上倒是没有什么特别的表情。

“庄瑞，你跟我走！”庄瑜终于拿出姐姐的威严，对弟弟道。

随后，庄瑜带着庄瑞走到了自家的车旁边。

柳世南看着庄瑜娇小的背影停在车边，他准备转身的时候，忽然看她偏头跟庄瑞说了句什么，庄瑞的表情看上去十分惭愧。

柳世南想，庄瑜那天跟他在家门口因为陈晶的事情发生争执的时候，都没有这么绷不住情绪。那一刻庄瑜看着庄瑞，眼里有种恨的情绪，那是分量很重的爱。那表明她非常珍视这个弟弟。

“喂喂喂。”叶樱蹦到柳世南面前，“也看看我好吗？”

柳世南的目光移到叶樱的脸上。到底年轻，一夜未眠，她看上去还是很精神的样子。跟让人收拾得鼻青脸肿的庄瑞不同，叶樱一身清爽，看上去开心得不得了。

柳世南冷冷地问：“你开心了？”

柳世南跟庄瑜不一样，他并不觉得吃惊。半夜飙车还挑唆伴侣打架，这很符合叶樱一贯的作风。

“当然开心了。”叶樱没心没肺地说，“至少我终于见到你了。阿南哥哥，看来你还是很关心我的嘛！”

柳世南不搭腔，因为他知道自己一旦搭腔叶樱只会更起劲。

叶樱撇撇嘴，为自己找补似的说：“我也不全是为了你。毕竟知道被人爱，被人深爱，也是一件很不错的事情啊。阿南哥哥，你女朋友的弟弟很爱我哦。”

柳世南没理她，径自上了车。叶樱要跟上来，却被他挡住了入口。

“坐前面去。”柳世南冷冷地道。

叶樱嘟起嘴唇，心不甘情不愿地转到杨帆的身边坐下。很快，车子开动，叶樱回头愤恨地看着柳世南嘟囔了一句。

柳世南听到了，但是他假装没听到。

叶樱说：“你就那么喜欢她？”

柳世南转头去看窗外的景色，许久，叶樱不知又想起什么，说：“阿南哥哥，我是真的……”

“再出一次这样的事，我会强制把你送回美国。”他打断她。

叶樱像是被刺到了，她大声地说：“你没有这个权利！”

柳世南转头看着叶樱，慢条斯理地道：“是吗？我很想试试看。”

叶樱微微一愣，随即又打了个冷战。因为这一刻，她竟然从阿南哥哥的脸上看到了父亲年轻时的样子，无比冷酷的样子。

叶樱像是被什么刺到，她撇了撇嘴，不再说话了。

机器“嗡嗡”作响，不一会儿便送出醇香的咖啡来，紧接着整个咖啡吧都飘起了香气。

庄瑜盯着那褐色的液体，她一直都喝国产的豆子，近几年云南那边的种植技术越来越好，豆子比好多国外产地的豆子还要出色一些。之前刚刚上任，公司里还有人议论，说她没品位，车是国产的，衣服是国产的，连咖啡也喝国产的，怎么就那么喜欢国产的？

庄瑜不稀罕跟人争执，她就奇了怪了，国产的怎么了？她觉得国产的好得不得了呢！庄瑞要是喜欢国产的就好了，要不给他找个人家说门亲事？“国产新娘”听上去也很不错的样子，至少比叶樱要好。

庄瑜眨了眨眼睛，脑子里全是荒谬的想法。这个时候的她才比较像是二十五岁。

“姐！姐？”

庄瑜转头看向后面，庄瑞换了身衣服，右边眉角的创可贴也换过了，还有青黑的左眼和红肿着的嘴唇……

庄瑜看着受伤的弟弟，心像是被蜇了一下。

“疼吗？”她问。

庄瑞点点头。

庄瑜心里一酸，嘴上却恨得紧：“疼死你才好！”

庄瑞知道自己犯了错，有点撒娇：“姐……”

“叫姐也没用。你为了赶图纸几天没睡了？怎么能觉也不睡，深夜跑去山顶飙车呢？”庄瑜说到这里，胸口剧烈地起伏了一下，“还打架！”

庄瑞垂下脑袋。其实这件事他虽觉得后怕，但心里也伴有一种无可名状的兴奋。因为他从来没试过这么疯狂的生活，在深夜的南山最陡峭的盘山路上漂移。而且，他还赢了。

内心深处有种野性被勾起，让他好似认识了另一个自己。

就是因为他赢了，才会被人挑衅。那个人看着叶樱露出的腰肢，上来就摸了一把。庄瑞想都没想，拳头就上去了。

“不是我先出手的。”庄瑞争辩。

庄瑜只关心问题的源头：“你为什么出手？”

庄瑞紧紧地抿起双唇。

“叶樱。”庄瑜说，“因为她，对不对？”

庄瑞极少见姐姐如此疾言厉色的样子，但姐姐怎么打他骂他他都不会生气。因为他知道姐姐是心疼他。

他当然看得出姐姐不喜欢叶樱，他其实也很在乎姐姐的意见。于是他说：“姐，其实叶樱她很可爱的，就是有点跟别人不一样。她不是个文静的女孩，可她是我喜欢的女孩。”

庄瑜定定地看着弟弟，他似乎想在她说出反对意见之前先把她的话堵住。庄瑞的意思很明显，他喜欢叶樱，很喜欢。

湿热的风从敞开的窗户吹进咖啡吧，像是要把人裹得透不过气来。

庄瑜把心底的情绪压了又压，才说：“你谈恋爱我不反对，但是不能为了谁不要命，你懂吗？”

我只有你一个真正的亲人了！

这句话庄瑜忍着没说出口。

庄瑞从姐姐的眼底看到了一种很深的感情，他说：“我以后会注意的。”

“不是‘注意’，而是‘不再’。”庄瑜强调。

她说完，盯着庄瑞，仿佛在迫使他承诺什么。

许久，庄瑞叹了一口气：“我以后一定不再飙车了。”

庄瑜仔细辨认弟弟的神情，最终松了一口气。

庄瑞也松了口气，他接过姐姐递过来的咖啡喝了一口，问：“对了，我出的方案你给柳先生看过了吗？”

庄瑜被他问得一愣，这才想起自己带去的图纸都没有给柳世南看就……

她想到这儿，脸随即红起来。

庄瑞暧昧地笑了。

庄瑜知道弟弟看出来了，有点不好意思：“笑什么？”

“没有，没有，其实你们一起到公安局的时候，我就想，你们应该是一起过夜了——哎！痛！”

庄瑜拍了弟弟一下：“你想说什么？”

庄瑞大笑：“没有，真没有！”

这个时候庄瑜也没想到，第二天一早，各大媒体平台上会都是关于正信的新闻。她更没想到自己会跟侯正宪，以及他的那位模特挂在一起。

彼时庄瑜正带着几个高层跟新加坡一个基金会的人交谈，这是她为西区的开发项目找到的最有潜力的伙伴之一。

敏敏走到她身边，低声说了几句。庄瑜低头看着办公室桌面上的纹路，胡桃木材质的桌面，似乎要被她盯出一个洞来。

还好不是庄瑜在发言，她利用盯着桌面的那十几秒控制住自己的表情。随后她微笑着抬头，把那场谈话继续下去。

庄瑜知道自己必须沉下心，才能赢得这些新加坡人的支持。而赢得他们的支持，对西区的开发项目才会有利。

中午，会谈终于结束。庄瑜带着高层请基金会的几位吃饭，本来定好了餐厅的，但基金会的人坚持要去公司的食堂吃。

想到新闻的事情，庄瑜的心里不是不慌，但她还是强撑着笑意。她要求自己一定要克制住情绪，显现出不急不躁的样子来。

好在他们到的时候，食堂的人已经不多了，没有人对庄瑜投来异样的目光。

食堂的饭菜还算丰盛。刚刚谈得投缘，大家吃饭的氛围也很轻松。吃到一半，其中一个叫安婉怡的美人问庄瑜："庄总，安丰控股的Micheal Liu是不是你们的股东？"

庄瑜杂乱的思绪被打断，她愣了一下："是。怎么了？"

安婉怡笑了笑："我跟他是同学，当年我们在美国的Y大读书，他可是很有名的。虽然是亚裔，但追求他的都是金发美人，甚至还有同性。"

真是的，庄瑜也没想到，她隔了半个地球还能从别人口里听到柳世南的八卦。不过这也不稀罕，他的确有让人念念不忘的魅力。

安婉怡见庄瑜没什么反应，又问："听说他现在在这里？"

庄瑜说："对。"

安婉怡还要说什么，忽然看着前方"咦"了一声。大家纷纷回头，庄瑜也在转头的瞬间看到带着助理走过来的柳世南。

他穿着浅蓝色的衬衫，高大的身形有着完美的线条，像是活动的希腊雕塑。

他站在门口环视餐厅，似乎在找人。安婉怡抬手挥了挥，热情地喊了一声"Micheal"，他的目光才寻过来，并很快落在庄瑜的脸上。

对视的那一刻，庄瑜便知道他是来找自己的，而且是为了刚刚敏敏说的那件事。

他朝着他们走过来，一步一步。他每靠近一寸都似乎在推着庄瑜抽离了的心神渐渐归位。

柳世南在庄瑜身后站好，眼睛看向安婉怡："Annie，你好。"

安婉怡笑着调侃："哇，看到老同学一点惊讶也没有。Micheal，你永远都那么酷。"

柳世南勾动嘴角："来谈公事？"

"是呀。"

柳世南点点头，又看向庄瑜，礼貌地说："庄总，借一步说话。"

庄瑜拿起纸巾擦了一下嘴，对在座的人说了声"抱歉"，便跟着他离开。

庄瑜今天穿的是黑色阔腿裤，大概是心焦，她疾走的时候裤管摆动，竟如月色下水塘里漂动的荷叶。

不管是庄瑜还是柳世南，都打算到了办公室才开始交谈。然而电梯门打开，两个人同时看到了陈晶的脸。

庄瑜却步，柳世南却一把抓住她的手，将她的手紧紧地握在掌心。

庄瑜被他牵着走入电梯，陈晶的目光从两个人的脸上落到他们十指交扣的手上。

“小瑜。”

“陈晶阿姨。”

陈晶看上去很冷静，但她的肩膀在微微颤抖，这证明她正在强忍着情绪。

从敏敏告诉她那铺天盖地的新闻的时候，庄瑜就知道会有此一劫。此刻，她的鼻子酸到极致：“您想知道什么都可以问。”

就算是想打我骂我都可以。

陈晶深呼吸：“我是有很多话要问。本来我想问，那个给我寄邮件的柳世南是不是跟你有什么关系，但是现在我看也不必问了。”

“陈晶阿姨，我……”庄瑜想甩开柳世南的手，可是他握着她的手，那样紧。

“小瑜，我知道你难。”陈晶说，“但是我没想到你为了跟苏雅梅斗，能把我拖下水。今天所有的头版头条都是我丈夫、我丈夫的小三、我信任的侄女，还有我。我们陈家在这里也是有头有脸的人物，可是闹成这样你让我家族的面子往哪儿放？”

“陈晶阿姨，对不起，我错了。”此刻除了道歉，庄瑜不知道该说什么。

“你想要我支持你，可以跟我说。但是你用这么卑劣的手段，拍了我丈夫跟小模特的照片，寄到我加拿大的家里。你自己清楚，这并不是关心我，而是居心不良！”

陈晶停顿了一下，痛心地说：“陈宇出事的时候你还特地赶来看他，我以为你是真的关心我们。可现在想想，你应该是觉得愧疚，对吗？”

庄瑜张了张嘴，她想解释，可是她怎么解释？这件事不是她的主意，却因她而起。她不能做了恬不知耻的受益者，到头来还把自己撇得一干二净。

“陈晶阿姨……”

陈晶打断她：“小瑜，我结婚的时候，你还是我的花童。可现在你却把我当成你权力斗争的砝码。你知道这叫什么吗？”

陈晶的胸口剧烈地起伏了一下：“这叫不要脸！”

庄瑜像是被人扇了一巴掌，脸一阵青一阵白的。她的眼睛盯着陈晶紧紧握住的拳头，她恨不得陈晶真的上来打自己。

然而陈晶没有，她只是用失望透顶的语气对庄瑜说：“从今天起，你不要再叫我阿姨，我也再没有你这样的侄女。以后不管发生什么，我们都不要再见面，这是我作为长辈对你最后的一点宽容。”

陈晶说完便离开了，庄瑜看着电梯门再次关闭，才一点点将自己的手从柳世南的掌中抽出来。

柳世南垂头，看到庄瑜的眼里滚动着眼泪。她狠狠地咬住下唇，娇嫩的嘴唇竟然渗出血丝。

他皱了皱眉头说：“有时候想赢是要付出代价的。”

庄瑜摇了摇头，又摇了摇头。

这怎么会是赢呢？这是众叛亲离！

第十章

美术馆

苏雅梅早上刚到办公室，就看到侯正宪坐在沙发上等她。此时的他已经被公司停职了。

侯正宪看到她，立刻站起身：“梅姐。”

苏雅梅瞧了他一眼，他便奸笑起来。

苏雅梅冷哼一声：“你拿镜子照照，看看自己现在像什么样子？”

侯正宪不以为意地说：“梅姐，不管我现在是什么样子，都比庄瑜好看吧？我早说过，这个庄瑜就是个丧门星。”

苏雅梅没接话，走到办公桌前坐下。

侯正宪跟过去给她比大拇指：“要说手段，梅姐你是这个！我听说昨天陈晶就去找庄瑜了，我老婆这脾气，就是不动手，也不会说什么好听的。真解气！”

侯正宪被解聘的会议结束之后，苏雅梅立刻派人去查。这件事既然是庄瑜做的，就一定会有痕迹。苏雅梅要把这个证据放在陈晶的面前，让陈晶看看庄瑜是怎么离间他们夫妇的。

既然陈晶不会再支持她苏雅梅，那也不能让陈晶支持庄瑜。

玩明的，庄瑜现在占优势；可是玩暗的，苏雅梅相信，自己纵横商界这么多年，庄瑜还不是她的对手。

查到证据之后，苏雅梅没有把东西发给陈晶，而是通过庄怜心的经纪人Maggie找了几个靠谱的八卦媒体把这件事夸大其词地爆出来。这样既能让陈晶知道，又能激怒陈家人，苏雅梅还能置身事外。

果然，陈晶知道了资料是柳世南派人寄到加拿大的，又联想到庄瑜跟柳世南的关系，表现得既愤怒又失望。而苏雅梅要的就是陈晶的愤怒和失望。她巴不得董事会里所有支持庄瑜的人都像现在的陈晶一样，一个接一个地离开。

苏雅梅想到这里，对侯正宪说："帮我找GK的薛明，我要同他谈谈。"

侯正宪一愣："薛明？"

"嗯。"

薛明是本地知名证券公司的老板，除了几大股东外，手上握有最多正信股票的人就是他。

正信的股价在庄正信去世后急剧下跌，薛明亏损了不少，这也使得他对庄瑜无法力挽狂澜这件事颇有微词。最近，薛明不止一次在电视节目上发表评论，暗示自己不看好正信的发展。

苏雅梅就是看上了他现在急于套现的需求，才会想到与他合作。柳世南之外，薛明是最好的结盟人选。

如果能同薛明联合，苏雅梅就有希望逼走庄瑜，顺利掌控整个公司。

"可是梅姐，你跟薛明不是不对付吗？"侯正宪问。

苏雅梅笑了笑："现在我们的目标一致，就是朋友。"

侯正宪听她这么说，一拍大腿道："还是梅姐女中豪杰，我就说嘛，既然想做，就是宜早不宜迟。我们都准备了那么久，难道还怕对付不了一个黄毛丫头？我这就把您的话带给薛明。"

"别高兴得太早！"苏雅梅挑眉斜睨了他一眼，忍不住泼冷水，"你跟陈晶的事情到底解决得怎么样了？这婚还离不离？不要事情进行到最后，坏在你这里。"

“没问题。夫妻本是同林鸟，不到大难临头就不是拆分的时候。像我们这样的老夫老妻，血肉都连在一起，真要是分开了，两方都会元气大伤，我们又没有签婚前协议。何况我家夫人想离，她家老爷子为了面子也是不会同意的。”

“真不离了？”苏雅梅问。

“反正老爷子那一关我是过了，我跟陈晶以后大不了各玩各的。她人在加拿大，天高皇帝远，这次要不是庄瑜，怎么可能坏事？”

侯正宪说起这件事，不以为耻，反以为荣。

苏雅梅没说话，目光定在桌前的一张她跟庄正信的合照上。那个时候的正信集团如初升的朝阳一般充满了希望与活力，而他们的感情也是最好的时候。可是现在呢？所有的海誓山盟都因为一张轻飘飘的遗嘱而烟消云散。

这个世上最靠不住的，是男人的誓言。

侯正宪：“梅姐，那个柳世南到底是什么来路？”

苏雅梅回神，并没有直接回答他的问题，而是提醒道：“别的事你不用担心，现阶段最重要的是要搞定GK的薛明。联盟一旦结成，我们就可以行动了。”

侯正宪点头：“行。”

“我马上会休年假，高调去国外旅行，这样也能让庄瑜放松一下警惕。”苏雅梅说完又交代，“还有李伟的事情，你做事干净一点。我早就说过，不要去招惹他，不要去招惹他，你就是不听……”

侯正宪打断苏雅梅，大大咧咧地说：“李伟那个家伙就是想要钱，他什么都不知道，没问题的。”

苏雅梅冷哼：“李爱兰跟他是姑侄！他们可比跟你亲近！把李爱兰弄出国对我们都好。”

“我是想弄，可是她不肯走啊！”侯正宪辩解道。

“她放在这里就是一块心病。我不管她跑到哪里，总之，你赶紧想办法找到李爱兰，处理好这件事！听到没有？”苏雅梅心烦地道。

“您放心吧！这件事，我自有主张！”侯正宪狞笑。

苏雅梅看着侯正宪就觉得头疼，于是挥了挥手，示意他出去。直到办公室的门被关上，苏雅梅才抬手将那个夹着她跟庄正信的合照的相框翻过来扣下。

随着她的拖动，金属相框在木质的桌子上滑动，发出刺耳的声响。最后“啪”的一声，掉在了打开的抽屉里。

门外，侯正宪拨打了一个电话。那边才刚接起来，他就笑了：“喂，岑律师，你马上给我保个人。”

M私人美术馆的书法展，柳世南已经在这里待了一上午了。他看着眼前的那幅字，是东晋某位书法家的真迹。明明写得舒展自在，他却看得心乱。

庄瑜已经几天没跟他说话了。陈晶的事情对她的打击很大，他知道她一向重感情，只是没想到连陈晶都对她影响这么大。不过也就是因为她重感情，才会给他机会吧?

他听说庄瑜最近都在带着新加坡那个基金会的人到处考察。

共享住宅，一栋浓缩在摩天大楼里的共享住宅。他是真的没有想到，正信西区的计划竟然是一个要建在未来CBD中央的半公益性质的共享住宅!

庄正信疯了，连带着苏雅梅疯了，现在庄瑜都跟着疯了。

疯了好，柳世南心说，疯了好啊!

可是为什么他心里总是会有令他觉得陌生的不安呢?

这时，杨帆走了过来，跟他报备，Annie小姐来了。

柳世南整理了一下衬衫，朝着门口走去。才走到一半，他已经看到了安婉怡。她笑盈盈地走来，朝着他伸出双臂，柳世南握住她的右手。

安婉怡有点无奈：“你也太吝啬了吧?”

她没跟庄瑜说谎，在Y大的时候，有很多金发碧眼的洋妞追过柳世南。但安婉怡还有一点没说，那就是她也追过柳世南。

“放心，不会赖着你的，我已经结婚啦。”安婉怡说。

柳世南勾起嘴角：“好久不见。”

安婉怡是知道他的，他不想做的事情，再怎么勉强都不行。此时，她环视四周，才发现这里竟然只有他们两个人。

“你包下了整间美术馆？”她问。

“这是我的美术馆。”他说。

安婉怡恍然大悟，难怪这里叫M美术馆。

“Micheal，你是不是同学里最优秀的那个人？”安婉怡问。

他语气平淡地说：“我一直是个优秀的人。”

安婉怡撇撇嘴，这个男人真的是过于有魅力了，连说这种话都不会令人讨厌。她这么想着背起手，一边欣赏展柜里的书法作品，一边说：“好啦，让我猜猜，你今天约我见面是想聊聊正信那个项目？”

柳世南跟在她后面：“是。”

安婉怡点点头，接着又回头问他：“我听庄小姐说，你应该已经看过图纸了，你怎么想？”

柳世南挑眉，看来庄瑜还记得自己落在他套房里的那套图纸。

柳世南道：“这是一个很好的项目，建筑内部设计上有难度，理念上需要再讨论，但它最大的问题是五十年后才可能开始赢利。”

而在中国，商业用地的年限是四十年，综合用地的年限是五十年。这个时间是从开发商通过招标取得项目用地那一年开始算起的。

所以这个计划才会被苏雅梅那么强烈地反对。

商人首先要逐利。在这一点上，柳世南不认为苏雅梅有错。柳世南一样不能理解，庄正信做了一辈子商人，为什么忽然就想做圣人了？这种没有赢利点的项目，摆明了就是一个白日梦。

“所以啊，庄小姐找到了我们。你也知道，我们基金会就是为了资助这种项目而成立的。”

安婉怡顿了顿说：“我倒是很为这个计划感动。就像庄小姐说的，老龄化现在是全球都需要面对的问题。而现在的中国早已进入了人口老龄化国家的行列。解决老龄化问题，让老人对自己的晚年生活更有信心，这需要政府、社会和企业的共同参与。”

安婉怡说完以后，柳世南很久都没有说话。

她转过身来站定，看着他："Micheal，庄小姐说这个计划她还没跟你深谈，但是她说她大概能猜到你的想法。"

"哦？"柳世南没想到这两个女人会聊起自己，但一想到Annie这跟谁都自来熟的性格，倒也不意外。

"你好不好奇她说了什么？"

他看着安婉怡，安婉怡也看着他。

许久，安婉怡笑了："你可真是不求人啊！还好我没追到你，你这种人实在是太闷啦，还是我幽默风趣的老公更适合我。"

柳世南笑了笑。

"不过你也知道，我很八卦的，你不问我也要说。庄小姐说，你一定会对她说，这个计划是白日做梦。"

柳世南愣了一下，忽然大笑了几声。

这是Annie第一次看到他毫不掩饰地笑，她又想到庄瑜聊起柳世南的样子。她想，这两个人应该是很相爱的。

那晚，这两个老同学又谈了很多。离开美术馆后，柳世南做东请她吃饭。席间两个人也喝了酒，最后柳世南把她送回酒店。车门打开，安婉怡忽然转头对他说："Micheal，庄瑜小姐是你的the one（唯一）吧？"

柳世南挑了挑眉，他并不打算跟任何人聊庄瑜以及他对庄瑜的感情。即使是老同学也不可以。

他不说话，安婉怡却并未打算停止："因为你提起庄小姐的时候，连语调都会变得很温柔。喂，原来你不是个木头人啊？！"

彼时夜晚的微风从两个人之间穿过，柳世南眉眼深沉："Annie小姐醉了，杨帆你送她上楼。"

杨帆应了一声，把人扶出来。柳世南转身从车座后面拿了那个袋子出来，那是庄瑜上一次求和时带过来的图纸。

他看着那个袋子，不由得想起那晚旖旎的灯光下，庄瑜在套房里主动凑近他吻他的样子，他像抱着小孩子一样抱起她时她的样子，以及她被他放倒在床上的样子……

他的心里或许还有些纠结，但他的身体却无比诚实地告诉他，他们在某个方面契合到了极致。

他想到这里，嘴角漾起一抹温柔的笑。

当你的小猫咪生气，离家出走不肯回来的时候，你唯一解除思念的办法就是亲自去找她。

对庄瑜而言，柳世南讨人厌的地方有很多，但最最令她讨厌的，是他喜欢挖她这个睡眠不好的人起床。

比如现在，庄瑜眯着眼看时钟，凌晨一点。她烦躁地薅了薅头发，她可是在床上翻了两个小时才好不容易睡着的。

柳世南看着来给他开门的庄瑜眼圈下面一片青，眯眼看着他。因为睡觉被打扰了，她的脖颈显得有些僵硬，又因为身形细瘦，看上去就像根豆芽菜。

他忽然就想到Annie问他的“the one”的问题。

柳世南没想到自己的the one是根豆芽菜！

“我要进去坐！”他的口气有些不讲理。

不知道从什么时候开始，他越发对她不讲理了。

他说完，看庄瑜站着不动，侧身绕过她往里走，一边走还一边问：“有吃的吗？”

她跟在他后面，思维停滞。她恍惚记得，他们这几天是在冷战啊。

他站住，她也站住。

“我问你话呢！”他中气十足地说。

大半夜的扰人清梦，他还不耐烦起来了？！

庄瑜有点生气，语气不好地道：“不知道！”

柳世南定定地看了她一会儿，抬手刮了一下她的鼻尖，接着冷哼了一声往厨房走去。

庄瑜这才想起什么，想挡住他时已经晚了。

上次，他送的蛋糕，蛋糕是没救了，可包装盒却被她好好地保存在厨房里。他身形定住，回头看着庄瑜。她这个时候反应倒挺快：“我的家政人员假期延长了！”

他勾了勾嘴角，再回头，目光锁定一个位于上方的橱柜。打开柜门，他从里面找出一包泡面来。红色的包装袋上是一个大写的“辛”字。

庄瑜不知道自己家还有这种东西。

“吃吗？”他问。

庄瑜说：“不。”

她到现在都很迷惑，这个人三更半夜来这里要一包泡面是要干什么！泡面哪里不能吃？CBD的不夜城，二十四小时的便利商店，随便哪个女人的温柔乡。为什么要来骚扰她这个失眠人士！而且，从头到尾，他一点歉意都没有！

因为上次来过，他对她的厨房轻车熟路。

很快，一碗泡面泡好，满室都是垃圾食品的香味。

大概是觉得自己已经问过她了，柳世南也没再让，直接将那碗泡面吃了个干净。庄瑜就那么瞪着他，许久，她忍不住捂着嘴巴打了个大大的哈欠。

他似乎对她打哈欠这件事很感兴趣，凑近她问：“困了？”

废话！

庄瑜脸上的表情出卖了她，柳世南看出了她对他忽然产生的不满。他没多说什么，拿起碗筷放入水槽。

庄瑜终于忍不住问：“你来是为了吃泡面的吗？”

“不是啊，”他转身看着她的眼睛，悠闲地说，“我来是想跟你睡觉的。”

“……”

他的语言很直白，庄瑜这下子清醒了，可他也走到了她面前。那双深不见底的眼睛看着她，似乎可以将她的心神都溺死在里面。

忽然，他的唇侵袭了上来，带着炽热的气息，能烫到人心似的。下一秒，她双脚腾空被横抱起来。

庄瑜在慌乱中跟他对视，他这一次的眼神跟上一次他们在一起的时候是那样不同。像是嗅到了暴风雨来临的味道，庄瑜整个人都莫名地抖了一下。

第二日是周末，庄瑜一夜未醒。有微光透过厚厚的窗帘洒入室内，她身边的人还在熟睡。她侧过头看着他，隐约感觉到他昨晚其实是来求和的，却又不知道该怎么求和，所以就像一个霸道的小孩子一样，进了门跟她胡搅蛮缠。

庄瑜想到这里，忽然觉得心软软的。她翻了个身，腰酸背痛。

庄瑜皱了皱眉头，昨天她的预感一点也没有错，她自遇到他之后，从未见他进行过如此淋漓尽致的表达，虽说是用身体。

最后，庄瑜感觉自己像是被摁在水中，拼尽全力想要冲出水面呼吸。为了那一口氧气，她不停地在他的耳边说温柔的情话，以期他给自己一个灵魂的出口。

庄瑜想到这里，叹了口气——他们这算是什么解决矛盾的方案?

很快，她动作略带迟缓地坐起身，悄悄地下床，踏过地上被他揉皱了的睡衣，进入衣帽间。

洗一个热水澡，再冲上一杯咖啡，庄瑜这才感觉自己活过来了。她抬手揉了揉颈后，就看到精神十足的柳世南出现在吧台前。她洗漱后拿了一套庄瑞的睡衣给他，但是他没穿。

这个人在某些方面很有些奇怪的洁癖。

“喝咖啡吗？”她主动问。

他应了一声，在她对面坐下。

庄瑜转身给他冲咖啡。她盯着咖啡机工作的时候听到他问:“庄瑞不在？”

庄瑜颔首又回头看他：“叶樱……”

“出去玩了。”他顿了顿，“我跟你说过吧？让你提醒庄瑞不要离叶樱太近。”

咖啡冲好了，她给他端过来放在桌上。庄瑜坐上高脚凳，盯着他喝了一口。他像是很满意似的，又喝了一口。

“你知道爸爸为什么没把公司给阿瑞吗？”庄瑜开口，忽然问了他一个问题。

柳世南看着庄瑜。

“因为他知道阿瑞不愿意接手公司，他们曾经为阿瑞上大学选专业的事情吵过架，冷战过。爸爸输了。”

阿瑞，是那种会在沉默中爆发的孩子。

柳世南挑眉，庄瑜嘴角勾起一抹无奈的笑。

“没想到吧？看上去斯斯文文的阿瑞，会是这么坚持的人。”庄瑜说起弟弟，目光总是别样温柔。

柳世南想，庄瑞的某种性格特征大概在家庭成长的环境中被无限压抑了，遇见叶樱只是个导火索。

庄瑜按住太阳穴：“我到现在都记得，阿瑞跟爸爸吵架那次很激动地说，他除了自由什么都不想要。”

可是，这世上又哪里会有真正的自由？

我们都活在这样或者那样的束缚之中，被生活、被事业、被亲情、被爱情束缚着。

“你怕你出言阻止庄瑞跟叶樱恋爱会引起他的反弹？”柳世南问。

庄瑜点点头，又问：“你知道他们这次去干什么了吗？”

柳世南又喝了一口咖啡，皱了皱眉刚要说话，门铃响了。庄瑜走过去让保安放人进来，又走过去跟柳世南说：“你的助理来了。是给你送衣服的吗？”

柳世南“嗯”了一声说：“我马上要去伦敦跟人谈合作，可能需要一段时间，最顺利也要一周的时间。”

这是他第一次这么具体地跟她交代行踪，庄瑜跟在他身后，心里一阵暖意，她想自己还是很在意这些小细节的。可是人与人之间的关系可不就是这些小细节堆叠出来的吗？无论是信任还是怨怒。

柳世南拿到衣服之后吩咐杨帆："你跟庄小姐说说叶樱最近在做的事。"

柳世南转身去换衣服，庄瑜看着杨帆。

杨帆恭恭敬敬地对庄瑜说："叶樱小姐最近迷上了洞穴潜水。"

庄瑜的脑子里"嗡"了一声，这女孩怎么总是挑这些极限运动来做？

"洞穴潜水是很危险的运动吧？"庄瑜赶忙问了一句。

杨帆说："是。"

庄瑜想到弟弟在社交媒体上发的那些照片，全是在海滩晒太阳。估计是庄瑞怕她会担心，所以才用了一点点小心思，蒙混过关。

可是，这是能蒙混过去的吗？

庄瑜忍不住在心里埋怨弟弟，深夜赛车已经让她心惊胆战了，却还不是他的极限。

杨帆还在说着什么，不过已经不重要了。关心则乱，此刻的庄瑜满脑子都是"洞穴潜水"四个字，有点眼冒金星。她都不知道庄瑞是什么时候拿到潜水执照的。

最后，她越想越害怕，甚至连柳世南换好衣服出来跟她说了什么都没听清。她紧张得每一根头发丝都溢出担心。

水声"哗啦啦"地响，叶樱浮出水面，庄瑞还没出来。虽然是她带着他来潜水，但是下水几次后，叶樱开始明白，庄瑞比她更迷恋这种冒险活动。

据说每年至少有二十个人会死于这种类型的探险。

庄瑞是在母亲去世的那一年学会潜水的。

人在海里每一寸的下沉都带着无限的压力和危险。海底世界虽然美妙，但对于人类而言，它一定不会比陆地舒服。而且，人一旦沉入深海的洞穴，周遭便只有黑暗。

那是一个可以，并且只能跟自己的灵魂对话的地方。

庄瑞浮出水面，叶樱笑看着他，朝他抛飞吻。庄瑞开心地笑着，抬手抹了一把脸。

探险结束，两个人收拾好自己便坐直升机回到酒店。

一进房间，叶樱便犯懒躺在床上，让庄瑞先洗澡。庄瑞无奈，只好拿了换洗的衣服去了洗澡间。不一会儿，耳边传来“哗哗”的水声，叶樱似想起什么，去桌上拿了手机充电。

她找充电线的时候，看到庄瑞的手机屏幕亮了，来电显示是“姐姐”。

为了让叶樱放心，庄瑞将叶樱的指纹也录入了自己的手机中。此刻她举起拇指，轻而易举地进入庄瑞的手机切断电话。

叶樱翻看庄瑜发给庄瑞的信息，上面全是对他在搞海底探险的质问。叶樱这才知道，原来庄瑞没告诉庄瑜他们在干什么。

叶樱想到这里，开始一条接一条地删掉庄瑜的信息和来电。她的心里因为这个小动作涌起一股变态的快感。

“在看什么？”庄瑞站在玄关处，一边问一边擦着头发。

叶樱先是一愣，接着关了他的手机。

庄瑞去拿手机，叶樱把手往后一撤，又狡黠一笑：“你的手机被我没收啦！还有，钱包！”

庄瑞问：“为什么？”

“因为我想独占你呀！”叶樱甜甜地说，“你说过会心无旁骛地陪我的。”

在庄瑞眼中，叶樱的眼神连世界上最坚硬的石头都可以融化。

他走过来将她圈在怀里：“我当然会陪你。”

叶樱开心地笑了。她向庄瑞伸出双手，庄瑞被她抱入怀里。

许久，庄瑞听到叶樱说：“我爸爸过几天会来看我，他说他想见见你。”

一夜过去，庄瑞居然还没有回她的信息！

庄瑜看着手机皱起眉头。身边传来响动，一名警察押着李伟从她身边经过。

李伟用挑衅的、不怀好意的眼神看着庄瑜，庄瑜也瞪视着他。

她都不知道李伟什么时候取保候审了，而他出来后的第一件事竟然是跑到正信大厦的门口闹事。

警察发现了李伟的不老实，教训道："看什么看，赶紧走！"

李伟这才收回目光，大步朝里面走去。

庄瑜看着那个大摇大摆的背影，不明白这个男人为什么怎么甩也甩不掉。听警察说，李爱兰又消失了。

庄瑜想不出在侦查技术这样发达的社会，怎么会找不到一个女人。

早上上班高峰期的时候，李伟一个人拿着大喇叭，站在公司门前，大声地咒骂。他的嘴里不断地蹦出"无良""奸商""财大通神，势大压人"这样的字眼，仿佛不久之前那个在法官面前承认自己讹人的恶霸是庄瑜，而不是他。

彼时，穿梭的路人和闻讯而来的媒体记者纷纷举起镜头记录下这一幕。

一个总资产达几十亿的女老总和一个衣衫褴褛的青年，不明真相，也没那么多时间去探究真相的群众会站在哪一边？希望事情越闹越大，一个月都不缺头条的媒体又会站在哪一边？庄瑜不敢多想。

警察说："庄女士，这次的事情我们会严肃处理的。"

办好手续的敏敏走到庄瑜身边说："瑜姐，我送你回去休息吧。"

庄瑜恍惚地听着这些话，脑子里想的却是她被李伟拦住去路之后双方发生的争执。

李伟朝着她冲过来，庄瑜下意识地后退。她至今还记得自己在会议室里被李伟掐到失去呼吸的感觉——濒死的感觉。

就在李伟要攥住她手腕的瞬间，门口的保安冲了上来。他们本来是来拉架的，可是没想到李伟下手很重，一个保安直接被李伟推下了高高的台阶。

公司门前的台阶不算高，却也不算矮。

庄瑜大叫一声后追下去，所以她第一时间看到那位年轻保安的后脑流出了鲜血。慌乱中，庄瑜看了一眼他的工作牌，小伙子叫景川。

她不敢动景川，只能大叫："快打120！"

“瑜姐，你没事吧？”敏敏问。

庄瑜回神问：“景川怎么样了？”

敏敏面露难色：“他还在医院。”

庄瑜心一紧：“情况有多严重？”

敏敏说：“我刚刚问过了，抢救已经结束，现在在病房。”

庄瑜满心抱歉，对敏敏说：“我得去医院看看。”

“可是瑜姐，你现在去医院，咱们会被媒体给吃了的！”敏敏说着拿出手机，给庄瑜看公司会计发回来的视频。医院门口是等着庄瑜上门，时刻准备吞人噬骨的长枪短炮。

敏敏说：“瑜姐，咱们现在要从这里出去，都要问警察后门在哪儿。”

“没事。”庄瑜说，“我们主要是看看景川，他救了我。”

她说着想起景川那张脸，青春逼人的脸，看上去甚至比庄瑞还年轻。庄瑜想，不管从哪一个方面考虑，她都得去看看。如果不是有景川保护，被人从台阶上推下来的人很可能就是她。

谁知敏敏说了一句：“家属更可怕。”

庄瑜一愣：“什么意思？”

敏敏滑动手机给庄瑜看手术室外的画面。不明真相的家属对公司跟去的保安组长和会计发脾气，又打又骂。

“我不管，我弟弟就是被你们这些富二代给害的！”

声音从手机里传出来，从耳际直刺心脏。烈日当头，庄瑜心里却一阵一阵地发凉。

为什么家里的护工贩卖主人的隐私被解雇，到头来却要受害的雇主一次又一次地为此来埋单？

庄瑜此刻真是恨透了站在李伟背后的苏雅梅跟侯正宪。警察刚刚告诉她，就是正信的律师把李伟给保释出去的。

庄瑜气愤地握紧拳头。

“瑜姐，就算是要去，咱们也要换套衣服不是？”敏敏见庄瑜不动，又说。

庄瑜垂头看了一眼，自己今天穿了浅蓝色的套装，现在上面黑一块黄一块，已经脏得不像话。她抬头想整理一下头发，却发现头发也打了结。

乱七八糟，一切都乱七八糟。

她于是答应敏敏先回家，警察也挺同情庄瑜的，帮她解决了外界的困扰。车子飞驰在回家的路上，庄瑜的思绪也渐渐平静下来。她在内心一遍遍地问自己，如果自己是景川的家属，那么她希望对方能有什么样的态度。

很快，庄瑜的内心给出了答案——诚恳。

诚恳的感谢，诚恳的道歉。

车子已经快开到家了，庄瑜忽然开口对司机说：“陈师傅，麻烦你掉头去医院。”

敏敏吃惊地回头：“瑜姐？！”

“不管是道歉、感谢，还是关心，都是宜早不宜迟。”庄瑜说。

她现在是狼狈。但狼狈也好，狼狈才不会让家属觉得她这个浑身名牌的主席是去施压的。

大概是因为媒体收到消息，以为她回家了，庄瑜到医院的时候看到的记者并不算多。庄瑜在下车前嘱咐敏敏用手机记录接下来的事情，这是她根据之前的事情总结的经验。

现在是自媒体时代，大家都用镜头说话，他们可以，那她也可以。以前的庄瑜是不喜欢把家事或者公司的事拿到媒体上讨论的，因为她觉得那样的举动很容易变成泼妇之间的骂战，每一句辩护都像是在喊：“大家过来评评理！”

这种姿态让她觉得有失体面。但是现在，她被推上这个战场，不拿起武器就会一直挨揍。

为了避免一眼被认出来，庄瑜还在中途换了一辆出租车。然而记者们都练就了火眼金睛，庄瑜下车刚走了两步就被记者团团围住。

庄瑜无奈，只得先于记者们开口：“各位，我知道大家来这里是为了工作，很辛苦。可是我来的目的是探病，还请各位行个方便。有什么问题，等我探病出来，咱们再找机会聊。”

这一次，连记者都觉得庄瑜的态度和反应比之前要好得多，处理事情也变得圆滑成熟。见她这么大方，记者反而没有为难她。

庄瑜在车上特地用湿纸巾卸了妆，露出清白的脸色，在镜头下更显憔悴、吓人。看病人不能空着手，她还在路上停了一下，精挑细选买了果篮和鲜花。

进了医院大门，公司的会计下来接庄瑜跟敏敏。会计看到媒体的人一愣，庄瑜却示意她不必紧张。就这样，三个人和记者一起去了高级病房区。

之前庄瑜便跟会计交代了要给景川安排最好的病房，所以景川住的是套间。

此刻门半掩着，可以看到景川还在昏迷当中，而他身边坐着一个长发女孩。

庄瑜十分礼貌地敲门，那个女孩转过头，神情讶异地看着庄瑜。

“你好。”庄瑜说，“我是正信集团的主席，庄瑜。景川是因为我……”

“滚啊！滚出去！”女孩还没有说话，从卫生间里忽然走出一个男人。他穿着蓝色的工装，上面有白色的点状痕迹。此时他的双手还是湿的，头发乱蓬蓬的，横着眉毛对着庄瑜咆哮。

敏敏看那个人凶神恶煞的，吓得后退了一步。

“我是来看看小景的情况，并没有恶意。”庄瑜脸上挂着微笑，转身拿了敏敏手里的花，将鲜花和水果篮一起递到病床前那个女孩的手里。

庄瑜温和地对女孩说：“这是我的一点心意。”

女孩还没回答，工装男就骂了一句很脏的脏话，又继续吼道：“我让你们滚听见没有！怎么？把人打成这样，就送这么个破玩意儿打发了？我告诉你，别以为你们是大企业，有钱就能胡作非为，我们的命再贱，也是一条人命！”

工装男说完又对那个女孩厉声吼道：“愣着干什么？把东西还给他们！”

“大哥，你……你别这样。”女孩手里还捧着果篮，怯生生地对工装男开口。

工装男却好似没听到，二话不说上前就把果篮和鲜花从妹妹的手里夺过来，朝着庄瑜扔了过去。

庄瑜下意识地抬手挡了一下，手臂上一阵剧痛，又立刻红了。

水果和鲜花散落一地，碎的碎，爆的爆，成了无法收拾的烂摊子，就像是庄瑜荒腔走板的人生。

“我告诉你们，少在这边猫哭耗子假慈悲。我弟弟这次要是没什么问题还好，要是有什么问题，我要你们姓庄的偿命！”

庄瑜有些迷惑，她不知道他为什么会有这种认知，明明推景川下去的人是李伟。

敏敏看着那个人像是随时要扑上来的样子，害怕极了，暗中拉了拉庄瑜的衣角，在她耳边小声道：“瑜姐，我看我们还是先走吧。”

然而庄瑜却蹲下扶好果篮，一点一点把没有摔烂的水果放进篮子里，弄好后摆在门边才缓缓说道：“小景是因为帮我才受的伤，我来是表示关心和感谢的。我……”

工装男又开始骂骂咧咧：“废话那么多干什么？！”

工装男大步走上来挥拳打人，却被那个小女孩拦住。小女孩一边拦着工装男，一边回头对庄瑜喊：“你走吧，你们快走！”

庄瑜无奈，退后一步，弯腰九十度给女孩和工装男鞠躬。

“还不走是不是？！”

庄瑜刚刚直起身，就看到工装男将拦着他的妹妹推倒在地，接着随手拎起墙边的铁桶，气势汹汹地朝着庄瑜泼过来。

那里面是整整一桶白油漆。

第十一章 宴客厅

柳世南看到那条跟庄瑜有关的新闻时人还在伦敦。他这趟行程本来是保密的，但就在前一天，养父出现了，跟他住同一家酒店，跟他在同一个时间用早餐。

养父的出现让柳世南不由得警惕起来。

面对面坐下后，柳世南才开口叫了一声："父亲。"

柳瑞德便开门见山道："阿南，Alpha跟正信的事你该提早告诉我的。"

柳瑞德说的是柳世南手上在推进的案子。知名电池制造公司Alpha，因为扩张需求，近年来一直在全球四处收购其他拥有电池专利的公司。

不久前，Alpha盯上了正信旗下的电池业务。为了能完成向电动航空领域供货的野心，这家公司向柳世南提出了一个合作意向，希望能够通过安丰来评估、协助，完成Alpha对正信旗下电池部分业务的收购。

Alpha公司表示如果这次收购成功，不但会支付这次交易的费用，还会跟安丰签订一份数额巨大的长期合作协议。而后一个条件，令柳世南心动了。因为一旦有了这份合同，他就有了完全摆脱养父控制的资本。

由于之前的几年，同样的收购提案都遭到了庄正信的拒绝，柳世南在做这个案子的前期调查时格外谨慎和低调。只有Alpha和安丰内部的高层，和几家同安丰有合作的投行才知道这件事。

然而他现在还蛰伏未动，养父是怎么知道这个消息的呢?

“这么大的收购案，为什么不提前告诉我？”柳瑞德看着柳世南，一双眼睛精光四射。

彼时侍者把两份早餐一同端上来，柳世南面前的是一杯咖啡，而养父的则是一杯英式红茶。

柳世南盯着那杯红茶。他非常讨厌英式红茶，一杯好好的茶又是加奶又是加糖，顿时就显得不是那么回事儿了。

就像他跟养父的关系。

柳世南清楚，养父到了这个年纪，是很少为了什么事特地出国的。既然他从美国飞到了英国，就代表他有明确的目的。

这目的是什么呢？难道说养父猜到了他想摆脱掌控，所以特地来警告他?

“阿南？”

柳世南抬头，正要回答养父的时候，看到杨帆站在不远处。

助理跟着他久了，一个眼神柳世南就能看出事情的轻重缓急。柳世南对养父说了句“抱歉”，抬手一挥，示意杨帆过来。

杨帆来了先是向柳瑞德鞠躬，才把手机递给柳世南。

柳世南看着照片里的女人，站立在原地如同一座白色的雕塑，惊愕、狼狈、不知所措。

刚刚养父对他步步紧逼的时候柳世南都没流露出半分情绪，可是此时他的眼底却闪过了一抹冰冷的光。

“发生了什么事？”坐在对面的养父发现了他的异样。

柳世南转头将手机还给杨帆。

“一点小事。”柳世南对着养父笑了笑。

“是吗？为什么我觉得你在担心什么呢？”柳瑞德说着，用那双精明的眼睛盯着自己的养子。

柳世南本来想开口将这个问题糊弄过去的，却不料养父又开口了。

柳瑞德说："阿南，我想，这个世界上除了叶樱，应该没有人有能力让你这样担心，对吗？"

柳世南自己都没想到，自己竟然眼睛都不眨一下地平和地道："当然。"

"很好。"柳瑞德说，"阿南，你是我精挑细选出来陪伴叶樱的孩子，而这种陪伴，我希望是绵延一生的。我想我们在这个问题上是有共识的，对吗？"

养父的语气明明很淡，柳世南却感觉心中一凛。他端起咖啡慢慢地品了一口，接着又缓缓点了点头，面不改色地撒谎："那是当然了，父亲。"

阿珍休假结束，回到庄家就看到庄瑜放在客厅里的手机。自接班之后，瑜小姐一向是手机不离身的，阿珍觉得很奇怪，便走到庄瑜的房门外。

门没有关严，透过门缝，阿珍看到庄瑜躺在床上，用毯子把自己裹成一个蚕蛹的形状。阿珍敲门之后又推门而入，这才发现屋子里充斥着一股奇怪的味道，像是油漆、汽油和玫瑰香薰的混合体。

阿珍往里走，庄瑜床头的小夜灯亮起来。她借着微光看到庄瑜闭眼皱着眉头，额头上全是汗。

"瑜小姐？瑜小姐？"阿珍尝试唤醒庄瑜。

许久，庄瑜才睁开眼睛，好一会儿才开口："你回来了？"

"是啊。"阿珍问，"瑜小姐，你是不是生病啦？声音怎么成了这样子？吃药了吗？"

阿珍想起她走的那天，庄瑜的嗓子还在发炎。最近这大半年，瑜小姐的抵抗力变得出奇的差，仿佛风一吹就会生病。

庄瑜还是懵懂地看着阿珍，像是大脑在处理阿珍刚刚问出的问题。

阿珍瞧她真的病得很厉害的样子，小声请示："我去请医生来吧？"

漫长的愣怔过后，庄瑜好似终于恢复了一些清明，她艰难地说："不用，药没有了，你叫人送一些来。"

庄瑜的嗓子像是被火燎过一样。

庄瑜昨天被敏敏送回来，又是用稀释剂擦身，又是洗澡、洗头，弄到大半夜才把自己弄干净。

阿珍说："我马上去。"

阿珍快步走到门口，又替庄瑜调试了一下空调，才匆匆离开。

庄瑜没等阿珍的脚步声消失，就重新跌回了梦境。

无边无际的黑暗将她包围，她第一次被幽灵疯狂地追逐。她怕得要命，不停地往前跑，终于在黑暗的尽头处看到一扇门。

她惊喜地打开那扇门，又看到一堆的门，接着无论她打开哪一扇，那个幽灵都会从里面冲出来。

"救命！救命！"

庄瑜拼命地大喊，却没有人应声。最后她筋疲力尽，终于双腿一软跌坐在原地，痛哭起来。

"庄瑜，庄瑜。"

有人叫着她的名字。

坐在黑暗里的庄瑜抬起头，但她还是什么也看不到。

"庄瑜，庄瑜。"

那个人不肯死心，庄瑜站起身，忽然不知道被谁拉了一把，感觉整个人都向下一坠。她"啊"的一声惊醒，竟看到了柳世南的脸。

"做噩梦了？"他问。

庄瑜看了他好一会儿，点头"嗯"了一声。

"你怎么回来了？"

庄瑜记得他走之前跟她说，这一次他要出差至少一周。

柳世南答非所问地道："阿珍说你睡了二十四个小时。"

庄瑜愣了一下，柳世南把她扶起来，又将床头的水拿给她。庄瑜要接水杯，他的手往后撤了一下，示意他来喂。

她的心里有一阵暖流经过，接着一点点啜饮着那杯温水。他的动作温和，角度也拿捏得刚刚好，所以她喝得很顺畅。

等水喝得差不多了，柳世南又抬手摸了摸她的额头：“降温了。”

柳世南松了口气，把水杯放回床头，又问：“梦见什么了这么害怕？”

他另一只手一动，庄瑜才发现自己还紧紧地攥着他的手。

她看了他一会儿，忽然伸手钩住他的脖子，像个小女孩儿，把头埋在他的胸前。她感觉到他颤抖了一下，不过很快便用手一下一下地摸着她的脖颈。他的手掌心很烫，又带着别样的力量。虽然他一句话都没说，庄瑜却觉得自己得到了巨大的安慰。

柳世南看到怀里的人渐渐放松的表情后，眉头才慢慢地皱了起来。

庄瑜刚刚一定做了一个很可怕的梦，因为她在梦里的哭声听上去不像是哭，而像是困兽的哀号，撕心裂肺，比那次在荣悦的哭声更让人心疼。她已经很久没有这样了。

有了他的安抚，庄瑜心底的烦闷终于得到了抚慰。

心理压力得到舒缓后，庄瑜移开身体，面对面又看了柳世南好一会儿，才伸出食指戳了戳他的胸膛：“柳先生，你总是喜欢摸我的脖颈，是不是有什么特殊的癖好？”

柳世南愣了一会儿，复又勾起嘴角。他按住她的脖颈迫使她靠近了一些，不怀好意地问：“我还有很多癖好，庄小姐想先知道哪一个？”

他说着将嘴唇凑近，庄瑜“啊”地大叫一声后挣脱他的控制。

柳世南故意紧追了她几步，庄瑜一路小跑把自己关进浴室里。她跑起来轻盈极了，像非洲大草原上的羚羊。

柳世南忽然想起自己回来曾用过那间浴室，毛巾还没有来得及换新的，便走过去打开门。

庄瑜随手抽了浴巾裹住自己，紧张地望着他。

柳世南说：“又不是没看过。”

庄瑜闻言，拿起手边的浴球砸过去：“不许说！”

柳世南往后一闪，庄瑜便跑过去关上门。

柳世南敲门，便听到庄瑜在里面大喊：“走开啦！大色狼！”

他不由得失笑，不过能这样中气十足地叫喊，证明她的身体已经恢复了。

等庄瑜洗好出来，柳世南已经不在卧室里。

她换了家居服下楼，看到他正站在落地窗边打电话。

庄瑜轻手轻脚地走近想吓他，距离他很近的时候，柳世南忽然转身抓住她，把她搂进怀里。

“你怎么知道我在后面？”她被他搂在怀里的时候问。

柳世南指了指落地窗，那里面反射出他们两个人的身影。此时他们俩相互偎依，让庄瑜觉得自己跟他如同两棵长在一起的树。

女人是一种很神奇的物种，她们每个人都有不同的味道。庄瑜的身上总有种甜美的花香味。

刚刚洗澡出来，她的脸白里透红。柳世南握住她的下巴，眼里不由自主地露出疼惜的神色：“油漆你是怎么洗掉的？”

“有稀释剂，擦掉后再用大量的清水冲洗。”她说到这里，小女孩似的撇撇嘴，“明明已经洗了好多次，可总觉得还是有味道。你闻闻看，是不是？”

她说着，倾身凑到柳世南的鼻子下面。

柳世南觉得她的动作实在好玩，勾起嘴角笑了笑，抬手摩挲着她脸上的肌肤，悠悠地开口：“第一次见你就觉得你的皮肤薄，像个瓷娃娃。”

这好像还是他第一次夸她的外貌。这番话从别人口中说出来是阿谀奉承，可从他口中说出，便是世间最动听的情话。

他的眼睛此刻只盯着她，却像是看着整个世界。

庄瑜的心就如同被人猛然掏空了一般，不由得迷离起来。下一秒只见他的眼睛不断靠近，她的心跳也逐渐加速。终于，在他的唇吻上自己的一瞬间，她闭上了眼睛。

她的个子要比柳世南矮许多，在长时间的拥吻下，她有些体力不支。柳世南似乎感觉到了，一只手搂住她纤细的腰部，一只手慢慢地伸到她的脑后，深入她的长发内，托住她的头。

世界在这一刻静寂非常，他只能感受到眼前这个人的存在。

那是一个循循善诱的吻，它所携带的是主人对眼前这个女人的无限疼惜。

等到一吻结束，庄瑜已经气喘吁吁。

柳世南的眼睛仍在眼前，却多了一丝明亮的人情味。他似乎还不知足，仍不时低头一点点地吻着她的嘴角，无限眷恋。

那一晚他对庄瑜温柔至极，甚至不肯让她离开他的视线，她去哪里他都要抱着她，牵着她。到最后庄瑜竟然产生一种错觉，不是她在依恋他，而是他在依恋她。

在这个世界上，大概没有女人可以逃过一个男人对自己如此温柔的相待。

柳世南本来就是因为不放心才抽空回来看她的，见她好了，就准备飞回伦敦继续工作。翌日凌晨，庄瑜还在熟睡，就感觉到他起床的动作。

她睡眼蒙眬地“嗯”了一声，他立刻轻声问：“吵醒你了？”

庄瑜要爬起来，被他按住，给了她一个清新又绵长的吻。

“杨帆已经在等了。”他说完又吻了她。

庄瑜还是爬起来送他到门口。

他这次回来只有很短的时间，两个人的感情却往前进了一大步。庄瑜觉得自己内心对他依依不舍的感觉加重了。

柳世南本来都要走了，想起什么似的，转身对庄瑜道：“泼油漆事件的出现其实不是坏事，现在的情况对你很有利。”

庄瑜的脑子还有点迟钝，忽地听他说起这个，没太明白。

“什么意思？”庄瑜问。

柳世南解释：“你现在的身份从加害者成了受害者，这会是你重塑形象的绝好机会。”

庄瑜注视他的眼睛，就像是在看一汪湖水。渐渐地，她的意识被他引领着，全然进入理智模式。

柳世南的意思很明白，一直以来庄瑜在媒体的描述中都是恶人的形象，因为李爱兰，因为李伟，因为景川，还因为那街头巷尾没完没了的关于她父亲死亡原因的流言。

人是很奇怪的动物，大家宁愿相信复杂的流言，也不愿承认简单的真相。

可是这次，庄瑜去医院道歉却被家属泼油漆。因为对方过激的行为，庄瑜的角色因此马上反转成了受害者。

“我知道，在你的认知里，引导舆论并不是一种光明正大的行为。”柳世南说。

庄瑜看着他，他还是了解她的，也许是因为他们之间因为类似的事情吵过架。有时候恋人之间，吵架也是一种沟通。

“但是，你现在是正信的主席，代表的不只是你自己，还有企业的形象。简单的运营公关的手段说明真相，阐述立场，这本身并不是什么令人觉得不齿的事情。懂吗？”

庄瑜点点头：“嗯，我明白你的意思。”

“好。今天到公司，你就吩咐公关部照着这个思路处理泼油漆的事件。舆论是需要引导的，你不能一直这么被动。知道吗？”

庄瑜不该笑的，可还是没绷住，笑了出来。

“问你听没听懂，你笑什么？”

庄瑜说：“我觉得你现在特别像一个操心女儿考试成绩的老父亲。”

他微微瞪眼：“你在嫌我老？”

她抬手替他整理衣领：“我在嫌你啰唆！”

他抬手要搂她的脖子，被她退一步躲开。

“你快走吧！杨帆都等急了！”

柳世南却站在原地挑眉，指了指自己的嘴唇。

庄瑜看着他那带着钩子一般的眼神，无奈地踮脚轻吻他的唇。

“好了吗？”她问。

“暂时放过你。”他笑着说。

目送柳世南离开后，庄瑜便收拾好自己准备上班。

等到了公司，庄瑜才知道，柳世南回来做的不仅仅是安慰她。杨帆昨晚就给敏敏发了一份传真，上面是有李伟签名的自白书。在这份文件里，李伟承认他之前是因为心怀不满，才不断地利用舆论给庄瑜制造麻烦。

“不知道柳先生是怎么摆平的，那个李伟就像瘟神一样，每次都冷不丁地冒出来一下，这次居然肯主动认罪！”敏敏开心地说。

“还能怎么摆平？这种正途不肯走的人，最吃四个字——威逼利诱。”庄瑜转动椅子看着窗外的蓝天。她相信这四个字柳世南做起来比她好，也比她狠。

庄瑜发了几秒钟呆，才跟敏敏交代了公关的事，接着又着重强调让敏敏盯着对景川的赔偿问题。庄瑜坚持对景川的赔偿一定要到位，不能让人觉得正信是没有人情味的公司。敏敏领了命令，立刻出去办事了。

辞退侯正宪之后，公关部都是庄瑜亲自挑选的人，所以用起来很顺手。又加上柳世南全铺垫好了，所以这次正信的公关仗打得很漂亮。而景川也从昏迷中苏醒，虽然一时之间还无法出院，但第二次体检结果显示，一切正常。到底是年轻，医生说他休息一段时间后就可以回公司上班了。

庄瑜看了景川的体检报告，才真正地放心了。

不出柳世南所料，真相大白之后，舆论的风向倒向了庄瑜和正信。这是庄瑜执掌正信以来打的第一个漂亮的公关仗。

就在庄瑜松了口气，打算全身心地投入到西区开发计划的时候，她接到庄怜心的经纪人Maggie打来的电话，庄怜心出事了。

彼时庄瑜正在跟高管开会，听到这个消息后，她对在座的人示意了一下才站起身走了出去。

一到走廊上，庄瑜便开口追问Maggie：“她被送到医院了吗？”

“嗯。”Maggie给出了肯定的答案。

这个答案让庄瑜的心“咯噔”一下，她又感受到了那种压力，像是被人按在了深水里。

庄瑜之所以有此一问，是因为她知道，作为明星的庄怜心是不会轻易去医院的。那个地方人多眼杂，消息传出去不是让影迷担心就是要被媒体乱写。所以，一般的小病，庄怜心都是打电话给家庭医生上门治疗。

一旦庄怜心被送医，那事情一定是很严重了。

庄瑜挂断电话，回去总结了几点又布置了任务之后便匆匆结束了会议。

去医院的路上，庄瑜的心里波涛汹涌，因为她从跟Maggie的聊天信息里还得知了另一个惊人的消息——庄怜心怀孕了！

孩子是谁的，庄瑜问都不必问，一定是季成杰的。家姐在感情上是出了名的执拗。

“还不到三个月，医生说怜心这次是受惊过度，孩子很难保住了。”电话里，Maggie焦急地说。

庄瑜停顿几秒后，镇定地问Maggie原因。

Maggie说只知道庄怜心去过季家，后来发生了什么，她还没弄清楚。

庄瑜听到这话就觉得不对。季家那只老狐狸，是再注重利益不过的一个人了。她最近还听说季锋属意本城另一位富商的独生女，他会在这个节骨眼上突发善心接受庄怜心？

庄瑜不信！

庄瑜到了仁心医院，竟然在停车场撞见了季若礼。

两个人对视，从彼此的眼中看到了对庄怜心的担心。

来不及想庄怜心跟季若礼的关系，庄瑜问季若礼：“今晚的事情你在场吗？到底发生了什么？”

“在场，我回头再跟你讲。我们不能一起上去。”季若礼语速飞快地说。

“好。”

庄瑜明白季若礼的意思。庄怜心出事，季若礼却出现在医院，这很快就会成为媒体的素材。季若礼不是一个怕被人乱写的人，他真正担心的是庄怜心。

两个人在停车场分开，庄瑜朝着大门的方向走去。

庄怜心出事的消息传得很快，庄瑜还没进医院大门，就被记者团团围住。

“庄瑜小姐，你听到庄怜心小姐出事了是怎么想的？”

“关于你姐姐未婚先孕你有什么要说的吗？孩子的爸爸是谁？”

这小半年，庄瑜被如此“饿狼扑食”多次，竟然还没有习惯。

她始终不明白为什么要把别人的灾难写来当谈资，别人的死亡、别人的隐私、别人的车祸、别人的……

“庄瑜小姐，庄怜心小姐她……”

庄瑜停下脚步：“你们是哪里的媒体？”

她一开口，周遭竟然安静了下来。

庄瑜目光锋利地扫视这些人：“我姐姐出事了你问我是什么感受？这是你们该问伤者家属的话吗？别人的家人出事了，第一反应应该是慰问而不是幸灾乐祸，这是幼儿园就该学会的礼貌，不是吗？”

庄瑜说到这里，深呼吸冷静了一下，语气放得稍微柔和了一些：“我希望各位能够理解我现在的心情，在病房里躺着的是我的亲人，而各位的问题越界太多了。”

她说完，在医院保安的帮助下脱身。

到了手术室外看着亮起的灯光，庄瑜才有种真实的感觉。庄怜心真的出事了，并且很严重。

血缘终究是一种神奇的牵连。从小到大，她们两姐妹吵架、打架，彼此亏欠，相互埋怨。可是不管过往发生过什么，在对方命悬一线的时候，庄瑜都知道自己不可能袖手旁观、置身事外。

庄瑜环视一圈，除了一直在打电话的Maggie和庄怜心的助理小聪，这里再没有别人。

不该来的媒体记者来了，可是真正该来的人却没有出现。

季成杰，那个没用的季成杰。你把人带去家里吃饭，为什么出事的却只有庄怜心一个人？！

庄瑜再次抬头看着“手术中”三个字，又觉得恨。

庄怜心，你手叉着腰，心里窝着火，一次又一次地跟我吵架，为的这个男人到底是个什么东西？！

接下来，护士一趟一趟地出来，找庄瑜签病危通知单。

护士让庄瑜看清楚条款，可是人在手术台上，庄瑜看那些字都是飘的。

过了好久，昏迷的庄怜心才被推了出来。

医生说：“大人没事，孩子……无力回天。对不起。”

Maggie直接掉了眼泪，庄瑜的眼圈也红了，心里头五味杂陈。

接着来了警察。庄瑜是通过警方才知道，伤害庄怜心的还是之前那个跟踪骚扰过庄怜心的疯狂影迷。

庄瑜下意识地问Maggie：“上次之后，你们为什么还不给她请保镖?！”

“她恨保镖。”Maggie说，“不知道为什么，我们在她面前提‘保镖’这个词都会让她发疯。”

庄瑜沉默了，她无措地抠着手指，心里有一种钝痛。

警察接着跟庄瑜说，初步推断，应该是那个疯狂的影迷想要逼停庄怜心的车子，但庄怜心没认输，两个人的车子一前一后越开越快。

庄怜心是在十字路口，为了躲避违规冲出来的电动车，失控发生了事故。

“那个电动车的车主出事之后就跑了，我们还在找。不过就算是找到了，也只能按照违章处罚。至于庄怜心小姐的损失，恐怕是很难补偿的。”

警方也知道了孩子的事，庄瑜不知道该说什么好。

最后，两位警察被庄怜心的助理小聪负责送走。

庄瑜在原地站了一会儿，又去敲医生办公室的门。

她本来是想多问两句庄怜心的身体情况的，医生跟庄瑜说庄怜心被推来的时候一直说“要保住孩子”。

“我想，等她醒了，可能会很难接受孩子没了这件事。”医生对庄瑜说。

庄瑜问医生：“十一周的孩子有多大？”

医生跟她说，已经基本成形了。

庄瑜的心一紧，一股凉意从心底冲上大脑——那是一条人命啊！

等庄瑜从医生办公室里出来，终于再次见到了季若礼。

“庄怜心怎么样了？”季若礼担心地问。

“还在昏迷。”庄瑜说。

季若礼要去病房探视，被庄瑜拦住。

“你跟我说清楚，到底出了什么事？”她问。

季若礼咬了咬后槽牙，开了口。

今天是季成杰带庄怜心回家吃饭的日子。是的，季锋的确见了庄怜心，也的确是“接受”了她。而季锋关于“接受”的解释是，庄怜心可以跟季成杰一起生活，也可以生孩子。但是他们俩不能领证，不能办婚宴，更不能在公共场合一起出现。如果以后有需要，还要庄怜心允许季成杰跟别人联姻。

庄瑜震惊地望着季若礼，不敢相信自己听到的话。

“不用怀疑。”季若礼平静地说，“季锋就是这样的人。他能说出这样的话，一点也不奇怪。”

这种条件庄瑜听了都会怒火冲天，何况是庄怜心。

接着，季若礼说，庄怜心听完之后当场就要走人。季成杰要拉住庄怜心，却被季锋威胁，如果他跟庄怜心走掉，他就会失去一切因为季家才有的光环。

“你知道我那个弟弟，没有‘季家二公子’这个头衔，他就什么都不是。我甚至怀疑他有没有养活自己的能力。”季若礼说。

“所以，季成杰没有追出去。”庄瑜喃喃地道。

季若礼点点头。

庄瑜怒不可遏，可是愤怒的同时她心底又不由得生出一阵悲凉来。她知道季成杰懦弱，可是一个男人居然懦弱到这种程度，那就太没用了！

庄瑜沉默了一会儿，又听季若礼问：“她的孩子……”

庄瑜愣了一下。

季若礼说：“是的，我知道。我说过，她有合约在我手里吧？”

其实季若礼是听岳晴说的，所以在季锋答应见庄怜心的时候，他才没有出言警告庄怜心。他以为有了孩子，季锋也许会对这对鸳鸯手下留情。但事实是，季锋根本就没有心！

庄瑜沉吟了一下："大人没事，孩子没了。"

季若礼愣住，他的样子像是被人忽然掐住了喉咙。

不知道过了多久，庄瑜恍惚觉得自己在季若礼的眼里似乎看到了泪光。但眨眨眼睛，那泪光又不见了。

虽然不应该，但庄瑜还是忍不住问："你跟庄怜心的关系……"

"我们是同学。"季若礼的嗓音变得有些沙哑，顿了顿，说，"她是我喜欢的第一个女孩。"

一个可怕的念头闪过脑海，庄瑜一口气只喘了一半就开口问："那你们……"

"我跟她没什么的。"

季若礼好似头疼，抬手用手掌按住太阳穴的位置，许久才又说："你知道，有时候你喜欢一个人久了，只要看到她幸福，你就会觉得很开心。我对她就是这样的感情。"

不用深入探究，庄瑜就知道他说的是真话。她只是没有想到，城里最浪荡的公子，心里竟然藏着谁也没见到过的纯情。

可命运就是这么奇怪的东西。你喜欢的往往不是适合你的，适合你的又往往是你看不到又不在意的。

庄瑜想到那次在网球场看到季若礼跟季锋沉默地对抗，她敢肯定，眼前的这个男人会比季成杰对庄怜心好一万倍！

庄怜心醒来已是深夜，她睁开眼睛，最先看到了庄瑜。

"为什么是你在这儿？Maggie呢？"她的语气还是有些乏力，说这些话的时候，攻击性都降低了。

"只有家属才有资格给你签病危通知单。"庄瑜还是有点生气，为庄怜心的"眼瞎"生气。

庄怜心很仔细地看了庄瑜一会儿，又问："孩子是不是没保住？"

其实庄怜心问这个问题的时候，忽然感到一阵鼻酸，但她忍住了。她一向是知道庄瑜的，哄人的话，她这个妹妹不大会讲。

过了几秒，庄怜心看到庄瑜点了一下头。

庄怜心下意识地用手抚摸着肚子，她曾经感受到孩子的力量，就像是一颗要发芽的种子，好似千军万马都无法阻挡的生命力。这么强劲有力的生命，怎么会那么轻易就消失了呢?

从在季家开始就一直忍住的眼泪，此刻全涌到眼眶里。就在她要掉下眼泪来的时候，庄怜心听到一个人问："你还好吗？"

那个人说着还上前一步，庄怜心微微偏头，看到季若礼的那张脸。

说到底他们还是同母的兄弟，季成杰跟季若礼的脸有太多的相似之处。季若礼的出现激起了庄怜心心底那团黑暗的东西。

绝望也好，疯狂也罢，都在一瞬间冲了上来。她猛地翻身，抓过床头上的水杯就向季若礼砸了过去!

庄瑜大惊转身，季若礼却没躲。

他不但没躲，还十分镇定地听完了庄怜心脱口而出的一连串咒骂，仿佛这是他该受的。

毕竟是才进过手术室的人，庄怜心骂完之后直接倒在了床上，整个人的脸都灰了。

庄瑜立刻冲上去按了床头的呼叫铃。

很快医生便带着护士跑了进来，把庄瑜跟季若礼赶出了病房。

出了病房，季若礼转身就要往电梯厅走，才走了两步就被庄瑜拉住。

"你去哪儿？"她问。

庄瑜会伸手拉住季若礼，是因为她有种模糊又强烈的直觉，季若礼会去找季成杰。

"你好好看着庄怜心，她没有看上去那么坚强。"季若礼说完拍了拍庄瑜的手臂，示意她放开。

庄瑜犹豫了一下，又听到季若礼说："我就是去问清楚季成杰的意思，要是不想分手，这个时候是不是也该来看看庄怜心了？"

季若礼的语气相当冷静，庄瑜被他说服了。于是她放开手：“你开车小心点。”

季若礼脸上露出一丝笑意：“我知道。”

季若礼说完，转身大步朝着电梯厅走去。

庄瑜没看到，他的脸色在转身的那一瞬间完全变了，犹如冰封。

季若礼在医院旁边的停车场找到了自己的车子。他发动车子，掉头往回开，车速比来的时候更快。跑车引擎的巨大噪音仿佛给他的心火添了一把柴。

他想起中学时坐在庄怜心后座的时光，连漫长的夏日补习都变得短暂。

他想起自己生病时庄怜心作为班级代表来病房探望他。那时候的庄怜心给他带来了一个红色的气球做礼物，绑在他的病床上。后来那个气球就像是某种意象画，永久地留在了他的记忆中。

先喜欢庄怜心的明明是他，他喜欢她要比季成杰早很多很多，可是他最后却因为要出国留学，错过了对她的告白。

但其实对季若礼而言，这也是无所谓的。因为他回国后发现，庄怜心真的非常爱季成杰。一个人这一辈子可以爱上一个人，并且被这个人爱，最终还能跟这个人在一起，这已经是举世无双的福气了。

季若礼对庄怜心的喜欢，足以支撑他祝福她有这种福气。

他一直以为，自己的不争可以换来庄怜心的幸福。可是现在！他那个弟弟简直就是男人里的败类！不，他连男人都不是！

季若礼这么想着，车子开得几乎要飞起来。

终于，车子一路飙到家。季若礼在庭院就把车子扔下，直接进门大步跑上三楼，来到季成杰的房门前。

他大力拍门，里面却没动静。季若礼没了耐性，退后一步，直接抬脚踹开季成杰的房门。

季成杰刚刚洗完澡，听见动静，裹上浴巾走出来。他瞧见季若礼又看了看坏掉的房门，愣了一下，问：“大哥，你怎么了？”

季若礼脸一沉，问：“庄怜心怀孕了，你知道吗？”

季成杰没说话，但眼神却默认了。

季若礼嘴角一弯，心更冷了。停了几秒，他又问："那她出车祸你知道吗？"

"我知道她很难。"季成杰转头不看季若礼，"但是爸爸不让我出门，我又有什么办法？我一出门就什么都没有了。为了她，我不是没争取过。我也很委屈，你不知道我受了多少苦！"

季若礼"呵"了一声。

季成杰抬头看哥哥，季若礼的脸上露出森然的笑意。季成杰从来没见过那种笑，明明看上去像笑，却又像是蕴藏了许多恨。

"你干吗这副样子？"

季若礼咬着牙，一个字一个字地问季成杰："你失去了一个孩子，你难道一点感觉都没有吗？"

季成杰争辩道："别这么说，她不是还没生下来吗？那应该不算是孩子吧，顶多就是个受精卵，我……"

他话还没说完，就看到季若礼一个健步冲上来。季成杰来不及后退，季若礼的拳头就已经到了面前。随着一阵沉闷的声响，季成杰应声倒地。

"你干吗啊？"季成杰捂着鼻子，有温热的液体从指缝间渗透出来。

又是一拳。

"你疯了吗？！"

再一拳。

……

听到响动的家政人员在门口惊呼，紧接着，似乎母亲和季锋也来了。

季锋在吼，母亲在尖叫，喊他们兄弟俩的名字。

但这些季若礼都听不到，他只管把季成杰的脸摁在地上，一拳接着一拳，重重地砸下去。

第十二章 大礼堂

庄怜心再醒来的时候是凌晨，她睁开眼，看到趴在床边睡着的庄瑜。

平日里她最讨厌这个妹妹，可偏偏出事的时候都是她陪在身边。

还记得那年母亲去世，灵堂前，庄瑜跟她并排跪着。她没哭，倒是庄瑜眼里始终噙着眼泪。

这么多年来，庄怜心将母亲的死怪在庄瑜身上不是没有原因的。

庄怜心记得那是十五年前的夏天，忙碌的父亲终于抽出空带她们去早就答应过的东京迪士尼。车子从家里开出一会儿，庄瑜不知怎么的就想到了没带“陪睡”玩偶邦尼兔。

“矫情什么？你都多大啦！”那天的庄怜心莫名烦躁。

“它很重要，没有它我真的睡不着。”庄瑜小声抗议，“而且，今天是我的生日……”

因为庄瑜的最后一句话，父亲决定让司机返回家里。

大门打开，她们跟父亲一起看到了称病在家的母亲在树下拥吻保镖的场景。

庄怜心至今都记得那一天，夏日的风速，阳光的温度，保镖的惊慌，母亲的眼泪和父亲冰冷的眼。

从那以后，父亲收回了对她们母女俩的全部好意。保镖被赶出门，母亲则被关在庄家在市中心的一个小花园，两年后因为厌食症郁郁而终。

是的，母亲不该跟保镖产生感情。可是先有情人的那一个分明是父亲，要不然哪里来的庄瑜和庄瑞呢?

为什么同样是对感情的不忠诚，受惩罚的却只有她的母亲呢?

庄怜心当然不敢把这些话问出口，她能做的，就是把所有的错都归罪到庄瑜的身上。要不是庄瑜非要回去拿玩偶，他们就什么都不会看到，至少父亲什么都不会知道。

从那以后，庄怜心就铁了心要跟庄瑜作对，没事就找庄瑜的碴儿。好像只要看到庄瑜不好受，她就能得到一些心理补偿。

而庄瑜呢? 她就忍着。庄怜心想，大概庄瑜也觉得后悔吧。

那天之后，庄怜心再也没在庄瑜的手上见过那只旧旧的邦尼兔，也没见庄瑜再过过生日。

后来她们渐渐长大了，关系却不见恢复。有时候她闹得越界了，庄瑜也会怼她两句。不过庄瑜好似对之前的事情心存愧疚，太过分的话一句也没跟她讲过。包括那次她扬言要抢走柳世南，庄瑜也没有失控。

庄怜心想到这里，不由得叹了口气。鬼门关上走一遭，她对往事的看法似乎发生了转变。

“你醒了？”庄瑜听到叹息声，醒了过来。

她揉揉眼睛仔细地观察庄怜心，庄怜心的脸色比昨晚好一点了，但还是比平日里要难看很多。

“流产其实跟生孩子没区别，要坐小月子，小月子坐得不好是要留下病根的。总之，这段时间多体贴、照顾病人的心情吧，最好不要刺激她。”庄瑜的耳边响起医生的话。

“为什么还是你在这儿? 我的经纪人和助理都死啦？！”庄怜心收起刚才的心绪，又变成那个不讲理的姐姐。

“你出了事，被媒体拍到，Maggie总要去处理一下。你的助理又是男性，照顾现在的你不方便。”庄瑜耐心地解释。

“给我请护工，我不需要你照顾！”庄怜心倔强地说。

“护工当然要请，但也要你同意、顺眼才行。”

庄瑜的语气很温和，甚至还带着些许诱哄的神情。

庄怜心警惕地看着庄瑜：“那梅姨呢？她为什么没来？”

以前，庄怜心总是觉得苏雅梅跟她的关系还说得过去，这种时候，苏雅梅应该出现才对。

“她很早就休年假去澳洲了，你不知道吗？”庄瑜说。

庄怜心皱了皱眉头，她明明前几天还在本地见过梅姨。

房间内的气氛冷下来，庄瑜活动了一下僵直的腰部：“我去给你倒杯水。”

庄瑜刚准备起身就听到庄怜心问：“看到我出事你很开心吧？”

庄瑜心一紧，真不知道这些年她们谁欠谁的多。可就算庄怜心对她再怎么过分，她也没想过恶毒地诅咒姐姐。

“我之前那么骂你，结果呢？我……”

庄怜心停下来，别过头去，庄瑜看到有晶莹的眼泪从她的眼角闪过。

庄瑜本来想说，不嫁进去季家才好。季锋那样一个人，做他的儿媳妇能有什么好处？而季成杰，更不用说了，从庄怜心出事到现在都没见他的影子。

可是这些话庄瑜没说出口，她看得出对于季成杰，庄怜心还没完全放下。

庄瑜抽了一张纸巾给姐姐，庄怜心没接，直接背着手擦了一下。

“别哭了，这种时候哭对眼睛不好。”庄瑜柔声说。

庄怜心愣了愣，好像更伤心了。

庄瑜又把纸巾递得近了些，庄怜心一把抓过去擦眼泪。

一时间，室内只能听到庄怜心的啜泣声。

不知道过了多久，庄怜心忽然听到庄瑜说：“姐，没事的，以后还会有很多人爱你。”

庄怜心的心尖一颤，庄瑜有多久没有叫过她一声“姐”，而她又有多久忘记自己还有个妹妹。

庄怜心张了张嘴，想说什么，被庄瑜的手机铃声打断了。

这是庄瑜的私人号码，知道的人并不多。

“我出去接个电话。”

庄瑜说完，走出去接起那个陌生的电话号码，居然是季若礼。

“什么？！你打了季成杰？”庄瑜讶异地问。

“你声音小点行不？”季若礼按住耳朵，揉了揉后抱怨，“跟我关在一起的哥们儿给我科普了‘盗亦有道’，把我说得都神经衰弱了。”

“……”

此时，跟着庄瑜来办保释的律师把车子开走，对方在路过庄瑜车子的时候隔着车窗向庄瑜行礼。

庄瑜回了礼后又转头问季若礼：“为什么打电话给我？你自己没律师吗？”

真是的，这小半年她算是跟公安局绑定了。每个月都会因为各种各样的原因在这里进进出出，也难怪媒体总是会把她乱写一通。

哪个良民会隔三岔五往公安局跑？何况她的身份还这么敏感。所以刚才她只让律师去，自己一直在车里等着。

“没人肯保释我呗。再说了，我欠你也不是一次两次，债多不愁嘛！”季若礼理所当然地说。

“……”

“快走啊！一会儿警察叔叔后悔了怎么办？”季若礼催促庄瑜。

庄瑜抿紧嘴唇，一边发动车子一边问：“你下手很重？”

季若礼抬手挠了一下眉尖，模糊地“嗯”了一声。

其实季若礼一开始没想动手，但季成杰的回应太过分了。

“那你以后打算怎么办？会被起诉吗？”庄瑜又问。

在庄瑜看来，季成杰是季锋的亲生儿子，未来季氏的接班人，被一个毫无血缘关系的继子如此修理，以季锋的个性，绝不肯善罢甘休。

“依我那个继父的性格，起诉是肯定的。”季若礼说。

果然，庄瑜叹了口气。

虽然季若礼的报复让她也觉得很解气，但是以暴制暴，还要搭上自己的名声和前途，这似乎并不值得。

可季若礼却兀自点了点头，脸上一点愁容也没有，反而很轻松地说：“也好。”

“也好？”庄瑜讶异地重复。

“做错了就认，我也没什么好抱怨的。”

“你不怕你妈妈伤心吗？”庄瑜问。

季若礼仿佛被问住了，许久他摇了摇头，叹了口气说：“不知道。不过过段时间她应该会原谅我吧。季成杰那点伤，养养也就好了，反正年轻嘛。”

庄瑜觉得跟他没法沟通，发动车子的时候问：“你去哪儿？”

“我没地方去了，能跟你借个地方住吗？”季若礼说。

庄瑜听了季若礼的话，猛地刹住车子。

要不是系着安全带，季若礼得因为惯性被拍在挡风玻璃上。他惊魂未定地喊：“哇，你驾照是买的吧？！”

庄瑜转头看着季若礼，从开始到现在，这个人跟她是真不见外，每每如此，得寸进尺。

“为什么我要给你找地方住？我们很熟吗？”庄瑜问。

季若礼笑起来：“熟啊，怎么不熟？你可是我的债主呢。小本本，还记得吗？”

“……”

她果然是说不过季若礼的。

庄瑜虽然不耐烦，最后还是带他来到一处自己的房产。酒店式公寓，面积不大，一室一厅。

家里是指纹锁，庄瑜亲自带季若礼上楼。

两个人站在电梯里，上到一半停住，打扫的阿姨走进来，看到他们两个人很礼貌地问好。

“没见过你们啊，刚结婚搬过来的？”阿姨随口问。

庄瑜愣了一下，就听季若礼开玩笑道：“姐姐，我们这灰头土脸的样子，一看就是离了啊！”

这话惹得庄瑜瞪他。庄瑜觉得季若礼这个人就跟没心似的，自己的官司不关心，前途也不担忧，一路上净在这里东拉西扯。

一直到进了公寓的门，庄瑜想跟他大概说一下里面的情况的时候，才听到季若礼沉声问：“庄怜心现在好点了没？”

庄瑜正低头设置门锁的指纹输入功能，她心想，这一路车子开了半个小时，季若礼谈笑风生都快“佛成金身”了，敢情是在装大头蒜呢！

“来输入一下指纹。”庄瑜让开位置，对季若礼说。

季若礼站着没动，只认真地看着她。

庄瑜这才说：“比昨晚好些了。”

季若礼松了口气。

季若礼在庄瑜的指导下录入了指纹，她又跟他说了一下这房子的使用注意事项。临走的时候季若礼送她到门口，庄瑜一只脚都跨出去了，才缓缓回头问：“你既然这么喜欢我姐，为什么没跟她在一起？”

季若礼愣了一下。

大概是看出了他的踌躇，庄瑜先开了口：“不想说算了。”

季若礼“嗯”了一声：“是不想说，早八百年前的过去式了，不提也罢。”

庄瑜上下打量他一眼：“八百年前的过去式值得你特地回家教训一顿季成杰？”

难得，纨绔子弟也有被问住的时候。

可能因为一夜未睡，季若礼一脸呆萌的表情。

庄瑜居然有点想笑：“我走了，你好好休息。”

她走了两步，又转过身来：“还有，跟你母亲说点软话吧，为了这点事坐牢，不值得。我想，你妈妈也不想看你出事。据我所知，她对季锋还是很有影响力的，是吗？”

圈子里的人都知道，季锋中年差点破产，是靠太太东山再起的。也许，这也是季锋非要让季成杰娶一个实力雄厚的太太的原因。

庄瑜说完就走了，季若礼看着她走远。她虽然娇小，但身体的比例却很好，脚步很轻，又带着优雅。

其实季若礼打电话请庄瑜来保释的时候，他都没抱希望她会来。因为之前没事他还会“坑”她两下子。但庄瑜居然来了！在他们这样一个六亲不认的圈子里，她为人算是十分厚道了。如果早点认识，他们应该可以做很好的朋友。

不过，现在也不算太晚。

季若礼这么想着，轻松地笑了笑。

那天是周末，庄瑜照例回公司处理了一些事情。小时候总觉得父亲忙是借口，现在才知道，所谓的老板反而是整个公司最不能停下来的人。

解聘了侯正宪后，公司里反对她的声音奇迹般地小了下去。

一切都变得顺利了，不过也没有太顺利。

那之后庄瑜又试探性地取消了公司的几个职务，说白了，挂了这些职务的都是公司养的闲人，被父亲念着旧情的闲人。可闲人就是闲人，把大把的钱发给不干活的人，又让那些真正干活的，为公司做出贡献的人情何以堪?

这当然是庄瑜的想法。不出所料，苏雅梅因为这件事又跟她起了争执，但最后还是被庄瑜强压了下去。

最后一次，苏雅梅拍桌子跟庄瑜大吵之后，庄瑜顶着压力没有松口。之后，苏雅梅便申请休了年假，全公司的人都知道她去了澳洲。

几十年来，苏雅梅还是第一次休年假。

庄瑜舒了口气，公司的内斗总算可以告一段落了。

苏雅梅的离开让庄瑜的工作进度快了不少。她在加速西区开发案的设计进程，在等新加坡基金会那边的意见的间隙，也寻求了本地官方的支持。

现在国家对养老产业方面很重视，她不想把希望完全寄托在新加坡基金会的身上。然而不管是新加坡还是官方这边，都需要长时间的等待，毕竟西区这个项目的投入会很大，没有前例参照，也很冒险，慎重是必需的。不过还好，庄瑜最不缺的就是耐心。

等处理好公事出来，已经是华灯初上。

庄瑜回到家，阿珍已经准备好了饭菜。

庄瑜走过去，发现餐桌上还放着一个礼品袋。

“是柳先生让人送来的。”阿珍说。

庄瑜狐疑地打开礼品袋，华丽的丝绒盒子打开，里面放着一颗硕大的钻石。比她成年的时候父亲送的那颗还要大，还要亮。

庄瑜将钻石拿起来，躺在她手心的那一点深沉的蓝，宛若凝固的海洋。她的心头涌起一股暖意，人生最幸福的时刻之一，无非是被自己的爱人记挂着。

庄瑜是在要上床之前接到柳世南的电话的，她正对着镜子做每日的护肤，看到他的号码便接起来。

“想我了吗？”柳世南说。

庄瑜故意说：“没有。”

他好似笑了：“一点也没有？”

“嗯……一点点倒还是有。”

电话那头的柳世南露出满意的笑，接着他又听到庄瑜说：“谢谢你，礼物我很喜欢。”

他“嗯”了一声说：“是生日礼物。”

庄瑜愣了一下：“看来那天我错过了很多。”

他说：“知道就好。”

他们之间的对话，实在很像老夫老妻。庄瑜一边擦着面霜，一边将这几天的事情讲给他听。

柳世南仿佛并不奇怪，他说：“季家现在看中的应该是玩具大王家的那个独生女。”

这个女孩庄瑜知道，是一位相当温婉的女性，比脾气火暴的庄怜心要好驾驭得多。但令庄瑜觉得诧异的是，柳世南分明不是本地人，但好像对很多事情都了如指掌。

柳世南用“搜集信息是我的老本行”这句话打消了她的疑虑。

“娶了这位千金，季氏想实现以后的蓝图易如反掌。李家企业的总部在国外，这样的联姻对季氏后续的上市好处多多。”柳世南说。

庄瑜听了这话，心里“咯噔”一下，这就意味着庄怜心跟季成杰完全不可能了。可是这个消息，庄怜心承受得了吗?

庄瑜感慨，圈子里婚姻以利益为基础的反而更加稳固。比如陈晶跟侯正宪，风波闹得那样大，最后竟然没能离婚，也是因为“利益”这两个字。

她把自己的心思说给柳世南听。柳世南说：“庄怜心平日里总爱找你麻烦，没想到她出事你还会这么担心。”

庄瑜深呼吸了一口气说：“我欠她的。”

她觉得也许是时候让柳世南知道那件事了，于是缓缓地跟柳世南讲起了以前的事。

庄怜心的母亲叫宋心，曾经是红极一时的大美人，后来嫁给庄正信生下女儿，取名“怜心”。从庄怜心这个名字，就能看出庄正信对宋心的宠爱。

然而男人的宠爱又是这样短暂的一件事。两年之后，庄正信到北方发展认识了庄瑜和庄瑞的母亲——Moon。

Moon是位艺术家，有先天性心脏病，根本不适合生育，却还是生下了庄瑜、庄瑞姐弟。庄瑜七岁那年，母亲在睡梦中去世，父亲庄正信便把他们姐弟俩接回了本城。

悲剧就是从庄瑜跟弟弟到庄家大宅的那一天开始的。庄瑜至今都记得宋心阿姨看到他们姐弟俩的反应。短暂的几秒而已，庄瑜看到那个漂亮女人的眼底有什么熄灭了。

庄瑜确定，宋心阿姨是在看到她跟庄瑞的时候才知道自己被爱人背叛的。

虽然如此，在庄瑜的记忆里，宋心阿姨却从来没有一秒亏待过庄瑜和庄瑞。

如果是庄怜心欺负庄瑜，宋心阿姨还会教训庄怜心，然后给庄瑜道歉。

可就是这样一个美丽、温柔的女人，竟然因为她闹着要去取一个玩偶，而暴露了跟保镖之间的情事，惹得父亲大怒……

“是我害了宋心阿姨。”故事的结尾，庄瑜低声说出了这句话。这句话就像是一个经年累月的大疙瘩，在心里越憋越大，无法宣泄，也无从表达。

电话那一头，柳世南看着指间的香烟安静地燃烧。这下，他终于明白了一直以来庄瑜对庄怜心的容忍。

最后，庄瑜听到柳世南叫她的名字：“庄瑜。”

“嗯？”

“沉溺于过去是没有用的，强者唯一要注视的只有眼前的生活。”他慢慢地说。

“……”

“我的话你明白吗？”

“嗯。”

大概是因为说出了心底最压抑的秘密，那晚的庄瑜感到格外轻松，她跟他聊着聊着竟然睡着了。

庄瑜做了一个彩色的梦，梦到草地上所有的鲜花都盛开了。生活在逼了她这么久之后终于给了她喘息的机会，一切都太美好了，美好得近乎不真实。

可这样的日子只持续了三天，天忽然就变了。

那天庄瑜一早就收到新加坡来的邮件，她点开来看，是坏消息。

庄瑜觉得奇怪，明明基金会的人来的时候大家相谈甚欢。那个认识柳世南的安婉怡走之前，还给了庄瑜合作大概率可以成功的暗示。为什么忽然之间，方案就被搁浅了呢？

不知道是不是因为早晨喝了两杯咖啡，庄瑜只觉得自己的心脏以快于平日里两倍的速度在体内跳动。她点击“回复”，刚想写邮件询问原因，Maggie的电话便打了进来。

Maggie不是一个不知轻重的人，庄瑜一接起电话就听她很紧张地说庄怜心失踪了。庄瑜的脑子瞬间空白了一下。

“你说失踪是什么意思？”庄瑜追问。

Maggie那边停了一会儿才说，季成杰要订婚，请柬竟然在早上直接送到了庄怜心的病房。庄怜心一怒之下直接拔了输液管换了套衣服就跑了。

庄瑜听到这里，猛地站起来，她感觉到一阵眩晕。

庄瑜按住桌子稳住身形，问Maggie有没有打庄怜心的手机。

Maggie说打了，但是庄怜心不接。

庄瑜想了想，又说：“查医院的监控，看庄怜心是怎么走的。”

大概是因为庄瑜的声音听上去太镇定了，竟然让焦虑的Maggie也平静了下来。Maggie应了一声，立刻挂断电话。

过了一会儿，Maggie又打来电话，说庄怜心出门上了一辆出租车。

庄瑜问：“车牌号？”

Maggie应该是看了医院的监控，所以马上把号码报了出来。

庄瑜说了句“我知道了”，站在原地闭着眼睛想了几秒，写下出租车的车牌号，又叫了敏敏进来，交代她去找法务部的林律师。

林律师在做律师之前做过公职，手里有些人脉。

“请林律找交警大队的朋友帮忙，找到这辆出租车。告诉林律，庄怜心现在的情绪很不稳定，请一定想办法帮忙。”

敏敏说了句“知道了”，立刻拿了车牌号退出去。

庄瑜看门关上了，才又拨打电话给季若礼。

那边刚刚接通，庄瑜便单刀直入：“你还进得去季家的家门吗？”

一直到坐进车里，吩咐司机往季家赶，庄瑜的心才一点一点地沉下来。刚刚在办公室，她把自己想象成庄怜心，假如收到爱人婚礼的请柬，第一个会去的地方是哪里。她的答案是——她要看着对方的眼睛，把事情问个明白。

所以庄瑜判断，庄怜心也许是去了季家。

可是车子开到一半，敏敏打来电话，说林律师查到庄怜心在G家酒店下了车。敏敏还说：“瑜姐，我听说季家要在那里举办订婚宴。”

庄瑜急忙让司机掉头。

G家酒店是本城唯一一家七星级的大酒店，其实真正的酒店评级最多只有五星级，所谓“七星”不过是形容酒店的豪华程度。

这家酒店的大礼堂设在大厦顶层，在这里可以饱览城市最美的风景。近年来，几乎所有圈子里的子弟都会在这家酒店办典礼，所以这家酒店极其难订。

季锋为儿子选了这样的地点，而且说订婚就能订婚，一定是找了一些关系的。

车子到了，庄瑜下车，她举目去望那个可以旋转的顶层，可真正看到的只有刺目的阳光。

庄瑜往酒店走，接待人员拦住她。

“对不起，请出示会员卡。”

庄瑜竟然忘了，这家酒店是有这样的规定的。她刚要开口，就听到身后有人说：“我们一起的。”

庄瑜回头，季若礼来了。

庄瑜看他的眼神，季若礼应该是从家那边知道这里的。

酒店工作人员放行，两个人同时朝着电梯间走去。他们的目的只有一个——顶层。

电梯轿厢里，楼层的数字每变换一次，庄瑜的心就冷一分。

庄怜心会在那个大礼堂吗？在这样一个充满爱与喜悦的地方，看着自己被背叛又会是一种什么样的感觉呢？

终于，电梯金色的大门缓缓打开，设计得低调典雅的大礼堂正中间，庄怜心跟季成杰相对而立，玩具大王的千金并不在场。

“姐！”庄瑜下意识地喊了一声，匆匆跑过去，生怕慢了一步，庄怜心就会被拖进无底的深渊。

庄怜心穿了黑色的套装，这个颜色将她的脸色衬得越发苍白。此时，她的目光扫过庄瑜，又重新回到季成杰脸上。

“怎么了？我的要求很过分吗？七年，季成杰，你是我的初恋。我刚住进医院，你就跟别人订婚。你难道不需要给我一个说法吗？”

庄瑜注意到，庄怜心手里紧紧攥着的是一张粉红色的请柬。

季成杰皱着眉头说：“事情就是你看到的样子。那天我爸爸的态度已经很明确了。如果我跟你结婚，我就什么都没有了！我们已经是这样了，你就别闹了行吗？你就不能体谅体谅我的苦衷吗？！”

“我闹？”庄怜心仰头笑了笑，她虽然是笑着的，可眼神却是那样痛苦，“我闹什么了呢季成杰？你知道了吧？我们刚刚失去了一个孩子！”

“我们的孩子？”季成杰冷笑了一下，目光掠过远处的季若礼，又落在庄怜心的脸上，凉薄地说，“你肚子里的孩子真的是我的吗？没有做DNA检测，我是不会认的。”

庄怜心就像是被从天而降的巨石砸了一下，整个人都蒙了。直到此刻，她才察觉到爱是一个多么虚幻的字眼，它华美得像是一场梦，梦醒之后唯有冰冷。

许久，庄怜心才问：“你说什么？！”

“为什么那天你从我家走了，季若礼会来找我的麻烦？为什么，庄怜心？我现在有充足的理由怀疑你跟季若礼有不正当的关系！要不是我妈拦着，你们……你们都得坐牢！”季成杰恶狠狠地说。

庄瑜听到这句话，浑身的血液如同在一瞬间沸腾，朝着头顶蹿去。她上前一步，还没有动作，就听到“啪”的一声。

世界都安静下来，时间都仿佛凝固了。

季成杰难以置信地望着庄怜心。

“啪！”庄怜心紧接着又给了季成杰一个巴掌。

被季若礼揍过的痕迹还在，季成杰的下巴还被纱布包扎着。庄怜心这两下打得不轻，白色的纱布竟然渗出血来。

季成杰捂着脸大喊大叫：“你疯啦！”

“我现在很清醒！”庄怜心颤抖着肩膀一字一字地说。

泪光在她眼里闪烁，庄怜心声音颤抖着说：“我是疯了才会这么爱你！为了你我愿意忍气吞声，为了你我宁愿谈见不得光的地下恋爱，为了你我宁愿跟自己的家人闹掰，为了你我连孩子都没了！”

庄怜心说到这里，抬手捂着自己的左胸口。

太疼了，太疼了，那晚她躺在手术台上的时候，心都没有这样疼过，仿佛一呼一吸间有细细密密的银针戳向她脆弱的心脏。

“七年，我也该醒了！”庄怜心说完瞬间落下泪来。

庄怜心说那两句话的时候，仿佛用尽了最后一丝力气。庄瑜眼睁睁看着姐姐整个人往后倒下去，赶紧伸出双手去接。可是一个晕倒的人太重了，庄瑜的力量只能护住庄怜心的头不要着地。

这个时候，季若礼大步走上前来，季成杰吓得面色惨白，连退数步。

季若礼看都没看季成杰一眼，他只是俯身横抱起庄怜心，然后轻声对庄瑜说：“我们走。”

庄瑜点点头，她慌乱中摸到庄怜心的裤子，觉得很湿。她抬手看了一下，指尖竟然是血迹。

庄瑜心惊肉跳，她又检查了一下，才发现庄怜心的裤子已经从腿根湿到了裤脚。她感觉到心一阵剧痛。

浑蛋！季成杰真是浑蛋！

那天庄怜心晕倒是因为失血过多。她穿着黑色的裤子，所以没人注意到她已经流了那么多的血。而庄怜心自己，大概也是因为心痛，所以连身体上的疼痛都忽略了。

“摘除子宫。”庄瑜没有想到最后会从医生的口中听到这四个字。她愣了几秒，想说话，可是又感觉有人用手掐紧了她的喉咙，让她一个字也吐不出来。

庄怜心不过二十八岁，她刚刚拿了影后，她还那么年轻！

她不过是爱上了一个人，爱错了一个人，为什么这仅有一次的爱情却要她付出这样大的代价呢?

等庄怜心再次从手术室转回病房，白色的被子下，她似乎缩水了一圈。

庄瑜看着昏迷的庄怜心，满心都是难过。

不知道过了多久，庄怜心终于转醒。她看着庄瑜，如同一个初生的婴儿，嘴巴张了张，好像要说什么。

庄瑜赶紧趴上去问：“怎么了？哪里疼吗？”

几分钟后，庄瑜听到庄怜心很轻声地说：“妈妈，对不起哦。”

庄瑜心里一惊，庄怜心把她认错了！她仔细看庄怜心的眼睛，那双眼睛那么干净，干净到好像那个身体里住着的不是一个二十八岁的女人，而是一位十七岁的少女。

庄瑜不放心，她站起身想按铃让医生过来检查。可她刚一动，就发现自己的手被庄怜心冰冷的手轻轻地握住。

庄瑜的身体僵住，她垂眸看庄怜心。她的姐姐对着她十分温柔地笑了笑：“你原谅我好吗？妈妈？”

似乎被人用重锤在后脑狠狠地敲了一下，庄瑜感觉自己眼前一阵模糊。

她至今仍记得宋心阿姨死前的样子。曾经那么漂亮的一个女人，最后只剩下一副骷髅架子。

明明是庄瑜害她跟保镖被发现的，可是宋心阿姨一点怪她的意思也没有。

那个善良的女人，只是在庄瑜去看她的时候握住庄瑜的手，一遍又一遍地说：“小瑜，长大并不会让人变得更聪明。大人们有时候还不如孩子，会犯蠢，会做错事。可是这些跟你们都没有关系，你们姐弟俩一定要相亲相爱。知道吗？”

庄瑜其实对母亲Moon的印象很淡，可能是因为她是艺术家，虽然冒险生下了庄瑜跟庄瑞，母亲对他们姐弟俩的态度却总是很游离。

但宋心阿姨不一样，庄瑜生病的时候她会整夜陪在她身边，庄瑞得奖的时候她表现得比庄瑞还开心。而庄瑜在十三岁成为一个“真正的女孩”的时刻，也是宋心阿姨教给她最初的生理知识。

孩子的心是很敏感的，他们总能够分辨谁是真心，谁是假意。

庄瑜记得，宋心阿姨曾经以乞求的眼神看着她：“小瑜，怜心以后就没有亲人了，麻烦你帮我照顾她，好吗？”

她没有做到，庄瑜用一只手捂着自己的眼睛，可眼泪还是从指缝里源源不断地流出来。她明明承诺过的，可她最终什么也没能够做到。

第二天去上班，庄瑜坐在车里，觉得自己的精神都有些恍惚。等到了办公室，还没坐十分钟，敏敏便进来同她说：“瑜姐，GK证券的总经理薛明和他的助手来了，他们想要见你。”

庄瑜觉得这件事有些突然，但她依然对敏敏点头道：“好的，让他们进来。”

不一会儿，薛明便带着他的得力助手走进了庄瑜的办公室。

庄瑜觉得这两个人今天的表情似乎特别严肃，她做了个手势示意他们坐下。两个人刚刚坐定，她都还没有开口，就听薛明开门见山地对她说：“庄总，GK证券准备给正信的管理层提一些意见。”

庄瑜一蒙，她看着薛明，定了定神问：“什么意见？”

薛明同助理对视一眼，然后又对着庄瑜开口道：“GK准备在下午四点召开一个新闻发布会，正式提出对于正信集团的意见。”

庄瑜心里觉得蹊跷，她的目光掠过两个人，最后停在薛明的脸上，问：“我不太理解你的意思。”

“庄总，你不要误会。”薛明非常平静地说，“GK是代表中小股东给正信的经营战略提意见，这些意见对公司以后的长远发展，以及本市证券市场的发展都有好处。”

虽然薛明措辞谨慎，表情淡然，但庄瑜仍从他的话里听出了隐隐的火药味。庄瑜的右手慢慢伸向桌子上的那支钢笔，她抓住钢笔的笔身，拳头握紧，但面上仍然云淡风轻，十分客气地问：“那么请问，这个发布会我可以参加吗？”

薛明听了这话，跟他的助理相互看了一下。庄瑜甚至可以解读那种眼神的交流，越发感觉他们来者不善。

最后还是薛明开口：“主席你就不用参加了吧，因为要给正信提意见，所以事前通知你一下。这样做的用意也是不想麻烦你再参加这次的会议。”

庄瑜握住钢笔的手狠狠地收紧，但很快又放开。她将钢笔往远处一掷，冰冷的眼光从薛明及其助理的脸上一扫而过，了然和寒意同时涌上心头。

许久之后，庄瑜才缓缓地问：“我是正信的主席，既然是给正信提意见，为什么我不能参加？”

“你想参加也没有问题。”薛明看看助理，又把目光转到庄瑜的脸上。

“不过我们这次提意见是以‘告正信股东书’的形式，并且会在明天的报纸上刊登出来，建议正信改组董事会。当然了，这个形式或许你一时间还无法接受，但我们已经同大部分股东商量过了，大家都觉得这是一个不错的提议，因为我们这么做确实是为了正信好。”

薛明说完不等庄瑜反应，就按住自己胸前的领带起身告辞。

庄瑜木然地看着他们，一直目送他们二人走出办公室，才将垂在桌下的左手放了上来。

此时的她整个人就像是在陡然下坠，四肢忽然变得冰凉无力。因为庄怜心的事，庄瑜早上吃不下饭，此刻毫无食物的胃部如翻江倒海般难受。

她坐在原地，与其说是片刻的愣怔，不如说自己在刹那间变成了一个无法思考的木偶。

许久，庄瑜的脑子才恢复运转。

怪不得一切都如此平静自然。现在来看，所有的风平浪静都不过是一种假象。在此期间，苏雅梅积蓄了所有的力量，要用最简单直接的方式将她永远地驱逐出正信的权力中心。

就在此时，敏敏忽然闯了进来。

庄瑜抬头看着敏敏惊慌的脸色，问：“怎么了？”

“瑜姐。”敏敏说，“医院打来电话说，庄瑞乘坐的那一班飞机在降落的时候出事了！他现在受了重伤，正在抢救……”

青天白日一声响雷，庄瑜只感觉有高频率的鸣叫声在刺激着她的听觉神经，她眼睁睁看着敏敏的嘴巴一开一合，却听不清楚敏敏在说什么。

庄瑞，庄瑞。他怎么会出事呢?

庄瑜抬起手，重重地按住自己的额角，眼前一阵阵地发黑。

第十三章 手术室

柳世南站在套房的落地窗前，一动不动地看着窗外。不一会儿，他身后传来敲门声，接着杨帆推门而入。

“先生，GK已经开始行动了。”

柳世南依然没有动。

不知道为什么，今夜老板的背影看上去格外不同。在遇到庄瑜小姐之前，老板的背影是孤傲，现在则是孤独。杨帆想，这是两种完全不同的概念。

几秒后，杨帆听到柳世南沉声问：“发布会的时间、地点？”

“下午四点，在W酒店。”杨帆答。

杨帆等了好一会儿，柳世南都没有说话。最后他忍不住问：“先生，如果这段时间庄瑜小姐打来电话，要怎么处理呢？”

柳世南说了两个字，令杨帆脊背发凉。

庄瑜是在坐进车里之后才渐渐冷静下来的，可是她拿起手机，上面的字就好像小虫子在乱飞，一个字也看不清。

薛明说的话，跟弟弟出事的消息在她的体内搅成一团。有那么几个瞬间，庄瑜觉得自己的心脏都要爆炸了。

GK，庄瑜万万没想到，苏雅梅会找薛明帮忙。连她都知道，苏雅梅跟GK

的薛明素来不和，关系曾经水火不容到双方拍着桌子谩骂对方的程度。

然而她忘记了，生意场上没有永远的敌人。

庄瑜认真想了一下苏雅梅的计划，无非就是借助大量的资金在短时间内增持正信的股票，让公司易主。

对庄瑜而言，现在最简单的办法就是借助更强大的势力，获得足够的资本，保持自己在公司股权上的绝对优势，击退他们的袭击。

这个时候，庄瑜第一个想到的盟友当然是柳世南。

可是……

“瑜姐，柳先生助理的电话也是关机的。”敏敏焦急地说。

从办公室出来，无论是庄瑜还是敏敏，都在尝试联系柳世南，可是这个男人却仿佛人间蒸发了。

有一种不祥的预感从心底升起，一时间所有最坏的场景在庄瑜的脑子里过了一遍。

这几天也不知是怎么了，她身边的人竟然一个接着一个地出事。庄瑜感觉自己脑子里像是绷了一根神经，随时会断掉。

车子一路疾驰到了医院，庄瑜在下车前对敏敏交代：“我会联系别的股东，你留在车里继续联系柳先生，有消息马上通知我。”

敏敏愣了一下，说：“好。”

庄瑜下车，一路疾步到手术室门口，竟然看到了在走廊徘徊的季若礼。

几秒后，季若礼也注意到了庄瑜。

看到庄瑜一脸疑惑，季若礼上前解释道：“我来看庄怜心，无意间刷到新闻，就过来看看有什么能帮忙的。”

季若礼的眼神很真诚，庄瑜没有理由不相信他。

季若礼很仔细地看了一会儿庄瑜，她看上去像是刚刚被人从水里打捞出来一样，刘海贴在前额，脸都是灰的。庄瑜的眼里藏着巨大的恐慌，只是被一种异样冷静的情绪暂时压制下去。

“你怎么样？没事吧？”他问。

庄瑜看着季若礼的眼睛，脸色苍白地笑了笑，又摇了摇头。她没说话，只是沉默地转头去看手术室紧闭的大门。一时间，庄瑜觉得那门板都开始扭曲了。

这一切会是梦吗?

庄瑜想喊叫，想发疯，想挥动双手撕裂这个梦境。

在做这些动作以前，庄瑜用仅剩的理智狠狠地掐了一把自己的大腿。

大腿上的神经告诉她，很疼，不是梦。

庄瑜眨眨眼睛，就在前几天，她也是站在同样的位置，一张又一张地签着庄怜心的病危通知书。当时的庄瑜没有料到，那居然只是噩梦的开始。

手机被庄瑜紧紧地握在手里，时间一分一秒地过去。她知道自己还要为了下午的发布会做应对的准备，可是她现在根本不想去别的地方，也想不了别的事。

不知道过了多久，手术室的门打开了，是护士拿着病危通知书朝着她走过来。

笔被庄瑜握在手里，有几秒她甚至忘了自己姓氏的笔画。

好不容易，庄瑜签上了自己的姓名。护士转身要走，被庄瑜拉住。

庄瑜知道这样不对，可她忍不住。

“我弟弟情况怎么样了？”她的声音在颤抖。

“病人还在抢救，请耐心等待。”

护士都这样说了，庄瑜还是死死地拉着对方不放手。

季若礼见状，走过来温言相劝：“庄瑜，你要相信医护人员，不要耽误他们做事。对庄瑞来说，时间就是生命。”

庄瑜还是不肯放手，季若礼只好强行用力把护士的衣角从庄瑜的指缝里抽出来。

“对不起。”季若礼代替庄瑜向护士道歉。

护士没说什么就匆匆走了。

庄瑜隔着季若礼的肩膀看着手术室的大门再次被关闭，她心里忽然闪过一个从未有过的念头。假如庄瑞出了什么事，她就算是守住了正信集团也全无意义。

庄瑜想，父亲也就是因为明白了这个道理，才想在西区建造那个实验性的共享住宅的吧?

当人站在生命的尾声处就会明白，无论是巨额的财富，还是崇高的名誉，都是虚无缥缈的东西，唯有爱和陪伴才是真实的。

人类是多么愚蠢的动物，赋予无意义的事物以无限的意义，又将有意义的事物轻易放弃。

此时,庄瑜的手机忽然振动了起来,她如同被惊醒,走到安全通道接电话。

是公司的股东打过来询问GK的情况，庄瑜简略回答了对方的问题，又把自己的想法跟对方说了一下，并表示希望能够得到对方的支持。

那个股东表示会在下午的记者会上力挺她。

这个电话唤回了庄瑜的理智，她强自镇定了几分钟，又开始一个接一个地给正信的大股东打电话过去。游说也好，试探也罢，她得看看还有多少人是站在自己这边的，才好做下一步的准备。

这些接她电话的股东之中，有些人冷嘲热讽，有的则跟庄瑜打马虎眼儿，只有极少数表态会跟庄瑜统一战线。

等庄瑜做完这些走出来，手术室的灯光还是没有熄灭。当庄瑜再次走向季若礼，此时的他似乎已经知道了正信内部正在发生的变化。这也合理，庄瑜知道季若礼似乎跟正信的几个股东关系不错。

“你被‘逼宫’了？”季若礼只是听到了传言。

“嗯，可以这么说。”庄瑜没有隐瞒。

“什么时候？”他又问。

“今天早上九点半。”庄瑜说。

季若礼倒吸了一口凉气：“下午四点的发布会，这意思就是根本就不给你时间反应啊！”

庄瑜咬牙点点头。是她大意了，以为早已经过去了的危机，其实一直都在。她现在才反应过来，侯正宪被顺利解聘，几个闲人被免职成功，还有苏雅梅的长假申请，这一切都不过是障眼法，为的就是这“最后一击”。

不能垮掉，这个时候她绝对不能垮掉。

庄瑜紧紧攥着拳头，指甲掐入掌心，不停地在内心给自己打气。

“可你这边有柳世南的支持，应该胜算很大才对……”季若礼说。

一直以来他都有观察庄瑜跟柳世南之间不断进展的关系，倒不是因为八卦，而是季若礼自己在为WM融资的时候，考虑过大名鼎鼎的安丰。可是几次试探，他都觉得柳世南那个人有点看不透，所以他便放弃了。

“我现在联系不上他！”庄瑜不客气地打断季若礼。

她居然因为季若礼的这句话而面红耳赤地跟他发火。

季若礼惊讶的神情就那么直直地撞入眼底，庄瑜心一沉，她的内心深处到底在害怕什么呢?

季若礼倒是没有生气，他只是看了庄瑜好一会儿，才谨慎地问：“你说的‘联系不上’，是什么意思？”

庄瑜沉默了很久，坦白道：“我不知道。”

两个人对视，季若礼从庄瑜的眼中看到一种巨大的荒芜。

“联系不上”四个字，往前一步是背叛，往后一步是事故。

所以她说“不知道”。

季若礼缓缓点了点头：“那你还相信柳世南吗？”

明明是一个很简单的问题。如果是一个小时前，庄瑜一定会笃定地回答——是的，我相信他，我相信柳世南。

可是现在，庄瑜不确定了。现代通信技术发达，一个人想要失联也是需要费些工夫的。就像庄瑞，之前联系不上，分明是在躲避她。可能弟弟是怕叶樱生气吧。那么，柳世南现在也是在躲避什么吗？庄瑜仿佛被人把头摁在了水里，慌乱得无法厘清思路。

正在这时，敏敏出现在医院长廊的尽头。庄瑜看着敏敏，脸上忽然出现惊喜的表情，疾步走上前去跟敏敏在走廊的中段会合。

庄瑜深深地喘了一下，问："联系上柳先生了？"

敏敏抿唇看着庄瑜摇头。

坏消息。

一抹寒光从眼底闪过，庄瑜的声音也沉了下来："出了什么事？"

敏敏顿了一下，将手机递给庄瑜："瑜姐，我觉得这封邮件有必要拿给你看一下。"

庄瑜微微皱眉，接过手机扫了一眼，那封邮件是来自庄瑞的！

简短的邮件，是庄瑞在登机前用别人的手机发给庄瑜的。他解释说自己离开海岛太过匆忙，手机和银行卡并不在身边，身上带着的现金也有限。

庄瑞在邮件中简要地告诉姐姐，他无意中听到了叶樱跟她父亲柳瑞德的聊天。柳世南其实是为了帮助一个叫Alpha的公司收购正信旗下的电池业务才回到中国的。而苏雅梅跟GK会联合对庄瑜"逼宫"的事情柳世南一直都知道，也可以说这也是柳世南帮助Alpha的计划中的一环。

一瞬间，庄瑜感觉有人用锋利的尖刀从背后捅入她的心脏。瞬间的愣怔和麻木过后，有剧烈的疼痛从伤口处蔓延开来，短时间内便席卷全身。她抬起头，觉得医院走廊的灯光竟然比正午的阳光都要刺眼。而那白色的墙面忽然就像有了生命，从四面八方向她挤压而来。

最坏的情况出现了，庄瑜只能眼睁睁看着眼前的世界发生翻天覆地的变化。

等那一阵撕心裂肺的痛感过去，庄瑜才抬手放在自己的胸口，她使劲呼吸却还是觉得缺氧。

"瑜姐，你还好吗？"敏敏关心地问。

庄瑜茫然地看着敏敏，不知道该怎么回答这个问题。

接着庄瑜看到季若礼也在同她说话，可庄瑜太混乱了，完全没听清。

庄瑜闭上眼睛，那些跟柳世南有关的片段纷至沓来。几个月来，这个男人占据了她太多的生活和记忆。

她想到自己最初不是对他没有戒心的，他甚至提醒过她"千万不要相信我”，但她的心墙却还是一点点被他融化于无形。事到如今她才明白，他的冷漠，他的冲动，他的体贴，他的关心，他的喜欢，还有他的爱，这些统统都是假象。

如果她可以再冷漠一点，如果她可以再有经验一些，她是不是就能在陷入爱情之前理智地判断出柳世南的目的？仔细想一想，这段时间他其实只做了两件事：第一，激化正信的内部矛盾，比如背着她把照片寄给陈晶那件事；第二，博取她的绝对信任。

庄瑜按住额头，脊背渗出冷汗。什么恋爱？她跟柳世南之间发生的一切分明是一场精心设计的骗局！

柳世南跟苏雅梅一样，等的是今天GK领头发动的“总攻”，这样庄瑜就会向已经身为男朋友的他求救。

庄瑜这次的求救心态会跟他们最初相遇的时候完全不同。现在的庄瑜对柳世南是百分之百的信任，绝对不会有任何的防备心理。庄瑜甚至会帮助安丰名正言顺地吸纳正信的股份，再让安丰轻而易举地成为正信的第一大股东。

到时候，柳世南在正信就拥有了绝对的控制权，他随时可以做主把电池业务从正信集团剥离出去，兵不血刃地成为最大的赢家。

鹬蚌相争，渔翁得利。

好计划！好谋略！好手段！

庄瑜深呼吸，再次一个字一个字地默念庄瑞的信。她的目光每扫过一个字，都感觉好像有什么尖锐的东西刺入她的心窝。

这是一部早已写好的剧本，她竟然演得这么卖力，这么认真。

她可真是天底下最傻的傻瓜！

“瑜姐……”

庄瑜再次听到敏敏小心翼翼的声音。

庄瑜抬头，好一会儿，她眼前只有一片黑暗。等那一阵黑在眼前消散，庄瑜才发现自己正坐在靠墙的座椅上，而季若礼蹲在她面前仰头看着她。

季若礼眼睁睁看着庄瑜的眼睛里升起一层一层的雾气，就在他打算给她递纸巾的时候，她的眼睛竟然硬生生地把那层层叠叠的雾气再次压了回去。

季若礼张了张嘴，想问什么，又觉得现在并不是很好的时机。

末了，庄瑜的肩膀晃动了一下，季若礼看她想要站起来，便伸手去扶。可她的手握住他的手臂半晌，竟然动不了。

季若礼往下看了看，庄瑜的双腿竟然在发抖。

“你的腿……”

“有点使不上劲。”庄瑜声音干涩地说。

庄瑜说话的时候，握住季若礼手臂的那只手却在不断地发力。

季若礼从来不知道一个女人可以有这样大的力气。有几秒，他觉得自己的骨头都要被她捏碎了。

“到底发生什么事了？”季若礼看不到邮件内容，庄瑜又是这种反常的状态，他只有偏头问敏敏。

敏敏看了看庄瑜，又看着季若礼，狠狠地摇头。

这时，敏敏的手机响了。她看了一眼，有些哽咽地对庄瑜道：“瑜姐，是柳先生。”

庄瑜咬住下唇，眼里闪过一丝狠戾：“不要接！”

如果现在接了，她一定会露馅。庄瑜还没准备好面对柳世南，而柳世南又太了解她了。

她想起他们相遇的最初，柳世南曾经毫不客气地点评她，“撒谎是技术活，庄小姐使用得还不够熟练”。

庄瑜知道自己在这方面不成熟，她得争取一点时间，让自己各个方面看上去都很“正常”。

庄瑜又想到，如果自己跟柳世南什么都没发生，庄瑞也不会在这个时候躺在这里。

一切都是因她而起，她一定要反击，绝对不能让庄瑞白白遭罪！

庄瑜想到这里，又看向手术室的灯光。她眨了眨眼睛，觉得那灯光似乎变成地狱般的火焰向她扑过来。

整整十分钟，庄瑜都没有说话。那十分钟里，她内心经历了怎样的煎熬，只有她自己知道。

十分钟后，庄瑜忽然再次看向季若礼："你说过的话还算数吗？"

庄瑜问出这句话，其实并没有什么底气。谁知季若礼竟然连想都没想就说："算啊！我为我在网球场说的话负全责。"

她没想到，季若礼不但记得，还记得这么清楚。几个月前，她在网球场撞到季若礼被季锋为难，季若礼开玩笑说自己欠庄瑜的人情，会还给她。

庄瑜还记得季若礼说，希望他的人情她不会用到，因为如果到了不得不来求他帮忙的地步，那时的她一定很惨。

庄瑜苦笑，这真是一语成谶。

季若礼以为她没听到自己的话，于是又重复了一遍："就算没有这些人情我也会帮你的，只要你开口。至少在我心里，我们现在已经是朋友了。"

他态度诚恳，庄瑜只觉得有巨大的暖意从心底冲到眼底。她点头，努力瞪大眼睛看着季若礼说："请你帮助我保住正信集团。"

"关于当前的情况，你有什么方案吗？"季若礼问。

庄瑜心里倒是有一个办法，她又看了季若礼一会儿，似乎想用短暂的时间来判断季若礼是否可信。然而这个时候，她除了放手一搏别无选择，柳世南是她千挑万选的盟友，可结果呢？

"我是这么想的……"庄瑜先跟季若礼分析了正信现在所面临的危机，然后条理分明地跟季若礼交代自己的计划。

季若礼听完之后问："你确定？"

庄瑜郑重地点了点头，接着将自己的手机壳从手机上拆了下来。

庄瑜离开医院以前庄瑞总算做完手术被推了出来。但医生说庄瑞还没有完全度过危险期，还要在ICU里观察一段时间。

虽然发布会时间紧迫，但庄瑜还是穿上防护服进入ICU，站在弟弟的床前。

医院是一个让人觉得无力的地方，比如现在，她只能眼睁睁看着各种管子插入庄瑞年轻的身体里，而他受伤的脸部被纱布包得严严实实。他难过吗？疼吗？会怪她这个姐姐吗？

“阿瑞，你一定要醒过来，知道吗？姐姐没有你不行，姐姐没有你也活不下去，所以你一定要醒过来。”庄瑜说完，眼眶酸涩地看着病床上的庄瑞。

她的话他能听到吗？

庄瑜想起医生从手术室里出来，对她说就算是度过了危险期，庄瑞也不一定能够醒来，因为他的头部受了很重的伤。

“不过，也许会有奇迹。”

那一刻，庄瑜只觉得生命里有什么轰然崩塌，骤然远去。

医生出来的时候她以为有希望了，可是现在……

乍现的希望比绝望还要令人悲伤。

奇迹是这样一件虚无的事情，并不是人们虔诚祈祷它就会出现。

况且，她现在需要的还不止一个奇迹。

必须要离开医院了，她还有很多事要处理。

走出医院大门，庄瑜有点恍惚。

正午时分，周遭高而密集的楼宇将阳光割裂，支离破碎地洒落在地上，就像是她荒腔走板的人生。

回去洗漱更衣准备下午的发布会，庄瑜从镜子里看到的那个人如行尸走肉。她试图给自己化妆，想用精致的妆容巧妙地掩饰自己的疲惫。但是因为皮肤太干，涂在脸上的粉底都轻飘飘地浮在表面，衬得她更加面目可憎。

这个时候，柳世南的电话又打来了。庄瑜死死地盯着手机屏幕，她知道柳世南是一个多么聪明的人，稍微的疏忽都会露出破绽，这一次她必须接。

庄瑜曾经在接起他电话的时候有多么期待，现在就有多么抗拒。

“越是被逼上绝路，越是要气定神闲。”这也是柳世南曾经告诉她的话。

庄瑜一个深呼吸，抬头看着镜子里的女人。片刻后，镜子里的人竟然展露出一抹无限温柔的笑。

这一刻，庄瑜知道她得到了那张梦寐以求的面具，她已经准备好了。

电话被接起，柳世南劈头就问：“你怎么样？”

“不好。”庄瑜轻声说。

她就像平日里一样，将他不在期间的事情说给他听。末了庄瑜说：“我真的很不好。”

初遇的时候，柳世南曾经警告她，“求人要有求人的样子”。庄瑜想，她现在就很有这种样子。是的，她在撒娇，有意识地撒娇和示弱。庄瑜的语气是那样温柔、平静，对柳世南充满了依赖感。

他现在一定觉得很痛快吧？潜心设下的计划只差一步便可以完美收网了。

接着，庄瑜听到柳世南说：“庄瑞的事情我帮不了你，但公司的事你不用怕，我已经开始吸纳正信的股票，不久后安丰就会举牌，通知证交所和证监会。有件事我要事先说明，这样一来，安丰的持股比例可能会超过你的。不过你也知道，我为了帮你，别无选择。”

明知道会是这样，庄瑜还是感觉到一种万箭穿心的痛。

他分明早已做好准备，却还是一副为她好的姿态。

人与人之间，需要跨越多么极致的虚伪，才能抵达彼此的真心？

可是现在她不能拆穿他。于是庄瑜尽力压制住自己的情绪说：“我相信你。”

一番简短的对话，庄瑜能听出，柳世南还没有发现异样。

就像他了解她那样，庄瑜现在也足够了解柳世南。

不幸中的万幸。

他们又说了几句话，便收了线。挂断电话后，庄瑜看到镜子里的女人一点点地收敛了全部笑意。几秒后，庄瑜猛地把电话掼出去好远。

“啪”的一声后，她听到了自己心碎的声音。

恶心，真是恶心！

庄瑜闭了闭眼睛，不由自主地俯身干呕起来。

在距离GK的小型记者发布会还有三十分钟的时候，庄瑜见到了柳世南。庄瑜看到他的时候不由得想，这段时间柳世南真的如他所说是在国外吗？为什么他把每一个点都掐得这么准？现在他是不是要跟她说，之前之所以联系不上，是因为他还在飞机上？

这真是一个天衣无缝的计划啊！庄瑜冷冷地想。

柳世南朝着她走来的那一刻，庄瑜感觉自己的灵魂好像从身体里抽离，飘荡在空中，用一双冷眼看着眼前发生的一切。

她看着他对自己笑，看着他温言安慰面色苍白的自己，看着他毫无愧疚地将她搂入怀里。

她从来不知道，他的演技可以这样好。有那么几秒钟，她还会自我怀疑，是不是错怪他了，这一切怎么可能会发生呢？一个人欺骗另一个人，为什么可以这样真？

那双在她狼狈的时候伸出的手，那些他们在一起的点点滴滴，还有他们在暗夜里相互取暖的温存，都是她一厢情愿的假象吗？

“你还好吗？”

柳世南的询问让庄瑜很快调整了自己的状态。因为现在的她，同样需要真诚地表演。

庄瑜拿出毕生的定力，在柳世南的面前表演惊慌，表演恐惧，表演愤怒，最最重要的是表演对柳世南的信任和爱。

最后，庄瑜飘浮在空间上方的灵魂，看到他们热烈地亲吻。

庄瑜没想到，她的身体竟然连这个都可以忍。

原来，只要人愿意，什么都能忍。

忍无可忍，还是要忍！

亲吻之后，她在他的怀中认真地审视那双眼睛。因为庄瑜想看清楚眼前这个她永远也看不透的人体内到底有没有心，还是不是人！

柳世南发现了庄瑜的异样，有些僵硬地笑了笑：“怎么了？用这种眼神看着我？”

庄瑜心头一跳，冷汗如幽灵爬上她的脊背。她忽然伸手抱住柳世南，紧紧地抱住。这样他就看不到她的眼睛，她害怕精明的他从自己的眼里看出端倪。

几秒后，她感觉到他的手抚上自己的背，一下又一下轻拍着安慰。

“这么害怕啊？”他问。

庄瑜顿了顿，声音很轻地说：“现在不怕了。”

是的，现在的她，已经被打碎了的她，竟然连他这个魔鬼都可以拥抱。她还有什么可害怕的呢？

就在庄瑜不知道该如何结束这个拥抱的时候，敲门声响了起来，接着是敏敏的声音：“瑜小姐，是医院打来的电话。”

庄瑜心中“咯噔”一下，她匆匆推开柳世南的肩膀，垂眸走到门边，打开门接过敏敏的电话。

“什么事？”庄瑜紧张地问。

“是我。”电话那头却传来庄怜心不客气的声音，“季若礼说梅姨要把你赶出董事会？”

庄瑜皱了皱眉头，她怕柳世南听出什么，于是转身对他做了个手势，径直往卫生间走去。卫生间的门关上后，庄瑜又听到庄怜心骂她：“笨蛋。”

庄瑜蹙眉。

“梅姨是什么人你还不清楚吗？爸爸都没有她心思深，你根本不是她的对手！”庄怜心说。

庄瑜苦笑，她当然知道了。不过她觉得现在不是争论这个的时候，于是问：“你现在怎么样了？感觉好点了吗？”

听说自己的子宫被摘除以后，庄怜心的反应竟然格外冷静。这让庄瑜心里直打鼓。虽然给庄怜心做手术的医生医术精湛，但这种手术是会对庄怜心的身体产生很多意外的影响的，且这种影响会是长期的。而且，她好像很想要孩子……

庄怜心没有回答庄瑜的问题，继续自己的话题：“我会把我名下正信的股票转给你，不要钱的。”

姐姐出乎意料的决定让庄瑜鼻头发酸。她一时之间不知该如何发声。

人生有种种没想到，有坏的，也有好的。

庄怜心手里的股份对现在的庄瑜而言是杯水车薪，可难得的是姐姐的这份心。此时此刻，庄怜心能对她说出这样的话，就代表那个盘桓在她们姐妹心里多年的疙瘩，终于解开了。

也许人只有置身于绝对的黑夜，才能看到真正的光明。

找回自己的声音后，庄瑜由衷地说：“谢谢你啊，姐。”

庄怜心冷哼一声：“你不要太感动，我也很坏，我这么做的目的是要你一直都欠着我的。一辈子都欠着我，下辈子做姐妹还要欠着我。庄瑜，你听明白了吗？这辈子和下辈子你都是欠着我的！”

庄瑜眼眶温热，吸了吸鼻子说：“我听明白了。你支持我、爱我，下辈子还想要跟我做姐妹。”

“……”

电话那头久久没有说话，庄怜心似乎也哭了。

最后庄怜心对庄瑜说：“我现在很好，医生也说我恢复得很好。公司的事我帮不了你，但是这段时间我会好好看着庄瑞。他也是我的弟弟，他醒了最要感谢的人是我。”

庄瑜想笑，可是刚刚勾起嘴角，眼泪却涌了出来。

大概庄怜心也觉得难为情：“没事我就挂了。”

“等等！”庄瑜开口制止她。

“怎么了？”庄怜心问。

庄瑜用手背狠狠地擦了眼泪，小声说：“你的股票先不要急着转移到我的名下。”

“为什么？你不是正需要这些吗？”庄怜心觉得很奇怪。

庄瑜摇了摇头：“这个动静太大了，我怕会打草惊蛇。”

“那你想到办法对付他们了？”庄怜心问。

庄瑜说："那就要看季若礼能不能帮我办成那件事了。"

庄怜心沉默了一下，说："其实季若礼那个人还挺靠谱的。我以前啊，就是眼瞎。"

"咚咚咚。"有人敲门。

是柳世南，他说："庄瑜，时间到了。"

庄瑜"嗯"了一声，挂断了电话。她站起身，对外面说了一句"等一下"，又打开水龙头洗了把脸。

庄瑜往脸上扑了几捧水，接着抬头看着镜子里的自己。她的脸自然是有些肿的，但脸色却奇迹般地好了很多。

刚刚的通话虽然短暂，对她而言却是莫大的鼓励。

与其说庄瑜从里面看到了希望，不如说她从那通电话里看到了爱。

而对于人类而言，爱跟希望有时候是相通的。

柳世南看着庄瑜从卫生间出来，她的眼睛肿了，可似乎多了一抹刚刚没有的神采。

"跟谁打电话呢？"他搂着她，用下巴摩挲她的头。

他忘了，他以前从来不会问这样的小事。

费尽心机的布局眼看着就要收网，他本应镇定，但他做不到。从看到庄瑜眼睛的一刹那，柳世南的心里就开始忐忑。他平日里很能够感受到她细微的心思，但今天柳世南觉得自己这种感知力似乎有所下降。

就像现在，他看着她红肿的眼泡，忽然就产生了一种莫名的无力感。

假如她知道了事情的真相，会怎么样呢？他没想到，自己竟然会害怕那一刻的发生。

可是，现在要让他停手是不可能的。

对柳世南而言，帮助Alpha完成收购是他职业生涯里一场非常重要的战争，他将自己的名誉跟将来都放在里面，他一定要赢！

"没什么，是庄瑞的主治医生打电话跟我说现在的情况。"他听到庄瑜说。

柳世南随口“嗯”了一声，并没有要问庄瑞情况的意思。

他现在应该也很紧张吧？所以连戏都演得不那么完整了。庄瑜这么想着，微微垂下眼帘，以免眼神泄露自己的心绪。

“我们走吧。”她说。

他说了一声“好”，向她伸出手。

柳世南看到庄瑜顿了顿，将自己的手放在他的掌心。

她的手冷得像冰。

发布会在W酒店的会议室举行，会议室本就不大，现在里面还站满了人。空调似乎失去了作用，人们的体味和香水味交织在一起，合成一种难言的味道，令庄瑜深感不适。

柳世南陪着庄瑜坐在靠后的位子上，她的手还被柳世南攥在手里，可是那并不能使庄瑜感觉更好一些。多有意思啊，以前觉得是支持的动作，在得知真相后只觉得是操纵和禁锢。

会议开始后，庄瑜就一直盯着台上。她逼着自己目不斜视，也逼着自己摆出冷漠的表情。她知道，接下来的几天里，将是她在这个剧本里的重头戏。她一定要演得足够好。

从跟柳世南进入会场开始，庄瑜就能够感觉到周围的人用种种异样的眼神注视她、观察她。此刻她的身体仍然在微微颤抖，但她的心里却冷静了许多。

庄瑜想，过了这么久，她的适应能力已经比最开始接手公司的时候要好太多。原来在此之前，她每一日的咬牙坚持都没有白白浪费，而柳世南对她的“指点”也很成功。

会议居然是由侯正宪主持的。这个被正信解雇了的高层，如今以GK员工的身份站在台上，对庄瑜进行宣判。

似乎是为了故意让庄瑜难堪，侯正宪每说两句话，都会看向庄瑜。每到此时，庄瑜都会十分平静地跟他对视，直到侯正宪先移开目光。

庄瑜想，她就算要输，也不能输给侯正宪这样的人；她就算要输，也不能是现在！

发布会进入正题后，GK的薛明上台。

《告全体股东书》的内容自然是提前写好，并且经过了反复斟酌的。

GK准备得非常充分，把正信的业务情况、公司结构、股本构成和股票走势都做了简要的介绍，并且分析了公司现有的产业状况等，洋洋洒洒的内容，念了快一个小时。

庄瑜在台下听得非常仔细，一个字也没有漏。等到薛明快念完时，她忽然举手："我要求说两句话。"

台上的薛明没料到庄瑜会在这个时候站起来，他愣住了。

"这个……没有必要吧……"许久，薛明才说了这句话。

庄瑜的嘴唇微微动了一下，站起身来整理了一下套装的裙摆，沉着地质问："这件事一天没有尘埃落定，我就还是正信的主席，为什么不能发言？"

……

"对啊，让庄小姐发言嘛。"

"给正信提意见为什么不让正信的主席发言呢？"

"我们想听正信的主席说两句。"

……

这个时候，看热闹不嫌事大的记者们发话了。

庄瑜微微一笑，她知道自己的目的一定能达到。

既然是记者发布会，当然要照顾到记者的想法，薛明下台同前座的几个人短暂交流，又跟侯正宪说了几句话后，终于站回台上。

"好，现在我们有请正信的现任主席庄瑜小姐上来发言。"

庄瑜偏头看了柳世南一眼，接着站了起来。她走了两步后，柳世南的手才恋恋不舍地放开。

就这样，庄瑜在众目睽睽之下走上了讲台。

她的目光掠过台下的一干人等，尽力让自己保持镇定，缓缓地说："正信一直欢迎新老股东提意见，刚刚GK提的意见我都记在了心里，有些我同意，但很多我都不能同意。稍后正信会以自己的方式对这份告股东书做出回应，到时候会以正式形式通报各位记者。”

“庄瑜小姐指的‘稍后’是什么时候？”

“现在这种情况您是被逼的吗？”

“正信的董事会改组是否意味着您将失去现在的职位？”

……

庄瑜的上台让现场气氛变得更加热烈，然而庄瑜并没有回答记者们的提问，而是稳稳地走下了讲台。

柳世南很快上前护着她离开会场。

庄瑜这么做完全是为了给自己争取时间，她希望季若礼那边能够一切顺利，她希望自己最后的希望可以不放弃她。

也许会有奇迹。

发布会从头到尾，庄瑜的脑海里反复出现的就是这句话。

她想到庄怜心的那通电话，忽然觉得没有什么是不可能的。

所谓奇迹，不就是在绝境中产生的吗？

本以为这一切已经结束，庄瑜跟柳世南却在酒店大堂碰到了苏雅梅。发布会继母没有出席，来的是她的代理律师。可苏雅梅现在在这里出现，庄瑜想，也许是为了看她有多难堪吧？

两个人对视，庄瑜觉得继母看上去依旧雍容，想必这次行动在苏雅梅的眼中十分成功。

庄瑜不想跟苏雅梅多说，冷着脸与她擦肩而过。

“小瑜。”

庄瑜心中一震，停下脚步，但是没有回头。

“我知道你现在不想见我，但是我有话跟你说。”苏雅梅说话的腔调一贯优雅。

庄瑜缓缓转身，看着眼前的这个女人。

既然早晚都要面对，现在躲开也没有任何意义。

庄瑜看到苏雅梅目光流转，眼睛从她的脸上转到柳世南的脸上，再爬上庄瑜的脸。

庄瑜忽然想起继母在嫁给父亲之前曾经是一位京剧演员。

青衣，据说是所有角色里最难的一种。继母蛊惑人心的天分跟她的戏曲天分一样高，所以她不但能让父亲接纳她，更是让父亲带着她进入商场，学做生意。也正因为她插手了家里的生意，为公司出过力，她才会在面对那样的遗嘱时表现出巨大的不甘。

庄瑜到现在都很好奇，父亲在生命的最后阶段到底发生了什么，两个人才会彻底决裂。明明父亲是那样宠爱她……

想到这里，庄瑜开口道："你想说什么？"

出乎意料，苏雅梅没有讽刺庄瑜，而是抬了抬下巴指向柳世南。

"他不久后就会订婚了，跟叶樱。"

没想到会听到这句话，庄瑜的心猛地收紧。这一次庄瑜没有控制住自己，她猛地回头盯着柳世南。

他轮廓深邃，侧脸的棱角锋利非常，这些都是她曾经深爱的特质。也因为深爱，她竟然忘了这个男人的心深不见底。

"我的消息不会错，他的养父也是我多年的老朋友。小瑜，事到如今你不会真的以为他会帮你吧？"苏雅梅的声音又在耳边响起。

见庄瑜不回应，苏雅梅又说："小瑜，这个男人要的可比我想要得到的多，他这边跟你恋爱，那边却跟别人有了婚约。你再这么信任他，迟早会出事。不如现在回头，跟我站在一起，我们一家人，万事好商量，我不会亏待你。"

现在庄瑜明白了，苏雅梅来不是为了看她有多难堪，而是为了瓦解她跟柳世南的联盟。

此时，柳世南也终于回视庄瑜。

他面色淡漠，眼神平静，那双眼睛好像在问庄瑜："你不会相信苏雅梅的话，对吗？"

庄瑜当然信苏雅梅的话，但柳世南的反应更让她吃惊。在这样一个谎言被拆穿的时刻，他竟然可以冷静到这种地步。

此刻，他的手就扣在她的脉搏上，就像是扣住了她的命门。庄瑜努力稳住自己，末了，微微一笑，朝苏雅梅伸出手。

苏雅梅一愣："什么意思？"

庄瑜说："证据。你刚刚所说的那些话的证据。"

苏雅梅说："你宁愿相信他也不相信自己人？"

庄瑜冷笑："梅姨，这段时间你对我对公司的所作所为，哪一件是会对'自己人'做的事？"

苏雅梅说："小瑜，你不要不识好人心。"

庄瑜冷声道："所以你刚刚说的话没有证据，是吗？"

苏雅梅张了张嘴："小瑜，你……"

"那就是栽赃陷害了？"庄瑜问。

庄瑜从柳世南的手中抽出自己的手腕，反握住他的手。接着，庄瑜用带着十万分笃定的语气说："梅姨，我觉得比起无凭无据的你，我的爱人更值得我信任。你说呢？我现在前前后后看一看，把我推向悬崖的从来都是梅姨你啊。"

庄瑜说完，拉着柳世南离开。

苏雅梅面色铁青地回望，正好看见柳世南回头，对她露出讥诮的笑。

第十四章 小花园

“茉莉花开了啊，还有金盏菊。”

柳世南站在庄瑜身后，听到她说话，很简单的一句感叹，却有种瓮声瓮气的感觉。

柳世南问：“你是不是感冒了？”

“没有吧。”庄瑜还蹲在那一丛花前，指尖轻触着娇嫩的花瓣。

他不知道为什么在酒店大堂遭受到苏雅梅的诘问后，庄瑜会带自己来这里。如果不是庄瑜带着来，他不会知道市中心还存在着这样一个小花园。

精致的花园里除了各色的植物还有设计精巧的木桥、白砂、石灯笼、碧绿的苔藓。此时，一丛一丛的茉莉和菊花盛开，空气里暗香浮动，让人忘记墙外便是繁华的大都市。

“这些花是我跟宋心阿姨一起种的。她生病的那两年就住在这里。”庄瑜头也不回地说。

这里虽有他们两个人，但他觉得她好像在自言自语。

“啊，你不知道吧？宋心阿姨是庄怜心的妈妈。”她说。

“我知道。”柳世南垂眸看着她。

庄瑜笑了：“也是哦，很多事你都比我清楚。”

她的声音淡淡的，柳世南的神经却有些紧绷。这种情况，他该多心吗？可是刚刚看庄瑜对苏雅梅的反应，她当场表现出的那种对于他的信任完全不像是假的。

柳世南对自己的判断向来不缺信心。

“你也来看看吧。”又过了一会儿，庄瑜转头向他伸出手邀约，“之前送你的那些花都是我亲手从这里摘的。”

其实柳世南从来不喜欢花，可是庄瑜的笑容太温柔了，温柔到可以让他的心房塌陷。于是他走过去搭上她的手，顺势蹲在她的身边。这时，庄瑜忽然伸手摘了一枝小黄花给他：“喏，送你。”

柳世南愣了一下，接过那一枝黄花。

“喜欢吗？”她偏头看着他。

对女人，他何曾像现在这样顺从？可现在柳世南却心甘情愿地“嗯”了一声。

庄瑜目光闪烁：“说谎。”

柳世南嘴角一沉。

她的眼睛里有着能够触动他的能量，而这种能量也时时令他迷惘。

庄瑜看着他，不知道想到什么，忽然又笑了。

柳世南又感觉自己的心跟着她的笑发软。这太可怕了，他竟然会对一个女人的笑心软。而心软之后，是忐忑和自责。他问自己，如果早知道会爱上庄瑜，还会不会开始这场“游戏”。

这个问题被他在内心问出之后，带来的是巨大的恐慌。他怎么可以因为一个女人而否定自己做出的商业上的决定？只有软弱的男人才会有这种想法。

这么久以来，有人说他坚韧，有人说他幸运，有人说他耐心十足，更有人说他无情。在所有描述他的字眼里，绝不允许出现的词就是“不自信”和“软弱”。

“我现在给你一个机会，对我坦白。”他又听到庄瑜带着撒娇和玩笑的语气说。

庄瑜看着柳世南，他曾经说过，这世界最荒谬的玩笑里都会有三分真实的成分。

柳世南的心漏跳了一拍，他看到她脸上的笑意，也看到夜风张开双臂将她拢在怀里。

“坦白什么？”他问。

庄瑜调整了自己的姿势，变换成面对他的方向，然后伸出手臂，钩住他的脖颈。

“谎言啊。”她的声音很甜，眼神带着深深的蛊惑。

他凝神注视她的眼睛，那里面一片纯净。

不，她在说的绝对不是公司的事。如果是公司的事，她是藏不住的，那么她所指的“谎言”应该就是刚刚花的事。

她很有耐心地等了一会儿，接着好像是累了，完全抱住他，把下巴搁在他的肩头，将身体的重量完全交付于他。

柳世南啊，他说过的话她全都记得，可他自己却全忘了。

片刻后，庄瑜如小女孩般轻轻晃了晃他的身体，撒娇道：“说嘛，我给你一次机会，不要再骗我了哦。”

她柔软的发拂过他的耳际、脖颈边，挠得他痒痒的，心里也痒痒的。

他于是抬手摸着她顺滑的头发，真心实意地说：“我不喜欢花，但你送的，是例外。”

柳世南听到她安静了几秒后，“扑哧”一声笑了。他感觉到自己的脖颈有些潮气，应该是庄瑜呼出的气。他想把她拉开来看一看，可是她说什么都不肯放手。最后他只能像是抱树袋熊一样，掐着庄瑜的腿将她抱起来。

短短的时间内，她轻了很多，更像一只小猫了。

再一次，柳世南感觉到一阵心软。

该死的心软，一点点地侵蚀着他的意志。他感觉到，自己距离放弃只差了那么一点点。他浑身的每一个细胞似乎都在告诉他，如果她知道了一切，如果她在他的面前因此流泪，他不是没有放弃计划的可能。

柳世南震惊于自己的感性。但是很快，庄瑜便自己解释：“医生说庄瑞不知道什么时候才能醒过来，我觉得好累啊。”

原来她的反常是因为弟弟。

柳世南不知道是该放心，还是该担心。但他知道庄瑜对庄瑞的感情从来都不一样。那次叶樱带着庄瑞去飙车，就让庄瑜既生气又难过。对了，柳世南忽然想起，庄瑞在中国，那叶樱呢?

“你说他能醒过来吗？”庄瑜打断了柳世南的思考。

“能。”柳世南想都不想地回答。抛开商业上的输赢，他发现自己愿意实现她的任何心愿。

柳世南说完又问：“饿了吗？要不要去吃饭？”

庄瑜摇了摇头：“最近吃了就想吐，还不如不吃。”

柳世南的心没来由地慌了一下：“有没有看医生？”

庄瑜点头：“只是寻常的肠胃不好。”

“从小就不好？”

“嗯，小时候还常常会去吊水呢。你小时候身体好吗?你好像从来没说过。”

“什么？”

“你的小时候。”

他笑了笑：“你有兴趣可以提问，我随时都能回答。”

庄瑜也笑，站起身看着花园里的风景。藏在石灯笼里的灯光明亮得恰到好处，整个花园都在这柔和的光里浮了起来。

不，庄瑜想，关于他的一切，她已经不想问了。

车子开出，绕过城市最繁华的夜景，最后在医院的门口停下来。

柳世南说：“我送你去上面。”

庄瑜说：“不用。你还是帮我盯着GK的事，你不在，我不放心。庄瑞现在出了事，我全靠你了。”

她说着，主动过来吻了吻他的嘴角。就在他想要加深这个吻的时候，她推开了他。

“对不起，这几天可能都没办法陪你。”庄瑜笑了笑，很勉强。

柳世南愣了一下，表示理解：“没关系。”

庄瑜站在医院门口目送他的车子离开。她关上车门的时候，看到他又拿起了她送的那枝花来看。庄瑜想，这是她最后一次送花给他了，这次是金盏菊。

她想柳世南还不知道，在花园里的那个她不是在向他寻求安慰，而是在给他最后一个机会，坦白的机会。就像许多年前，那个病入膏肓的女人，到生命的最后时刻都在妄想得到保镖的解救。

庄瑜才二十六岁，她想给自己的爱情一个机会。可是显然，爱情这种虚无缥缈的东西，柳世南是不信的。

就像那个跟宋心阿姨在一起的保镖。宋心阿姨不知道，保镖事后还觍着脸向庄家勒索了一笔封口费。因为他手里有跟宋心阿姨在一起的照片和视频。

赤脚的不怕穿鞋的，庄家比他更害怕丑闻。

女人多傻啊，总是沉沦在对爱的自我感动里，忘记了男人们可以有多么薄情。

茫茫夜色中，庄瑜望着那辆载着柳世南的车，就在它要消失在长路尽头的时候，车子忽然停了下来。

庄瑜的心忽地被提了起来，她的嗓子像是着了火一般燃烧着。有那么几秒钟，她以为自己的故事会有所不同。

可是推开车门下车的却是杨帆，他一路小跑着来到庄瑜的跟前，给了她一个文件袋。

“柳先生说，这份文件最后的去向最好由庄小姐来定夺。”

庄瑜狐疑地接过文件：“这是什么？”

“柳先生说庄小姐看到内容自然会明白。”

杨帆说完这句话，又给庄瑜恭恭敬敬地行了个礼，才转身离开。

庄瑜随手拆开文件袋，她只借着路灯扫了一眼里面的内容，心霎时间就凉了半截。等庄瑜再抬头，那车灯已经彻底消失了。

她就知道，柳世南不是一个没有准备的人。

怪不得他在面对苏雅梅的时候表现得那么镇定。

庄瑜想到这里，低头又看了看文件，文件的最底端，有个红色的手印，红得让人心颤。许久，庄瑜仰天笑了笑，她内心深处的那点小幻想在这短促的笑声中完全破灭。

最后一次送他鲜花，在茉莉与金盏菊之间，庄瑜终是选了金盏菊。

这是一个正确的决定。

金盏菊，花语是——离别之痛。

庄瑜绝对没有想到会在庄瑞的病房外看到宗康。

此刻，她这个心智永远停留在八岁的小弟弟趴着玻璃窗看着躺在ICU里面的庄瑞，那样子竟然比上课还要认真。

庄瑜急忙走过来问庄怜心："宗康怎么在这里？梅姨知道吗？"

"他自己跑来的。"庄怜心凉薄地一笑，说，"儿子丢了，疗养院肯定会给她打电话，梅姨现在应该急疯了吧！"

庄瑜讶然地问："你没告诉梅姨宗康在这里？"

庄怜心皱着眉头说："我为什么要上赶着告诉她？让她着急有什么不好？她出事了对你来说就是好事。都这个时候了，你别这么'圣母'行不行？"

庄瑜无语，她不是"圣母"。事情到了这种地步，庄瑜对苏雅梅的任何遭遇都绝无同情。她只是觉得这样的事情已经很难看了，不想再让无辜的宗康卷进来。毕竟他们跟宗康之间有着怎样都无法割断的血缘关系。

"放心啦，现在监控技术这么发达，梅姨想找儿子，很容易的。"

果然，庄怜心话音刚落，苏雅梅跟她的司机就出现在了长廊的尽头。此时的苏雅梅脚步很急，少了平日里那种气定神闲。她先是走到庄宗康的背后将儿子拉到怀里检查了一遍，确认宗康没事后才又走到庄瑜的面前。

谁都没想到，苏雅梅居然扬起手臂就要打庄瑜，庄怜心猛地站了起来。

没有预想中的响动，苏雅梅的那个巴掌始终没有落下，因为庄瑜稳稳地抓住了苏雅梅的手腕。

女人们的动静惊动了宗康，宗康忽然大叫起来。他的喊声引来了护士的警告，庄瑜把苏雅梅往外一推放开了她。她那一推力气不小，苏雅梅没站稳，一个趔趄差点跌倒。

“你们接宗康过来，为什么不经过我同意？！”被司机扶住的苏雅梅气急败坏地问。

庄瑜微微皱眉，庄怜心开了口。

“你想太多了吧？这种时候谁有心情接宗康过来？是他自己跑来的好吧？！”庄怜心不客气地说。

“你闭嘴！”苏雅梅呵斥庄怜心。

庄怜心冷笑：“苏雅梅，拿镜子照照你自己的样子，再掂量掂量你的身份，你凭什么命令我？”

苏雅梅说：“你说什么？！你算个什么东西敢这样跟我说话？！”

庄怜心说：“我不是东西，我还姓庄。你呢？你嫁给我爸爸还想侵吞我们家的公司，就是养不熟的白眼狼。”

苏雅梅急火攻心，正想回击，庄瑜开口了。

庄瑜问：“梅姨，爸爸最后的日子里用的进口药物，是你让李爱兰换成维生素注射液的吗？”

走廊里的空气忽然之间就凝滞了。在看到柳世南给她的那份李爱兰的自白书的时候，庄瑜还在想自己到底该以什么样的方式，在什么样的场合抛出这个问题，但现在她想都没想就问出口了。

这种事永远不会有什么好时机，当下就是最好的时机。

庄瑜不明白，为什么会有人对自己亲近的人做出这种事。几十年的夫妻感情，难道在金钱和利益的面前就这么不堪一击？

庄瑜问完这个问题，两眼就一眨不眨地盯着苏雅梅。

当庄瑜捕捉到苏雅梅眼中一闪而过的眼神时，她感觉到自己浑身的血液都在倒流。

她很快得到答案，是的，人与人之间的感情有时候就是这么脆弱。

这一切都是真的。

庄瑜觉得心寒，李爱兰的事情反反复复折磨着她，可到头来，父亲的死竟然真的是一场谋杀，而凶手就站在她的眼前。她忽地想起跟庄瑞一起去看宗康，宗康的画里全是吊瓶。

是因为天真的宗康发现了什么吗？所以苏雅梅才会在父亲去世之后把儿子也送走了，只因为她不敢面对。

一时间，庄瑜的脑子里闪过那些画面，继母跟父亲在一起的画面。这一对夫妻多次登上各种报刊，他们的婚姻是幸福的，是美满的，他们两个人是相互成就的。可事实呢?

事实是你不满足我，我就与你为敌。怪不得父亲在最后的日子里一次又一次地喊痛，各种药剂都用了，痛，还是痛，连医生都束手无策。是护工动了手脚，没人想到一个护工敢动这种手脚！至于将录像拿出去卖给八卦周刊恐怕也只是个幌子，李爱兰只是想要借此尽快脱身。

“为什么？！”庄瑜厉声问。

“我不知道你从哪里听来的这种无稽之谈，如果把这种信息传播出去，我会起诉你的。”

苏雅梅开口了，她的声音是那么平静，竟然可以不带一丝颤音。

“到底怎么回事，庄瑜？”庄怜心被这突如其来的对话内容弄蒙了。

庄瑜深吸一口气，五脏六腑都跟着疼。但也是这种疼让她一点点地冷静下来，她抬手从文件袋里拿出一张纸，那是李爱兰的自白书。她走过去，指着下面的签名和手印给苏雅梅看了一眼，又很快收回来。

庄瑜说：“梅姨，我明白地告诉你，李爱兰的自白书我拿到了，人我也很快会找到。这件事，我会报警。你现在还有时间，想想本城还有哪位律师能多少帮一帮你吧。至于宗康，我会替你好好照顾他。”

苏雅梅的脸“唰”地白了，庄瑜最后一句话听上去完全是威胁。她不敢相信庄瑜会这样威胁她。

苏雅梅刚要开口，宗康喊了起来：“哥哥，哥哥动了，哥哥！”

庄瑜猛地回头，她跑过去透过隔离的玻璃，看到躺在床上的庄瑞正在努力睁开自己的眼睛。

喝一口可乐再顺着吸管吐出来，杯子里就会发出“咕噜咕噜”的声响，这是叶樱喜欢做的事。她以前还喜欢咬吸管，但现在为了环保，很多店面都将吸管换成了纸质材料，咬多了一嘴纸屑，让她想发火。

此时，叶樱百无聊赖地盯着酒店的入口，终于等来了柳世南。

他此刻的步速比平时要快一些，正在偏头跟杨帆交代着什么，杨帆脚下一停，对柳世南行了个礼，说了句话就走了。

柳世南原地转身看到叶樱，叶樱放下可乐，咧开嘴对他露出一个大大的笑容来。

“阿南哥哥，想我了吗？”叶樱蹦蹦跳跳地跑到他面前，牛仔短裤，oversize（特大型）的T恤是她的标配。

柳世南一边往电梯厅走一边问：“庄瑞为什么会先回来？”

叶樱愣了一下，又观察了一下柳世南的脸色，才不情愿地说：“吵架了呗。”

他眉毛微微一挑：“哦？”

“你对别人永远比对我有兴趣。”叶樱抱怨道，“明明我们才是最相配的人。”

连父亲都这样说。柳瑞德在海岛见过庄瑞，他很不满意。

柳世南说：“那是你的感觉。”

“也是爸爸的意思。”叶樱知道柳世南最讨厌别人抬出父亲来压他，但她觉得自己不得不这么做。

“爸爸说我们是按照彼此的需要打造的一对。”叶樱说。

“我再说一遍。”柳世南的声音冷起来可以像阿拉斯加的严冬，“那是你的感觉。”

电梯的几个面都安装了镜子，映出他们的影子。明明距离不远却无法靠近，好像是在预兆着什么。

“庄瑜是不会原谅你的。”电梯门打开的时候，叶樱忽然说。

柳世南猛地回头看着叶樱，手挡在电梯门边缘：“你说什么？”

叶樱梗着脖子倔强地看着他：“我说，你想先得到她公司的控制权再拆分了卖给欧洲的企业，庄瑜如果知道了这件事的真相，是不会原谅你的。”

柳世南觉得自己的脑子炸了一下，沉声问：“你是怎么知道的？”

“说你爱我，我就告诉你，我……”

叶樱话还没说完，柳世南就一把将她拉出电梯。

柳世南的动作有些粗暴，叶樱不情愿地被他拖住道：“你干什么？放开我！”

门打开，柳世南将她推搡进房间：“是谁告诉你这些事情的？！”

叶樱重心不稳，脚下一绊摔倒在地上。她抬头看着柳世南，他还是那样面无表情，可眼神是那么可怖，好像下一秒要将她生吞活剥了。

“是，是爸爸……”

柳世南点点头，又问：“庄瑞也知道了？”

叶樱摇头。

“为什么吵架？”

叶樱浑身发抖，什么都说不出来。

柳世南蹲了下来，声音不高，却全是威胁的意味：“叶樱，我在问你，你跟庄瑞是为了什么吵架？”

叶樱的眼圈红了：“你为什么这么凶？！”

柳世南嘴角上挑，忽地伸手抚上她纤细如天鹅一般的脖颈。他虽然没用力，却咬牙切齿道：“回答我的问题。”

叶樱瞪大眼睛，声音里满是恐惧：“因为……因为我不让他接他姐姐的电话，我没收了他的手机。你放开我，我害怕！”

柳世南放开了她，叶樱只觉得头晕目眩。

太可怕了，她从未见过柳世南如此可怕的一面。

叶樱满脸怨恨地说：“你就这么爱庄瑜！”

刚刚柳世南似乎陷入了沉思，现在听到这句，皱眉看向叶樱。

叶樱冷笑一声，以一种极度凉薄的语气说：“当你的爱人真可怜，爱她却要折磨她。阿南哥哥，她会像我一样爱你爱到什么都能原谅你吗？我觉得她不会，我从她的眼睛里就能够看出来。阿南哥哥，庄瑜不是那种以爱情为信仰的女人！”

柳世南站了起来，他说：“你走吧，我没时间陪你疯。”

叶樱有些神经质地笑了：“阿南哥哥，是你疯还是我疯？你刚刚为什么那么生气？你是在生我的气还是生自己的气？对Alpha的收购，父亲说这是你做得最好的局，我觉得也是。阿南哥哥，这回你把自己都当成棋子了呢！”

柳世南感觉到自己的心脏在抽痛，但他越是疼就越是冷静，就像小时候在拳击台上。要让对手找不出你的弱点，你首先就不能暴露自己的弱点。

所以他对叶樱说：“叶樱，做人别太自以为是了。另外，以后不许你在我面前谈论庄瑜。”

“为什么？！”

“因为你不配。”

柳世南的语气很淡，却透着十足的冰冷。叶樱感觉自己的胸口被枪子儿崩了个大洞，冷飕飕的风袭来，从那个洞穿过，将她的身体割裂成两半。

她应该爱庄瑞的，她爱的人如果是庄瑞就好了。

庄瑞从来不会嫌她讨厌，他对她永远有耐心，对她也很尊重，她不满意的地方他会尽量改，庄瑞还会在他姐姐面前保护自己。

这些都是柳世南不会为她做的事。

这一次如果不是她做得太过分，没收了庄瑞所有的东西，逼着他跟自己的姐姐切断联系，庄瑞才不会从她的身边逃跑……

可爱情就是这样不讲理，应该喜欢的人没感觉，不该喜欢的人却抓住不放。她就是太难过了才会问父亲怎么办，如果柳世南跟庄瑜结婚怎么办？父亲安慰她说不会的，庄瑜对阿南来说就是生意。他认为这个养子跟他一样冷血。

柳世南说完那句话就进了卫生间，叶樱慢慢地从地上站起来。她现在才感觉到身上的疼痛，刚刚摔倒在地，她的手心蹭破了皮，这么多年他什么时候在她面前这么气急败坏过？

没有的。

而这一次，不过就因为她提了一句庄瑜。

叶樱离开前瞥了一眼卫生间的门，她再次确认，柳世南根本从来就没在乎过她的感受。

叶樱忽然很想去看看庄瑞。就在她要踏出房门的一刹那，柳世南出来了。他似乎刚洗过脸，水从他的刘海上滴落下来，有种别样的性感。

他说："叶樱，出了这个门，什么话能说，什么事能做，我想你应该很清楚吧？"

叶樱一愣，柳世南已经猜到了她的去向。

叶樱问他："你就这么害怕失去她？"

柳世南道："我再说一遍，别毁了我的生意。"

叶樱苦笑，是她看不清，还是柳世南没想明白？他这个表情，这种表现，哪里是在乎一单生意？他的重点是不是搞错了？

庄瑜没料到叶樱会来，叶樱站在ICU的玻璃窗外看着她跟庄瑞。庄瑜垂眸看了看，庄瑞是醒了，可现在又睡着了。庄瑜忽然庆幸刚刚从昏迷中苏醒过来的弟弟现在睡着了。

庄瑜出门，脱下身上的无菌服，站在叶樱面前。此刻的庄瑜有些疲惫，眼睛却很亮。那是准备迎接战斗的一双眼睛，就像是母猫护着小猫，全身的毛都竖了起来。

叶樱说："我要进去看庄瑞。"

庄瑜一口拒绝："不行。"

叶樱说："为什么不行？庄瑞会想见我的，而且我是他的女朋友。"

庄瑜摇头："我弟弟从来没有跟我介绍过你是他的女朋友，我也不承认你们之间的关系。"

叶樱倔强地说："他谈恋爱为什么要你批准？你没权利阻止我看他！"

庄瑜说："我是他的姐姐，他病危的时候医院会让我在他的病危通知单上签字，而不是你。这就是我的权利，作为至亲的权利！"

叶樱没想到庄瑜也有这么不讲道理的时候，她用比刚刚还要大的声音喊道："我讨厌你！"

庄瑜冷笑："很好啊，我也不喜欢你。"

叶樱觉得庄瑜跟以前不一样了，以前的庄瑜没有这么锋芒毕露，说起话来也没这么不客气。下一秒，她就听到庄瑜说："你是自己走还是我叫保安把你请走？"

叶樱说："你凭什么？这医院又不是你家开的，我想来就来想走就走！"

庄瑜没再跟她废话，直接打了电话给医院的保安。

叶樱是被保安架出医院的，保安解释他们这里是私人医院，非常注重病人的隐私。

叶樱觉得庄瑜就是欺负她，因为她跟庄瑞一点法律上的关系都没有。

被赶出来的叶樱看着医院的大门，心里忽然有一种孤寂蔓延开来。为什么一个什么都不如自己的女人却同时占有了柳世南和庄瑞？！

她有点恶毒地想，庄瑜你也风光不了几天了，过不了多久你的公司就会被收购和拆分，到时候连我爸爸都可以命令你！

叶樱想到这里，又莫名地开心起来。

叶樱走后，柳世南拿着庄瑜给他的那朵花站在窗口，他觉得心情一直很沉重，让他难以去关注别的事。

在他的计划成形之前，在他跟庄瑜在坟场见第一面的时候，他没料到自己会陷得这么深，更没想到会是今天这个局面。

重点是，柳世南没想到，自己会控制不住自己的感情。

门外有响动，是杨帆来了。

杨帆走过来，站在柳世南的身后。

“怎么样？”柳世南沉声问道。

“查过医院的记录，庄瑜小姐并没有怀孕，先生。”杨帆的语气中不带一丝感情。

柳世南停了很久才“嗯”了一声，接着摆了摆手。

杨帆离开了，柳世南就站在窗前，手里拿着那朵金盏菊站了一夜。几个月前，就在这间套房里，他亲手打碎了盛着她送来的鲜花的花瓶，他的鞋子踏过娇嫩的花瓣，心里没有任何怜惜的情绪。然而现在……

柳世南手里拿着那枝金盏菊，有一刻，他甚至在想，要怎样做才能让它不要那么快凋谢。

这个念头在心里一闪而过的瞬间，他想挽救的到底是什么呢？

是庄瑜？是他们的感情？还是他自己？那个变得不一样，有了喜怒哀乐，即便身处远方也会牵挂着要回来的自己？

他从来没跟庄瑜说过，有那么几次，在异国酒店的大床上醒来，他想到她的时候，总会想到家。而家对他这个孤儿来说，是这样一个陌生的名词。

他正想着，门外再次传来敲门声，柳世南嗓音暗哑地说了一声：“进。”

杨帆再次走到他身边。

“又有什么事？”柳世南问。

“先生。”杨帆略微有些激动，“苏雅梅被捕了。”

柳世南微微挑起眉毛，接着转身反手打开了电视机。

本地的早间新闻正在播报这件事。主持人面色平静地播报着庄正信病重中坠楼的前因后果。现在有证据显示，庄正信的死的确是一个阴谋，而这个阴谋的幕后主使是他貌美的妻子。而那个消失的护工，不知怎么的又重新出现了。

“据可靠消息人士爆料，庄氏夫妇是因为遗嘱问题发生了争执，嫌疑人苏某心生不满，才决定铤而走险……所谓天网恢恢，疏而不漏，警方现在正在全力调查此案，本台记者将继续跟踪采访……”

柳世南抬手关掉了电视，室内再次陷入一片静默。

他们都很清楚，苏雅梅的入狱将不仅仅牵连出李爱兰，李伟和侯正宪都将会作为共犯被警方调查。

这本来是他们计划中的事，但柳世南听了这个消息还是有些意外。他没料到庄瑜这么快就向警方投递了那份文件，他以为她会纠结一下。

现在的她好像跟最初他认识的那个庄瑜不一样了。发生了这么多事，她变得更聪明，更沉得住气，也更果决了。

柳世南想，这对他而言算是一件好事吗?

“市场的情况怎么样？”柳世南问。

“苏雅梅这一出事，自然影响到薛明的操作。他们手上的资金支持不了多久，我想今天股市一开市就能看到明显的效果。”

柳世南点头，现在他不得不承认庄瑜这个报警的时间点选得不错，动作也够迅速。

这样也好。安丰为打这场仗准备了大量资金，但因为公司内部的资本变动，现在也稍微显得有些捉襟见肘。苏雅梅事发，薛明退出，会造成一个对他跟安丰来说都刚刚好的有利局面。

柳世南转头看了一眼墙上的时钟，再过半个小时，安丰的胜利就要来了。

可不知道为什么，他怎么都高兴不起来。

“庄瑜是不会原谅你的。”

叶樱的话在柳世南的耳边响起，显得十分凄厉。

VIP病房里，庄瑜拿着热毛巾小心翼翼地帮庄瑞擦拭身体。

庄瑞脸色微红：“姐，这些事让护工来就好了。你不用上班吗？”

庄瑜摇头：“没事。”

她想庄瑞不知道他昏迷的时候自己到底有多么着急，以至于她现在能够帮他做一些清洁工作，都觉得是神赐的礼物。

庄瑞看着姐姐，出神许久才打断她：“姐，对不起。”

庄瑜挑眉，重新看向弟弟：“对不起什么？”

庄瑞说：“恋爱。”

顿了顿，他又说：“我知道你不喜欢叶樱，我以为你只是单纯不喜欢她。”

“是单纯不喜欢。”庄瑜坦白地说，“我很想说我是有什么第六感觉得她不好，但真的没有。那时我只是单纯地觉得还是要在恋爱的事情上给你自由，我又不是什么封建大家长。而且，最终要跟你一起生活的并不是我，而是你的伴侣。可是庄瑞，你因为出了事故而昏迷，躺在这里的时候，我是非常后悔的。我宁愿自己当初霸道一点。”

庄瑞说：“那时的我也未必肯听。”

他说完，姐弟俩同时叹了口气。

人总是这样，要跳几次火坑，才能真正成长。在此之前，别人的话是听不进去的。

“不过，第一次谈恋爱就是这样吧？”庄瑞低喃。

庄瑜说：“是啊，第一次谈恋爱，没有一头栽进去，又怎么算是真正地喜欢呢？”

她说到这里，眼里流露出一丝伤心的神色。

庄瑞费力地抬起手，握住姐姐的手：“不过等我好一点，我还是会跟叶樱见一面。”

庄瑜猛地抬头看着庄瑞。

庄瑞说：“不是想跟她复合，而是告别。我不想否认自己对叶樱的感情，虽然这段感情的结局不太好，可我总觉得如果全盘否定她，也等于否认了自己亲手选择的一段人生。”

庄瑜把弟弟的话放在心上咀嚼了一下，似乎还是稍微有些道理的。

“姐，我都没问，你打算怎么办？”庄瑞忽然又问。

“什么怎么办？”

“现在公司的情况。”

“当然是战斗了。”庄瑜毫不犹豫地说，“我不能把爸爸的心血拱手让人。他生前拒绝过多家国外企业的合作请求，就是想让正信电池的专利技术留在中国。这种感情，你懂，我也懂。说起来像是大话，可是真正的民族企业家不该只看眼前的利益，同时也要肩负起社会责任。”

庄瑜说这些的时候，眼中竟然散发出不一样的光芒。

庄瑞笑了，牵扯得他的脸有些疼。但他还是说：“姐。”

“嗯？”

“你现在像一个真正的民族企业家了。”

此时，阳光透过窗户散落在病房里，股市开盘。持有正信股票的交易者同时发现，证券交易所暂停了正信集团在股票市场上的交易，正信停牌了。

停牌之后，不管是谁，都不能再在市场上交易正信的股票。这是庄瑜为正信争取的时间，也是为远在大洋那头，带着她的请求的季若礼赢得时间。

第十五章 总裁办

季若礼在悉尼机场候机的时候拨打了庄瑜的电话。这么多天，他一直提心吊胆，跟岳晴见面，再通过岳晴约容科传讯的容天。

在商场里混过的，都知道容科传讯的老总容天是个多么难约的人。如果只是他季若礼的面子，容天未必会答应庄瑜所求之事。季若礼也是到这时才知道庄瑜对岳晴有着怎样的恩情。

说到底，他们都应该感谢岳晴。

有心也好，无意也罢，岳晴才是庄瑜反败为胜的一张王牌。

临行，岳晴来送季若礼。他对她说："岳晴，我很替你开心，你找到了珍惜你的人。"

岳晴笑着向他确认了自己的幸福："谢谢。"

这世上不是所有的喜欢都会有回应，但是相互尊重，彼此理解，即便喜欢最终无法成为爱，也可以开花结果，变成可以相互信赖的朋友。

也许，人在爱情的路上跌跌撞撞，不过是为了更好地认识自己，也认识身边的人。

电话接通，庄瑜"喂"了一声，季若礼便带着略有些痛快的语气说："你的人情我还了。"

季若礼能够听到电话那头的人微微舒了口气，很快，又听到庄瑜说：“谢谢你。”

季若礼说：“我们扯平了，等我回去，你手里的小本本可要还给我。”

他不过是在开玩笑，庄瑜却认真地回：“一定。”

季若礼说：“你最该谢的人是你自己。岳晴跟容先生都非常念你的好，特别是你给我的那张名片，容先生说就是为了这张名片，他也不能拒绝你的请求，因为承诺就是承诺。”

电话那头的庄瑜苦笑：“万幸，他们夫妇都是言而有信的人。”

季若礼笑了笑：“是你做得好，虽然有时候自身难保，却依然愿意真诚地帮助别人。所以人还是要相信苍天有眼，是不是？我想你每一次帮我的时候，也没有真的期待有一天我会回报你。”

季若礼的话让庄瑜猛然想起她跟柳世南最初的争执。

柳世南说，人跟人之间就是相互利用。但庄瑜却觉得，人跟人之间除了相互利用，还存在着一种更美好、更坚固的东西。

她想，当时的她并没有错。

庄瑜想到这里，竟然有些鼻酸：“是的。”

沉默过后，季若礼又开口安慰庄瑜：“振作一点。我相信正信一定能够闯过这一关。”

季若礼的这句话并不是盲目乐观，也不是信口开河。他也看到了正信停牌的新闻，知道那意味着什么。

停牌，意味着正信得到了官方的力挺。有小道消息，说是正信的西区共享住宅的开发计划很受官方的认可。季若礼以前乍听到这个计划时，跟别人一样觉得是天方夜谭。但仔细想一想，如果寻求官方合作，那这个计划就不是梦想，而是理想了。

在季若礼看来，梦想总是很远，但理想却是可以通过努力实现的。

他把自己的这些猜测说了一遍，问庄瑜自己猜得对不对。

庄瑜承认，确实是这个共享住宅的计划救了正信。这个项目一报上去就引起了官方的重视。

“你是怎么想到去找官方的呢？”季若礼问。

庄瑜说：“我研究过了，这些年来官方对养老产业极为重视，因为数据就摆在那儿，老龄化社会的来临是趋势。这么多年来，不管是从政策、财政，还是用地，只要与养老产业有关的，官方的支持和补贴都很到位。而咱们市新上任的那位领导还是学建筑的，我左思右想，冒险一试，没想到真的成功了。”

原本她的希望是寄托于新加坡基金会那边，她现在将前因后果想了一遍，总觉得新加坡那边之所以回绝了她，是柳世南通过安婉怡动了手脚。

跟季若礼通话的时候，庄瑜的车子也到了公司。

创业难，守业更难，庄瑜现在完全体会到了这个道理。

她去公司的第一件事是召集高层开会，之前庄瑜下定决心将公司里那些只领工资不肯好好做事的人开除了，那些真正为公司做事的员工反而更加卖力地工作。

“庄小姐放心，我们一定会跟公司一起渡过难关的！”

“我们一起加油，庄总！”

……

一番讲话后，庄瑜听到的全是这样的反馈，她没出息地鼻酸了。正信的这次危机让庄瑜看到了公司员工的团结，也让她确信自己之前的努力没有白费。

会议后，庄瑜站在总裁办的落地窗前向外望，忽然想起她离开病房的时候庄瑞最后问她的话。他问：“姐，你想好怎么面对柳世南了吗？”

她想，现在的问题不应该是她怎么面对柳世南，而是柳世南欠她一个合理的解释。

这时传来了敲门声，庄瑜说了一句“请进”，柳世南便推开门，大步走了进来。他步步生风，虽然带着疑问，面色却是一如既往的平静。

不知道是不是庄瑜高估了自己，此刻她望着他，眼睛又酸又胀。她紧紧地握住手又放开。她不知道自己想去抓住什么，又或者她想要抓住的东西，从来就没有真正属于过她。

这个闪念让庄瑜的心瞬间冷静下来，就如同湖水，在冷空气的侵袭下，一层一层，缓缓结冰，最终冻得死死的。

柳世南在距离庄瑜不到一米的地方停下，他沉静地看着庄瑜，似乎想要将她上上下下，里里外外都看清楚。可是他越是看得仔细，就越是觉得模糊。

恍惚间，他竟然分辨不出对面的那一双，是她的眼睛，还是自己的眼睛。柳世南分明记得第一次见她的时候，那双眼是如何不擅掩饰。可是此时，她眸色深沉，比最深处的海还要平静。

庄瑜抬头看了一眼时间，接着又看向柳世南。

也许是她的动作惊动了柳世南，他终于开口了。

他说："没听你说过停牌的事。"

庄瑜说："我也没听柳先生你说过Alpha公司的事。"

她叫他"柳先生"，她已经很久没有对他用这个疏远的称呼了。

柳世南愣了一下，抿起嘴唇看着庄瑜。几秒而已，却仿佛过了半个世纪。在这几秒内，他想清楚了一些事。

柳世南问："你是什么时候知道的？"

"所以，是真的。"庄瑜的声音淡淡的，听不出情绪，仿佛只是在确认一件最普通的事。

柳世南眉梢一挑，这次竟然是他心急了。她本来还没那么确定的，他却着急地承认了。

柳世南的默认让庄瑜的心隐隐作痛。她那颗被冰冻的心像是被人用铁锤重击了一下，"哗啦"一声碎成了渣。

当人内心的疼痛超过一定的程度，就会在表情和肢体语言中显露出来。

此刻，庄瑜脸上的悲伤就像是倾倒在地上的水那样迅速地漫延开来。而这种悲伤似乎也复刻在柳世南的心里，他觉得自己的心也尖锐地疼着。

“终于，还是认了啊。”

她说得很慢很慢，不过简单的六个字，每一个字似乎都用尽了她全身的力气。她本来就很白，此刻脸已经苍白到近乎透明。她眼底的那团绝望不断徘徊，越来越大，越来越汹涌。

那种绝望柳世南不是没有在别的女人那里看过，但是当他从庄瑜的眼底瞧见时，他发现自己心里的那种尖锐的刺痛也变成了脔割般的剧痛。

室内的空气像是凝滞了，时间的钟摆也停止了动作。

不知道过了多久，柳世南问：“你想怎么样？”

庄瑜没料到他会这样问自己。

她想怎么样?

她想这些事都没有发生！她想从来都没有认识过他！她想这一切都是一场噩梦!

他能做到吗?

他不能!

事情到了今天这个局面，他甚至没有一丝丝的悔意，他甚至在知晓停牌的事情之后，还要来质问她。

她到底还要对这个人抱有多么不切实际的幻想呢?

庄瑜想到这里，脸上露出一抹痛苦的笑意。她说：“分手。”

柳世南猛地看着她。

庄瑜深吸一口气，感觉浑身都疼得要命。但她还是抬头直直地看着他的眼睛重复：“我想我们应该分手。”

她的肩膀在颤抖，眼睛瞪得大大的。但是她没有哭，只是声音略微沙哑。

柳世南的嘴唇嗫嚅了两下，她看到他的目光变得柔软起来，因此更加警惕。

在他开口之前，她先说出了自己的诉求：“别跟我说那是你的商业决定，别跟我说你是在这个过程中喜欢上了我，或者，我从来都只是你手里的棋子，这些我都不想听。柳世南，这是我的初恋，你没有给我一个清清白白、堂堂正正的开始，所以，我要求你至少给我一个体体面面的结束。不要纠缠，不要辩解。”

她越是冷静，柳世南就越是心惊。她的话让他如芒在背：“庄瑜……”

庄瑜紧抿着唇，猛地将什么东西掷向他，厉声打断他的话：“卑鄙！你居然利用我的感情，达到你商业上的目的，这个方法真的很卑鄙！”

柳世南低下头，滚落在他脚边的是一颗蓝色的钻石，那是他送她的礼物。她说过她喜欢的，她说它像海洋一样漂亮。可是现在，他看得出她憎恶这个礼物，如同憎恶他本人。

爱不在了，再大再漂亮的钻石对她来说也毫无价值。

汹涌的难过一阵又一阵地冲刷着柳世南的内心。他以为自己准备好了面对她的怒气，可他还是低估了庄瑜在自己心里的位置。

柳世南眉头深锁，上前一步想解释，可手里的电话却响了。他看都没看就挂断了。电话再打来，他再挂断。

最后还是庄瑜开了口，她说：“或许你应该接一接这个电话。”

柳世南心一惊，他如捕猎的老鹰一样，目光锋利地盯着庄瑜：“什么意思？”

庄瑜想，他果然是个凉薄的男人。他对商业上的事永远敏锐，即便是在这样的时刻。

电话又响了，柳世南终于看了一眼来电显示，是杨帆。

他在哪里杨帆是知道的，所以杨帆现在打电话来一定是有急事。柳世南轻轻地吞咽了一下，心里有一种不好的预感。

果然，他接起电话，听到杨帆在那边语速很快地说，容科传讯宣布有意向收购安丰控股。

柳世南此时的感觉就像是在没有防备的情况下被人迎面打翻在地。

他放下电话，狠狠地瞪着庄瑜：“你做的？你让容科在安丰最没有准备的时候发起攻击？”

庄瑜竟然毫不犹疑地承认了：“是的，柳先生。你也是在正信最没有防备的时候发起攻击的。我记得你曾经说过‘了解别人的难处就是为了利用他们的弱点’，我师从最好的老师。”

柳世南不敢相信自己的耳朵，自己竟然会败在眼前这个人手里。他人生的第一次滑铁卢，竟然是自己一手调教的人制造出来的。

庄瑜说：“柳先生，也许你现在应该回美国，而不是站在这里质问我。对我来说，正信的危机已经过去了。可是对你而言，安丰控股的危机才刚刚开始。”

柳世南不由得笑出声：“这么说我还该感谢你了？”

“是啊。”庄瑜说，“‘不择手段就是正常手段’。这句话，柳先生，我原封不动地还给你。你该感谢我，我用的手段比你的要光明正大得多。至少，我没有用自己的感情去做赌注！”

柳世南的怒气值瞬间冲到了最高峰：“庄瑜，你这是在公开与我为敌！”

庄瑜说：“柳先生，是你先招惹我的。”

是他让她成长。他亲身示范，给她上了最好的一课。

庄瑜最后的那句话说得是那么云淡风轻，就好像他们之间的爱情从来没有存在过。而她刚刚显露出的悲伤，也像是流云一样，风一吹就消失了。

她想，她跟他到此为止，已经没有什么好说的了。

“请吧。”庄瑜说。

柳世南又站了一会儿，电话又响了，他皱了皱眉，终于转身离开。

门被他轰然关上，在那之后室内静得就像是从来没有人来过一样。

庄瑜知道，她赢了。但她心里没有一丝喜悦，相反有一种沉重和疲倦挥之不去。

也许对她来说，爱情，是神赐的惩罚。

柳世南是跟叶樱一起回的纽约。飞机上，叶樱就坐在他的身边。

叶樱似乎很快忘记了他对她的坏，还是“阿南哥哥”“阿南哥哥”地叫他。

他想在这方面，庄瑜就记仇多了。庄瑜是个愿意付出真心的人，但她一旦被伤害，就绝对不肯原谅。而她这一次，将自己的复仇心藏得很好，一直到最后给他致命一击的时刻才暴露出来。

其实他早该清楚不是吗？一旦她知道他的目的自始至终都是要对正信下手，她便不会有原谅他的那一天。所以他才寄希望于他们会有失误。假如她之前呕吐的反应是因为怀孕了，这个故事的结局会不会不一样？

然而没有意外，他爱上的女人虽然稚嫩，却有着惊人的学习能力。而她那么清醒，在这方面始终把自己保护得很好。

空姐给柳世南倒了酒，飞机起飞没多久，他已经干了快一瓶烈酒了。

叶樱把酒杯从他的手里夺过来，说："阿南哥哥，你现在颓废给谁看呢？"

明明庄瑞也去找过她，可是她就觉得没什么。她只记得庄瑞说："希望以后不要再见面。"

叶樱想到这里，忽然感觉心头一凉，这是她以前分手的时候从来没有感受过的。那一刻，看着庄瑞的眼神，她忽然感觉到自己体内有什么珍贵的东西消失了。不过还好，她从来都是个健忘的人，叶樱想自己会很快忘记庄瑞的。

"少管我！"柳世南把酒杯从叶樱的手里夺回来。

烈酒握在手里，柳世南仰头一饮而尽。那种辛辣，从口腔到胃里，接着肆意蔓延到全身。

为什么这种时候酒会越喝越清醒？

他当初布局，甚至想过正信会停牌，所以才会把苏雅梅的证据留到最后才给庄瑜。他就是希望庄瑜不要走停牌这一步。但是他无论如何都没有想到，容科传讯会从半路杀出来。

柳世南心里有疑问，杨帆告诉他，是因为庄瑜资助过一个叫岳晴的人，而岳晴现在是容科传讯的老板娘。

柳世南听了，在心里骂了一句粗话，感恩，哈哈，全世界都在感恩。只有他，只有他狼心狗肺是不是？！

抵达纽约机场的时候，来接他的是养父。

叶樱被安排到另一辆车上，他跟养父同坐在前一辆车的后排。此时，纽约的艳阳从车窗投射进来，刺得人睁不开眼。

养父说："阿南，这次能帮你救安丰的，只有我了。"

柳世南的心里"咯噔"一下。刺目的光线里，他微微偏头去看养父，柳瑞德苍老的脸上露出胜利的笑容。柳世南恍然大悟，这几个月发生的事，都在养父的眼皮子底下进行。从头到尾，一切都在养父的掌握之中。

柳世南自嘲地一笑，螳螂捕蝉，黄雀在后，他这个大螳螂的身后，到底站着多少只黄雀呢?

柳世南忍了又忍，始终没有忍住。中途，他忽然开口："父亲，难道是你透露给庄瑜……"

柳瑞德摇头打断他的话："阿南，我再三说过，叶樱喜欢你，你年纪不小了，你们也该结婚了。这是我想看到的，也是你养母想看到的。"

这一句话，就算是承认了。

柳世南的心一下凉了半截，出卖他的从来都是自己人。这么想来，叶樱跟庄瑞所谓的吵架，应该就是在那个时候，他的计划已经被叶樱或者养父透漏给了庄瑞，庄瑞才会忽然离开那个浮潜小岛，匆匆忙忙赶回中国。

一身酒气的柳世南终于清醒过来，他知道自己对命运的抗争远未结束。但是，人终究会老去。他看着养父苍苍的白发想，自己在寿命上总不至于熬不过这只老狐狸。

而这个时刻，柳世南对庄瑜的怨恨竟然消失了。

他忽然想到庄瑜曾经带他去那个花园，她问他有没有什么事情要坦白。那个时候他虽然有些怀疑，但还是糊弄了过去。

他想，那是他深爱的女人留给他最后一次坦白的机会，可他浪费了。

有时候，一念之差，便是永远错过。

柳世南跟叶樱在纽约帝国大厦顶层举行订婚宴的那天，带领正信度过危机的庄瑜跟季若礼一起去参加岳晴跟容天的婚礼。

这一天，也是苏雅梅和李爱兰入狱的日子。

侯正宪则因为经济犯罪被警方带走调查，这件事本来可以不波及他的，但他起了贪心，想利用正信的风波“发点小财”，触碰了法律的底线。

岳晴的婚礼在澳洲悉尼举办，庄瑜和季若礼还意外地在婚礼上看到等待他们的庄怜心。

看到庄瑜吃惊的神色，庄怜心不高兴地问：“怎么了？我还能跟岳晴当一辈子仇人吗？她现在都淡出演艺圈了，才不是我的对手！”

庄瑜笑了笑，又摇了摇头。

等庄怜心看到岳晴进场，庄瑜作为家长在台上牵着岳晴的手，并将新娘交到容天的手里时，庄怜心又忍不住生出醋意来。

“庄瑜到底在搞什么啊？！”

季若礼跟她坐一桌，有点无奈地说：“人家今天结婚，你就不能安静点？”

庄怜心瞪着一双杏眼狠狠地拍了一下季若礼的后脑勺：“关你屁事啊？！”

季若礼没准备，差点一头栽进菜盘子里。等他再次坐好后，下意识地把椅子往外挪了挪。他觉得庄怜心分明是抱着不满来的，可是到了新郎新娘互诉衷肠的环节，又是她哭得最凶。

这个女人的脾气，像是六月的天，很能变脸！

“呜呜呜——季若礼你给我拿纸巾啊！呜呜——好感动！”

“哦哦，好。”

整个婚礼，季若礼觉得自己才是最累的那一个。他都怀疑自己来参加岳晴的婚礼是不是一个错误。可是当庄怜心哭得趴在他肩头的时候，他又觉得，自己的这个决定好像也没错得那么离谱。

鬼使神差地，季若礼问庄怜心：“哎！”

“嗯？”

“其实我不错的，你要不要跟我谈恋爱？”

“你滚开！”

“我就问问，你那么凶干什么？”

庄瑜走过来的时候，季若礼跟庄怜心正在冷战中。她刚想问他们怎么回事，忽然看到陈晶从不远处走过来。

庄瑜一愣，后来又想，容家跟陈家是世交，陈晶会来参加婚礼并不奇怪。

她愣神的工夫，陈晶已经走近了。

“小瑜。”陈晶开口叫她的名字，“之前的事我都知道了，是阿姨错怪你了。”

陈晶的话让庄瑜忽然有点想哭，也许是因为今天的气氛让她变得更加感性了。

“对不起。”陈晶温柔地说。

“没有。”庄瑜道，“是我太傻了。”

此时，两个女人相对而立，忽然同时笑了起来，心里的隔阂也消失了。

等正信集团的业务完全走上轨道的时候，庄瑜的肚子也渐渐显露出来。她出现在公司的时间越来越少，取而代之的是庄瑞。

经历了身体、感情和人生的巨变，庄瑞在恢复后选择了到正信上班。他说他也要担负起责任，不能让姐姐一个人受累。

也许这就是成长。

庄瑞的脸上还留着受伤后的伤疤，庄瑜总催他去找整形医生看一看，他却不以为意。

“我们家，有怜心姐一个人靠脸吃饭就好啦！”

今天是家庭聚餐，正在吃樱桃的庄怜心听到这话，立刻揪住庄瑞的耳朵：“你说什么？你说什么？你是在笑话我只有脸能看吗？”

庄瑞争辩道：“你得了那么多奖项，怎么会是虚有其表呢？我夸你漂亮也要挨打，太没天理啦！姐夫，快快教训一下你家媳妇儿好不好？”

季若礼从公司文件中抬起头，笑眯眯地说：“你们姐弟吵架，千万不要拉我做垫背。我还想多活几年，看着WM上轨道呢！”

从澳洲回来，季若礼跟庄怜心就领证了。因为庄怜心说不想谈恋爱，只想结婚。庄瑜没有反对，她早就觉得季若礼比季成杰靠谱太多了。

另一方面，季成杰与玩具大王千金的婚礼也如期举行。

季家兄弟一前一后地领证，但季成杰的婚姻似乎并不幸福。

有坊间传言，千金是带着身孕嫁入季家的，而孩子的父亲并不是季成杰。

不过那又是另外的故事了，庄怜心都不关心，更不要提庄瑜了。

庄瑜想到这里，好奇地问季若礼："WM要进行下一轮融资了吧？顺利吗？"

不久前，季若礼登报跟季锋断绝关系，在跟季锋艰难地谈判之后，他将自己一手创立的WM从季氏剥离了出来。

庄怜心傲娇地说："当然很好，我这么旺夫！"

季若礼立刻狗腿地说："是，夫人说得对！"

庄怜心笑着在庄瑜身边坐下，问妹妹："怀双胞胎累不累？"

庄瑜说："单双都累吧？没有孕妇是不累的，除非天赋异禀。"

庄怜心"嗯"了一声，把手放在庄瑜的肚子上。

庄瑜说："等生下来，过继一个给你好不好？"

庄怜心说："你可怜我啊？"

庄瑜抿了抿嘴，怕姐姐伤心。

庄怜心笑了，另一只手屈指敲了一下庄瑜的后脑勺："说什么过继不过继，反正生下来都姓庄。"

"不过，"庄怜心顿了顿，"你真的不打算告诉他？"

庄瑜拆礼物的动作停顿了一下，她们都知道，这个"他"说的是柳世南。

庄怜心喜欢红色，送给孩子的礼物是一堆红色的小衣服。庄瑜一件件地叠好，一边叠一边道："我跟你说过吗？他让人调查过我的病历。"

庄怜心挑起眉毛："你是说事发前柳世南怀疑过你怀孕了？"

"嗯。不过那个时候连我自己都不知道我有了宝宝。"

庄瑜现在有点庆幸，自己没有跟柳世南闹得很难看。她不想让孩子长大以后知道这件事，觉得他们的父母是以恨收场的。

无论她跟柳世南之间发生过什么，都跟孩子没有关系。

“那你想过告诉他吗？”庄瑞忽然开口问。

庄怜心立刻柳眉倒竖：“我看还是算了，他那么渣！”

庄瑞斟酌了一下，开口说：“关于正信的收购案，柳世南的确不够光明磊落，特别是利用别人的感情这一点。如果姐姐现在没有孩子，我也觉得没有再跟他联系的必要。可是……”

庄瑞认真地看着庄瑜的眼睛：“姐，你还记得小时候我们有多希望能见到爸爸吗？”

弟弟的话一下子击中了庄瑜。她当然记得，在那个物质上永远可以得到满足，精神上却缺失父爱的童年，她跟弟弟是怎样翘首期盼每年可以多见父亲一面。

一想到她的孩子无法在父亲的期待和注视下出生，庄瑜的心里总是会忍不住生出悲凉来。

末了，她缓缓舒了口气：“原谅，是一件很困难的事。”

庄瑜说完这句话，脸上浮现出伤感的神色。

庄怜心瞪了庄瑞一眼，庄瑞立刻流露出抱歉的眼神。

正信解除危机之后，庄瑜一直照常上班，很多人都以为她没有受到什么打击。只有庄怜心跟庄瑞知道，庄瑜是怎样走过来的。她常常吃着吃着饭，眼泪就掉落下来。

庄瑞出院以后，庄怜心也搬来跟庄瑜一起住，是他们陪着庄瑜一起度过了最难的时光。

庄怜心安慰庄瑜：“别听阿瑞的，你怎么决定都好，千万不要勉强自己。反正不管怎么样，这两个孩子都会在爱里长大，我们都会很爱很爱他们的！”

也许是感受到了爱意，庄怜心的话音刚落，忽然感觉手被踢了一下。

庄怜心发出惊叫：“啊！”

季若礼吓得跳起来："怎么了老婆！"

"踢我了！他们踢我了！"感觉到胎动的庄怜心觉得又感动，又兴奋。

庄瑜笑："其中一个性格很活泼。"

她没告诉姐姐，柳世南订婚了，准新娘是叶樱。而他的养父柳瑞德似乎得了很严重的病。

那天庄瑜在手机上看着这些新闻，终于深刻地感觉到她跟柳世南的分离。他们就像是两条线，短暂地相交纠缠，最终还是背道而驰。

此刻，阿珍将美味的菜肴一一端上了餐桌，庄怜心将庄瑜拉起来，又小心地将她搀扶到主位坐下。

庄瑜对庄瑞道："叫宗康下来吃饭吧。"

庄瑞刚回头，就看到宗康拿着一幅画走过来，递给庄瑜。

那幅画展开，是他们一家人在草地上野餐的情景。

庄瑜摸着宗康的头："我的小弟弟越来越像大画家了！"

季若礼说："我早说宗康有天赋，以后能开画展。"

宗康开心地说："嗯嗯，画展，要开……画展呢！"

宗康入座，庄瑜将那幅画接过来看。她看到梅姨也在他们中间，只是距离他们有些远。

梅姨入狱后，除了庄瑞会在固定的时间带着宗康去看她，他们其他人都没有再提过她。

也许这就是家庭，除了爱，它有时候还会承载一些大家无论如何都不愿触及的往事。所幸，他们这几个年轻人，因为这次公司的风波，终于看清了彼此的真心，也承认了血脉相连的温暖。

席间，庄瑜看着一脸幸福的庄怜心，觉得宋心阿姨在天有灵应该也会为姐姐开心。

柳世南知道庄瑜怀孕的同时，养父被确诊为晚期癌症。那个禁锢着他的人终于失去了最后的力量。柳世南没想到这一天的来临会这样轻易。

因为病情发现得较晚，养父从确诊到死去仅用了三周时间。

泼天的财富也无法买回生命。有那么几次，柳世南在医院的病房里看着病床上形容枯槁的养父，总会生出奇怪的感觉，以前种种都不过是一场幻觉。

柳瑞德去世那晚，只有柳世南跟叶樱陪在他身边。彼时的柳世南心里并没有挣脱枷锁的快感，相反的，他第一次对养父生出怜悯之情。

在柳世南眼里，养父这一生将名利之路走到了极致。可到最后，真正为他的死而伤心的，不过叶樱一个人。

如果人生是一场硬仗，这算是赢还是输呢？

养父下葬的那天，柳世南来到海边的悬崖上。有那么一刻，他看着悬崖下方不断翻卷的白色浪花，忽然觉得他以前追求的输赢似乎毫无意义。

许久，他下意识地拨通了大洋彼岸的那个电话号码。

彼时他听着她轻柔的呼吸，心头涌起莫名的暖意。

许久，庄瑜竟然叫出他的名字："柳世南。"

他的心里一动，问她："你怎么知道是我？"

庄瑜仿佛在苦笑，反问他："这个时候打电话给我的还能有谁？"

她的语气很平静，他的心里竟然生出无限酸楚来。

他爱这个女人，时过境迁，他才发现自己在心理上对她的依赖已经这样深，深到在思维的尽头，她竟然会是唯一的答案。

他正想着，就听到庄瑜抱怨了一句："你这个人，最喜欢扰人清梦。"

他胸口剧痛，一个想法瞬间闪过脑海。

柳世南发现自己最想做的是回到他们相识的最初，因为这样他就能改写他们的结局。

是的，他后悔了。

庄瑜打断他的思绪："你有什么事吗？"

柳世南过了很久才说："你怀孕了。"

庄瑜不说话了，他从她的这个反应里确定，那是他的孩子。他曾经热烈地期盼过，又无限地失望过。

柳世南做梦也没有想到，有一天，他会对一个女人说："你又骗我！"

电话那头的庄瑜好像笑了，轻声问："柳世南，我确定孩子是我的，因为他们是在我的肚子里生长的。可是，你能确定他们是你的吗？"

她太知道怎么折磨他了，柳世南的心被狠狠地剜了一下。他说："庄瑜，你设计我？"

庄瑜说："是你先设计我的。"

柳世南紧咬牙关，又听到她说："柳世南，容科传讯没对安丰出手，你得承认，我不欠你的。"

庄瑜不是没想过给柳世南致命一击，但她没有那么做。因为张叔叔跟她说："小瑜，你可以学习他，但不必成为他。"

虽然初恋的结局并不完美，但她一直努力在这段感情里成为更好的自己，这一点庄瑜的心从头到尾都没有改变。

说起这件事，柳世南心里更恨。

容科传讯竟然只是配合庄瑜虚张声势，目的只是为了让他撤走针对收购正信的资金。女人说起谎来，真是眼睛都不眨一下。

他说："庄瑜，你厉害！"

庄瑜点头："是的。所以你别来惹我，也别跟我争孩子。"

柳世南不甘心地强调："我是孩子的父亲！"

庄瑜说："我的孩子会在爱里长大。也许今后他们会有父亲，但永远不会是你。"

他还想说什么，却被她打断："柳世南，我还是那句话。潇洒一点，别回头。我不否认我爱过你，也请你给我们曾经的感情最后一点尊严，不要来打扰我，还有我的孩子。这是你欠我的。"

她说，那是"我的孩子"。就这样轻而易举地给这件事定了性，就这样轻轻松松地在他们两个人的生活中画下一条线。从此楚河汉界，井水不犯河水。

这次，是她先挂断电话。

彼时柳世南握住手机，手机的桌面壁纸还是庄瑜，那是她在荣悦喝醉之后被他拍摄下来的照片。这张照片从很久以前就是他的手机壁纸，事到如今他还是舍不得换掉。

柳世南这么想着，又去注视脚下的深海。这一刻，他的心里升起了一种前所未有的感觉。

又过了一会儿，柳世南好像忽然想通了什么。他用一种极轻却又十分坚定的语气说："孩子的父亲必须是我，只能是我。"

柳世南说完，打电话给杨帆："通知叶樱解除婚约。另外，给我订机票，我要回中国。"

柳世南挂断电话，再次抬头。此时，阳光从海平面一跃而起，金光四射地告诉人们新一天的来临。

第十六章

家庭号

庄瑞作为管理层加入公司后，组建了一个年轻又有活力的团队。他带领着设计师们又用了很长一段时间对西区那块地的方案进行反复讨论和修改，最终将原来单纯的共享住宅项目变成了一个住宅加商业综合体的项目。

建筑模型中，高耸的大厦里像是浓缩了一个微型城市，楼梯被做成坡道的形式。新的设计团队将中国园林的理念用垂直化的方式在大厦中实现。这里除了共享住宅，还设计了购物场所、医院、室内温室花园和幼儿园。这些空间设计交织在一起，在方便老人的同时，还为他们的生活带来了生机和活力。

这个方案的创意在国内是前所未有的，而随着方案的不断改进等，他们需要的资金和资源也越来越多。为了保证项目能够顺利开工，公开引进第三方投资势在必行。

谁都没有料到，前阵子被正信从董事会驱逐出去的安丰控股，会在这个当口再次出现。而这一次柳世南所开出的条件，竟然在方方面面都完美契合了正信的要求。

一个人在被背叛之后还有可能再次信任同一个人吗?

这个严峻的问题摆在了庄瑜的面前。

庄瑜做梦也没有想到，柳世南会刻意选择来坟场跟她见面。当她拜祭完父亲，转身时，发现他就站在不远处静静地看着她。

陪着庄瑜来的庄瑞也看到了，他踌躇地问庄瑜："姐，要不要我去跟他说让他走？"

庄瑜平静地看着柳世南的那双眼睛。她知道，庄瑞也知道，如果这次错失了安丰，西区的项目有可能再次陷入绝境。

"不用，你让他过来。我跟他单独谈谈。"庄瑜开口。

庄瑞很仔细地看了看姐姐的表情，确定她没有勉强后才走过去跟柳世南说话。

很快，柳世南便站在了庄瑜的眼前。

几个月时间，她发生了很大的变化，脸圆润了一些，身材也是。因为怀的是双胞胎，她的肚子比一般的孕妇要大。

柳世南背起双手，仿佛只有这样才能克制住自己不去拥抱她。

也是在这一刻，他最终确定了自己的心意。他绝不能失去她，他要那条通往她和孩子的路。如果没有，就是炸，他也要炸出一条通道来！

许久，庄瑜开口："柳先生。"

"庄小姐。"

这对话一如他们当初第一次相遇，却又分明有所不同。

"你来的目的是？"

"道歉。"

这两个字，庄瑜没有想到，她不由得愣住了。柳世南的眼睛从来没有这么清澈见底过，她竟然一眼就看到了他的真心。

可仅仅过了一秒钟，庄瑜又开始怀疑自己。这会是她的幻觉吗？以他的性格，不是应该利用这次的机会逼着她就范？

他们就这样对视，在短暂的时间内审视着彼此的内心。

庄瑜的嘴唇刚动了一下，就听柳世南说："以前的事，做过了就是做过了，我不会找任何借口为自己开脱。对那个时候的我来说，赢是人生中最重要的事。”

庄瑜愣怔地看着柳世南缓缓滚动的喉结，心跟着微微颤抖。他接下来要说什么呢？他又会说什么呢？她的脑海里有种无法预测的茫然。

“但现在的我，”柳世南的语速忽然变得很慢很慢，“有了心甘情愿为之俯首称臣的人。”

他说到这里，一个深呼吸，眼睛亮亮地看着她：“这个人就是你。”

庄瑜的手紧紧地攥住，她的心微微发麻，她没想到他会说出这样的话。

“所以？”

“再给我一次机会。”他下定决心说。

庄瑜的心里“咯噔”一下，她竟然犹豫了。

可是，她很快回想起他毫不犹豫想要入主正信的日子。她沉吟片刻，硬起心肠：“柳先生，你如果是为了孩子才说这些，我想……”

他迅速打断她：“不是。不是为了孩子。不仅仅是为了孩子。”

庄瑜讶异地看着他脸上一闪而过的慌张。

她想，他几乎要再次骗过她了。可是，她不能在同一个地方再跌倒一次。所以她还是没有松口：“柳先生，你已经是订了婚的人，不应该站在这里跟我说这些。”

“我已经跟叶樱解除婚约了。”

他说的是实话，虽然很艰难，但叶樱终究妥协了。她清楚柳世南的脾气，他一旦决定的事，就一定要做到。

何况，失去父亲庇护的叶樱根本无力控制柳世南。

庄瑜的目光在柳世南的脸上扫了一圈，这个男人是有备而来。

他每一次都是有备而来。

她想了想，说：“我给过你机会的，你忘了吗？在小花园，我问过你。可是你呢？你又做了什么？”

她说这话的时候不是没有火气的。

柳世南愣住。

不过他既然决定要重新回来，那么就算她有天大的火气他都做好了准备承受。

他沉吟了一下，缓声道："我知道，所以我不求你立刻原谅我。但这次我是带着百分之百的诚意回来的。"

庄瑜自然不肯相信："我记得你曾经对我说过'沉溺过去是没有用的，强者唯一要注视的只有眼前的生活'，这句话我……"

柳世南的表情变得僵硬起来，再次打断她："你从来不是我的过去，庄瑜，我不允许你成为我的过去！"

他们之间出现问题后，她就一直在拿他说的话来堵他，这让柳世南有点急了。他口气有些冲，这让两个人之间的气氛陡然紧张起来。

庄瑜握着的拳头又紧了紧："你想怎么样？逼着正信接受安丰的协议？逼着我跟你结婚吗？"

她终于还是不假思索地将自己这些天来的担心问出口。她相信他做得出，也做得到。

这个男人她还是了解的，他也许会失败，但绝不会轻易认输。

可是庄瑜发现，柳世南在听到她这句话的时候，身上仿佛被人瞬间抽走了几根骨头，垮了一下。

虽然只有短短几秒，庄瑜的心还是被震撼到了。

大概十五秒后，她听到柳世南用稍微缓和的语气说："不会。我不会再逼你。我会证明我的诚意。一年也好，十年也罢，我会证明给你看。但是孩子，也是我的孩子，你不能对他们隐瞒我的存在。"

我的孩子会在爱里长大。也许今后他们会有父亲，但永远不会是你——庄瑜在电话里说的这句话，成为柳世南这些日子挥之不去的梦魇。他拒绝接受这样的结论。

卑鄙也好，无耻也罢，他不能让她这么做！

"要是我不答应呢？"庄瑜问，"你是不是就再耍一次手段，再逼着我跟你演一回剧本？”

彼时的绝望仍在眼前，庄瑜眼睁睁地看着他往自己的胸口扎刀子。那时的柳世南何曾犹豫过半分？

不，庄瑜不愿意再来一次了。她没办法信任他，她找不到信任他的基础！

“庄瑜……”柳世南的语气忽然变得前所未有的亲昵。

“别这样叫我！”庄瑜忽然变得很激动，她的肩膀在微微颤抖。

“柳世南，你到底把我当什么了？你身边的一只宠物？还是你从商道路上可有可无的工具？从头到尾，你有没有想过，我是个人，活生生的人！一个正常的人在感情里要的不是被施舍的宠爱，也不是无所不在的控制，而是平等对话的权利，相互尊重的感情，设身处地为对方着想的能力！你想过吗？你有吗？你做得到吗？”

庄瑜脸色发白，柳世南怕她站不住，想扶她却被她躲开。

庄瑜退后一步，跟他拉开距离。

这个动作惊动了远处的庄瑞，他赶紧走了几步站到姐姐身边。

庄瑜一把抓住弟弟的手臂，这时的她太需要一个支撑了。

她缓了缓，看着柳世南说：“是，我是恨你利用我的感情。但就算是没有这一点，我们在一起也不会幸福。因为我们两个人对感情的认知，从根本上就不一样！所以，请你不要说什么‘不允许’‘不能’。我没有征求你的意见，而你也没有资格要求我！今天你会用这样的心态对我，明天就会用同样的心态对我的孩子。这样的你我没办法信任，你明白吗？！”

庄瑜的话锋如刀片片下柳世南的心头肉，让他疼痛难忍。原来只要她愿意，她可以如此轻易地伤害到他。

虽然如此，柳世南还是注意到庄瑜越发苍白的脸色。他紧紧咬住后槽牙，第一次觉得自己不善言辞。

许久，他才再次开口：“措辞有问题，我会改，但我不是在演戏。只要你花时间看看安丰前几日提交的计划，就会知道这一次我是真心想帮正信渡过难关。”

“是吗？柳先生那么聪明，计谋怎么会被轻易拆穿呢？”庄瑜冷笑。

有种无法自证的苦楚在心底弥散开来，柳世南苦笑：“庄瑜，如果我聪明，怎么会败给你？”

庄瑜咬牙切齿：“你想说什么？！”

柳世南缓了几秒，才再次抬头看着她：“或者我换一种说法。不管我们之间曾经发生过什么，孩子终究是我的亲人，请你不要剥夺我做父亲的权利。可以吗？”

这话听到庄瑜耳朵里就是抢孩子。就在她双眼冒火要开口的时候，忽然又听到柳世南说。

“庄瑜，我是个孤儿，但我不想再做孤儿了。”

这话让庄瑜心底一凉，因为他的语气竟是那样苦涩，眼神里透着无尽的萧索。

不行，不能再这么僵持下去。他示弱过后，说不定会有更大的阴谋在等着她。

庄瑜想到这里，立刻转头对庄瑞说：“阿瑞，我累了。我们走。”

庄瑞看了一眼柳世南，扶着庄瑜离开。

如柳世南所承诺的那样，他没有强迫庄瑜跟他继续交谈，而是礼貌地目送姐弟二人离开。

彼时，柳世南看着庄瑜有些沉重的步伐想，这只是一个开始，他还有很长的路要走。

所幸，他目标坚定，也有足够的耐心。

又过了两周，正信接受了安丰的合作协议。因为放眼商场，再没有能给出同等条件的对象出现。庄瑜虽然不信任柳世南，但她信任正信律师团队的判断。说白了，商场上没有永远的敌人。

签协议的那天，庄怜心破天荒地出席了。她看到柳世南，十分直接地问：“渣男，你是回来抢孩子的吗？”

彼时会议室里人来了多半，听到这话都是一身冷汗。

毕竟现在是正信有求于安丰。

柳世南活了三十几年，没有被人如此称呼过，不由得愣了一下。他倒不是在意别人对他的看法，但庄怜心不是“别人”，庄瑜爱护她，也信任她。

想一想她们姐妹之间的恩怨纠葛，柳世南不由得感叹，其实庄瑜从来都是一个心软的人。她甚至可以原谅季若礼对她的“利用”，唯有他，他做的事触及了她的底线。又或者，曾经的她对他寄予的希望和信任远甚他人。

而他对她，又何止是辜负。

柳世南想到这里，十分得体地回道：“严格说起来，并不是。”

“那不严格的说呢？”庄怜心问。

会议室里十几双眼睛盯着柳世南，那是呼之欲出的八卦之心。

此刻，庄瑜刚刚好走入会议室。柳世南的眼睛跟着庄瑜，末了，缓缓吐出一口气。

“追求。”他平淡又不失礼貌地说，“庄怜心小姐，坦白说，我所做的，不过是想追回你的妹妹。”

庄怜心挑眉：“就这么简单？”

柳世南点头：“就这么简单。”

狭小空间里那一声“哗”聚集成小小的声波，如同水面的涟漪，扩散开来。对于那些不知内情的新员工来说，安丰提出如此好条件的原因，终于在此刻找到了答案。

惊叹过后，所有的目光又聚在庄瑜的脸上。

庄怜心还要说什么，被坐在她身边的庄瑞制止了。接着，庄瑜像是没看到柳世南一样，示意助理开始会议。

庄瑜能够感觉到，在整个会议的过程中，柳世南的眼睛从未长时间离开过自己。

这个发现让她的脑子都要炸了。

在庄瑜的记忆中，柳世南从来不是一个会把工作和感情混在一起的人。他到底想干什么?

终于，会议结束了。公司员工陆陆续续地离开，柳世南走到庄瑜身边不远处，蹲下身，仰视她。

“我们谈谈。”

庄瑜抿了抿唇，眼神犹疑。

柳世南又说：“这是我以合作伙伴的身份提出的一个请求。”

庄瑜能够感觉到，他的姿态和他说话的语气，跟在坟场那次非常不同。

没有压迫感，没有步步紧逼，他的确是在发出一个“请求”。

“好。”庄瑜同意了。

庄瑞拉着庄怜心正往外走，庄怜心临出门前抓住门框回头：“喂，柳世南。”

柳世南转头看着庄怜心。

庄怜心忽然对他甜美一笑：“欺负我妹会被我阉掉哦。”

这话让庄瑞瞪大眼睛，庄瑜则捂住额头。

柳世南一愣，接着也笑了：“好。我会记住你的话。”

庄怜心再次挑起眉毛，她曾记得柳世南是怎样四两拨千斤地把她气到半死。现在，这男人好像变了一个人。

会议室的门被关上，室内只剩下他们两个人。

“你想说什么？”庄瑜问。

柳世南停了一下，仿佛在下什么决心。

少顷，他再次开口，声音很温柔：“我能做到。”

庄瑜愣了一下：“什么？”

“人与人之间需要的，平等对话的权利，相互尊重的感情，设身处地为对方着想的能力。我想过了，我可以学，我能做到。”

庄瑜凝神看着他，她看得出他是认真的。

柳世南停了一下，等庄瑜差不多消化了他的话才又开口。意外地，他跟她说起了自己以前的经历。

回忆对柳世南来说从来不是一件美好的事。他是一个从出生起就不被期待的人，十八岁以前，他被厌恶，被伤害，被抛弃，被逼迫。在这个过程中，他必须学会冷漠，才能生存下去；他必须爬上金字塔的顶端，才能不被人操纵。

所以，爱之于他从来都是超出范围的事。

柳世南从来不是一个喜欢自我剖析的人，但这一次他必须这样做。

当她愤怒地质问他，他到底把她当什么的时候，他看到了她眼里一闪而过的泪光。

那一刻，他明白了她的情绪，也看到了他们感情的症结所在。

他想起，从头到尾，庄瑜在他心里一直是一只小猫的形象。

他似乎有意无意地，将她跟自己童年的创伤联系在了一起。如果说他将她视为小猫是一种心理补偿，那为什么他下意识所做的，是养父对那只小白猫做的事？难道说，他是一个比养父还不如的人？

这个结论让柳世南胆寒，也让他明白了庄瑜不肯原谅他的根源。

她怕他依然是那个为了赢不择手段的人。

她怕他对人的伤害是没有底线的。

他自问，自己是这样的吗？那个答案竟然是，不确定。

柳世南第一次深切地理解了庄瑜的决定，将他排除在孩子成长之外的决定。他也理解了她的不原谅。

“庄瑜，我以前不懂如何去爱，我的方式也错了，但我愿意改。”柳世南对庄瑜说。

他说到这里停下，庄瑜知道他还没说完。她等啊等，等了好久才听到他继续讲：“再信任我一次，看在孩子的面上。”

成长的日子里，柳世南不止一次同死神针锋相对，他不能也从未服过软。因为他觉得，男人的归宿不是胜利就是死亡。

但是现在，一切都不一样了。他心里住了一个人，这个人还有了他们的孩子。因为他们，他跟这个世界有了千丝万缕的联系，他不再孤单，不再无牵无挂，不再满脑子只想站上金字塔的顶端。而午夜梦回，他最想做的，是握住爱人的手。

庄瑜当然知道，他说出这些话，需要多大的气力。她再次感觉自己的心在动摇。

她不由得又想到那个问题，在被一个人背叛之后，她还有可能再次信任那个人吗?

就在庄瑜要开口的时候，她忽然感觉到腹部一阵疼痛。

柳世南发现了她表情的变化，愣了一下问："怎么了？"

庄瑜深呼吸一口气，艰难地说："送我去医院！"

庄瑜没料到，柳世南竟然会跟庄怜心在产房门口吵了起来。

陪产只能进去一个人，既气愤又无奈的庄瑜最终选择让庄瑞跟她进产房。

"都想进去就都别进去！"最后时刻，庄瑜又疼又怒地喊。

产房的门被关上，庄怜心气急败坏地质问柳世南："你一个渣男凭什么跟进去？！"

柳世南竟然默认了庄怜心对他的称呼，近乎幼稚地争辩："我是孩子的父亲！"

庄怜心冷笑："谁能证明？孩子从你产道里爬出来？还是他们在庄瑜肚子里的时候你跟他们通过话？"

柳世南冷静地说："如果需要，我不介意跟孩子做亲子鉴定。"

庄怜心怼他："谁需要亲子鉴定？孩子不用鉴定就是我们庄家的人。孩子的父亲？你是谁啊？你算老几？！没吃苦没受累的，还装上了！"

这女人说话看似没有逻辑，但每一句都在提醒他，如果没有庄瑜的承认，他这个"父亲"的头衔就是空的。

柳世南深吸一口气，别过脸去。

此时季若礼刚好赶到，被眼前的一幕惊呆了。他费力地眨眨眼睛，这个跟庄怜心幼稚争论的人分明是柳世南，可是又有哪里不一样了。

也许是因为季若礼看到柳世南眼底的冷漠和孤傲不知何时退去了，终究显露出一个鲜活又充满人情味的灵魂来。

庄怜心还要说话，被季若礼拉住：“好了好了，生孩子是喜事，吵什么架？”

庄怜心冷哼一声：“我就是看不惯他！为什么庄瑜跟他说着说着话，忽然就要生了？说不定是被他气得早产！”

柳世南面部紧绷，看得出是在忍。

季若礼勾起嘴角，觉得柳世南这副百口莫辩的样子实在是好笑。

庄瑜虽然年轻，身体底子却不算顶好，又因为怀的是双胞胎，所以最终选择了剖腹产。

这种生产方式在麻醉过后，伤口会出现疼痛的现象。而为了让体内的瘀血尽快排出，医生还会定时来按压庄瑜的肚子。

这种疼痛让庄瑜难以忍受，这段时间，柳世南一直陪在她左右。

柳世南其实不算是很会说话的人，或者，他也觉察到了，与其一遍又一遍地对庄瑜重复同样的话，还不如真的做出点什么让她看到。

这方面，他一向很有悟性。

就在庄瑜即将出院，要回家坐月子的时候，她发现双胞胎之中的男宝宝在进食过程中有些反应很奇怪。她觉得心慌，因为这很有可能是孩子脑部发育迟缓的征兆。

她左思右想，还是在第一时间将自己的担心告诉了柳世南。

柳世南听完她的话，眼睛瞬间就红了。

庄瑜第一次看到他这样。

但那只是柳世南下意识的反应，他很快便镇定下来。

他对庄瑜说：“检查我来安排，你别担心。你看看宝宝的样子，哪里像发育迟缓？”

初为人母的庄瑜满脸脆弱：“真的会没事吗？”

柳世南抿了抿唇，替她整理脸上凌乱的发丝。他没有随口说什么安慰她的大话，他只是说："不管结果怎样，我都会跟你一起面对。"

庄瑜闭上眼睛，眼泪就落了下来。

这个时候庄瑜才明白，在孩子的问题上，世界上能跟她感同身受的人，只能也只会是孩子的父亲。

无论她心里对柳世南有多少芥蒂，他都是孩子最亲的人，这个事实无法改变。

这件事，让庄瑜的心开了个口子。她决定，不管孩子的检查结果如何，她都会给予柳世南作为父亲陪伴宝宝的权利。他们两个成年人之间需要谈的，是这个权利要如何执行。

只要孩子没事。

在医生办公室等消息的时间痛苦又漫长。庄瑜忐忑不安，而柳世南自始至终都握住她的肩膀。

为了得到确切的诊断结果，柳世南跨省、跨国请来了三位学术权威。专家们路途劳顿，就为了给他们的孩子看片子。

三方会诊之后，专家都说没有看出孩子有什么问题。

听到这话，庄瑜的心才算落回了肚子里。彼时她转身看着柳世南，泪水再次模糊了双眼。

做妈妈让她变得更加坚强，也更加脆弱了。

自然而然，他们就像是同一个战壕里的战友，紧紧地拥抱彼此。

庄瑜出月子的第三天，就跟庄瑞一起参加了西区项目的奠基仪式。当用铁锹为工程埋上第一锹土时，庄瑜的心里百感交集。这一路起起伏伏，她没想到自己能够咬牙坚持到现在。

梦一样，真的像梦一样。

"姐，怎么眼睛还红了？"庄瑞见状，递了纸巾过来。

庄瑜笑了笑："特殊时期，情绪起伏比较大。阿瑞，这段时间辛苦你了。"

她的话让庄瑞鼻子也是一酸："是辛苦你了才对。"

庄瑞说完，又叹了一口气：“爸爸的眼光还是很好的，他没有托错人。”

庄瑜听了这话，不由得抬头看向蔚蓝的晴空。她在心里默默地对天上的人说：“爸爸，你的愿望我就快替你完成了。宋心阿姨，你交代我的事我也做到了。你们在天上也会为我骄傲吧？”

这是庄瑜有生以来，第一次向长辈们“邀功”。

奠基仪式结束后，庄瑜意外地发现柳世南在路边等她。跟往常不同，他的面色显得有些疲惫。

“你现在不是该在美国吗？”她问。

“提前回来了。”他说完又问，“可以送你回家吗？我有事情跟你说。”

庄瑜说：“好。”

等上了车，庄瑜才知道柳世南这段时间都在忙搬迁安丰总部的事。

公司总部的跨国搬迁，意味着安丰的重心、经营业务等都会发生重大的变化。这是一个冒险到不理智的决定，但柳世南的理由却很简单。

“我不想错过孩子的成长。”

庄瑜还没有重新接受他，但是这不重要，因为他已经下定决心回到她身边。

彼时庄瑜默默地看着窗外认真地想，柳世南这个人任性起来，也是可以很任性的。

不知道是不是因为她沉默太久，柳世南说：“我跟你说这些不是为了给你压力。”

庄瑜眼波流转，重新把视线投在他的侧脸上。

这个男人说到做到，她所指责他的事，他再也没有犯过同样的错误。也许在这段感情里，成长的并不只有她一个人。

又过了很久，庄瑜问：“十一长假你在国内吗？”

柳世南的眼中闪过一丝亮光，但他依旧维持着表面的镇定：“在。”

“那么，一起庆祝国庆吧？”

“好。”

柳世南答应后，心底旋即涌起一股战栗。他知道，庄瑜的态度松动了。虽然只是一个开始。

一个月后的国庆节，庄家一家人选择在船上庆祝。这艘船是父亲留给庄瑞的，被庄瑞重新整修了一番，命名为“家庭号”。

很奇怪，庄瑜现在竟然也不怕水了。

市里为了庆祝国庆，特地牵头找了几家龙头企业，举办了一场烟花秀，而海中央是最佳的观赏烟花的地点。

晚上八点一到，烟花盛放，吸引了所有人的目光。

这场烟花秀持续了四个小时。这期间，庄瑜的目光忍不住一次又一次地扫过环绕在她身边的亲人的脸。孩子，庄瑞、庄怜心、宗康、季若礼，还有，柳世南。她的心里感觉到一种前所未有的安静和温柔。

这一刻，幸福于她再不是水中的倒影。而是真真切切，能够听得到，看得见，可触摸的真实。

烟花秀结束时已是凌晨，他们一家人开船入港，一一上岸。最后一个上岸的庄瑞忽然抬头看了一下天色，说：“明天应该是个好天气。”

此时，率先下船的柳世南已经把休旅车开了过来。他在不远处停稳，然后下车。莫名地，庄瑜停下脚步。她就那么站在原地，看着他身披夜色缓缓朝她走来。这一幕让庄瑜想起了最初的最初，柳世南来接她出海时的情形。

曾经的她如小女孩一般，在无尽的黑暗里带着慌张、小心和对未来的巨大不确定站在他的面前。而现在，她终于成了一个内心淡定、从容，不再惧怕未知的女人。

是的，明天会是好天气。

莫惧夜色将至，应知黎明可期。

——全文完——